마성의
황자와 나

fioret

# 마성의 황자와 나 3

**초판 1쇄 인쇄** 2016년 7월 21일
**초판 1쇄 발행** 2016년 8월 1일

**지은이** 시야
**발행인** 오영배
**기획** 박성인
**책임편집** 편집부
**표지 일러스트** 케니
**제작** 조하늬

**펴낸 곳** (주)삼양출판사 · 피오렛
**주소** 서울시 강북구 도봉로 173
**대표 전화** 02-980-2112 **팩스** / 02-983-0660
**편집부 전화** 02-980-2116 **팩스** / 02-983-8201
**블로그** blog.naver.com/dan_gul
**출판등록** 1999년 3월 11일 제9-00046호

ISBN 979-11-313-0635-2 (04810) / 979-11-313-0632-1 (세트)

+ (주)삼양출판사 · 피오렛의 서면 허락 없이는 어떠한 형태나 수단으로도 이 책의 내용을 이용하지 못합니다.
+ 지은이와 협의하에 인지는 생략합니다. 잘못된 책은 구입한 곳에서 바꾸어 드립니다.
+ 이 도서의 국립중앙도서관 출판시도서목록(CIP)은 서지정보유통지원시스템홈페이지(http://seoji.nl.go.kr)와
  국가자료공동목록시스템(http://www.nl.go.kr/kolisnet)에서 이용하실 수 있습니다. (CIP제어번호: 2016016575)

**fioret** 은 (주)삼양출판사의 로맨스 판타지 문학 브랜드입니다.

# 마성의
# 황자와 나

시야 장편소설
ROMANCE FANTASY

3

fi
ret

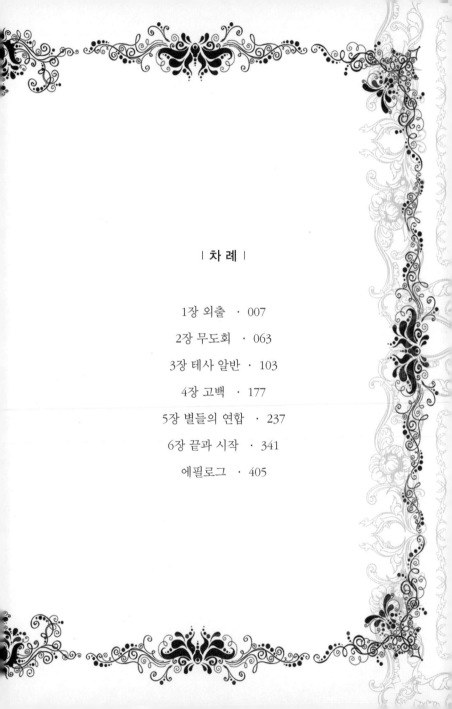

# | 차 례 |

# 1장
## 외출

릴리안은 가운을 여미며 자리에서 일어났다.

"일어났소?"

옆에서 들려온 부드러운 목소리에 릴리안은 싱긋 웃었다.

"폐하, 기침하셨습니까?"

자이안이 설렁줄을 당기며 말했다.

"폐하라니, 그냥 리안이라고 부르시오."

"리안."

"릴리."

서로 마주 보고 있던 중, 시종이 부름에 달려오자 자이안이 말했다.

"차를 가져오도록."

"네."

공손하게 인사한 시종이 뒷걸음쳐서 나가자, 릴리안이 창가로 다가가 커튼을 열었다.

"벌써 가을이라니, 세월이 참 빠르군요."

자이안이 다가가 그녀를 뒤에서 안으며 말했다.

"당신과 결혼한 지 벌써 30년이 넘었다는 게 믿기지가 않는군."

"결혼을 한 건 아니지요."

"릴리⋯⋯."

황제와 결혼한 것은 황후뿐이다. 그다음 직위인 비조차도 릴리안은 받지 못하고 그녀는 빈의 직위를 가지고 있었다. 황후가 죽은 후 그녀를 비로 올리려고 했으나 클리프랜드 공작가의 강력한 반대로 이루어지지 못했던 것이다.

"마음 쓰실 것 없습니다. 전 빈으로 충분해요."

"릴리, 미안하오. 클리프랜드 가문만 아니었으면⋯⋯ 당신은 내 후가 되어 행복하게 살았을 것을."

자이안의 말에 릴리안은 고개를 저었다.

"지금 폐하의─ 리안의 곁에 있는 것은 저인 것을요. 이걸로 릴리는 기뻐요."

"걱정 마시오. 내 반드시 우리의 아들을 황위에 올릴 거요. 그러면 그대는 태후 자리에 오르게 될 테니."

"그런 말씀은 하지 마세요. 리안이 자리에서 내려오는 건 생각만 해도 가슴이 아픕니다."

그 말에 자이안이 웃으며 말했다.

"나도 얼른 퇴위하고 같이 느긋한 전원생활을 즐기는 것도 좋지 않소?"

"제국의 황제께서 그런 말씀을—! 제국은 폐하를 필요로 합니다."

"그냥 내 생각이 그렇다는 거요."

자이안은 그렇게 말하며 릴리안의 손을 쥐었다. 릴리안은 미소 지었다.

"저와 제 아들을 신경 써 주시는 것만으로도 충분합니다."

"아니요."

자이안이 단호하게 말했다.

"제국을 위해서라도 더 이상 클리프랜드가 설치게 둘 수는 없지. 게다가 그 괴물을 황위에 올린다니 말도 안 되는 짓이지. 가문의 부귀를 위해 공작가가 눈이 먼 게야."

자이안의 얼굴이 일그러졌다.

"어렸을 때 없앴어야 했는데……."

그 말에 릴리안이 "어머." 하고 작게 말하며 고개를 돌리자, 자이안은 고개를 흔들며 말했다.

"아니, 이런 잔혹한 이야기를 당신 앞에서 하려는 건 아니었소. 자, 같이 차를 들고 식사를 합시다. 날이 좋으니 정원 산책이라도 하지."

"네, 리안."

릴리안이 소녀처럼 웃으며 그의 가슴에 기댔다.


                    *        *        *


황궁에는 도서관이 있었다.

'반짝이는 궁전'

이런 별칭으로 불리는 도서관은 궁전이라는 말에 걸맞게 화려한 건물이었다. 게다가 반짝인다는 말처럼 건물의 골조를 세우고, 그 반 이상을 유리로 끼워놓고 있었다. 특히 대천장이라고 불리는 거대한 유리 돔이 궁의 가운데를 차지하고 있었다. 그걸 중심으로 책들이 빼곡하게 들어서 있었다. 책을 관리하는 사서만 이십 명, 그 아래 일하는 관리자가 오십여 명쯤 되는 제국 최고의 도서관이었다.

—반짝이는 궁전에 없는 책은, 읽을 가치가 없는 책이다.

제국의 지식인다운 오만한 소리지만, 이런 말이 나올 정도로 도서관의 장서량은 어마어마했다. 그리고 레사의 명패로도 이 도서관을 드나들 수 있었다.

은으로 된 반짝이는 사각 플레이트.

레사는 새삼 이 플레이트의 대단함을 알아가는 중이었다. 레사가 이 플레이트를 꺼냈을 때 들어가지 못하는 구역은 거의 없었다. 황족이 출입 가능한 곳이라면 대부분 들어갈 수 있다는 것이었다.

새삼, 그런 신뢰 하나에 기분이 좋은 레사였다.

글을 읽는 게 어렵지 않아지고 도서관을 윈스턴에게 소개받은 후 레사는 도서관을 다니기 시작했다. 잠깐 사이에 레사의 독서량은 눈에 띄게 늘어서 프레이스가 정무를 보는 동안 레사는 서서 독서를 즐기고는 했다.

"레사."

프레이스는 레사를 불렀다. 레사가 책에서 고개를 떼고 자신을 바라보는 그 순간이 좋았다. 천천히 고개가 들리며 검은색 머리카락이 살짝 흐트러지고, 곧은 눈동자가 자신을 똑바로 직시하는, 아주 그 짧은 그 시간이 좋았다.

"네."

"놀러 갈까."

"네?"

"요즘 계속 얌전히 일만 했잖아."

"그런가요."

"그래, 밤 근무도 안 나가고, 밤낮으로 성실하게 일했다고."

프레이스의 말에 레사는 잠시 생각했다가 고개를 끄덕였다.

"그러네요."

"그지?"

프레이스가 고개를 끄덕였다. 요 두어 달 열심히 일을 했다고 자부할 수 있는 프레이스였다. 밖으로 돌지 않은 것도, 무도회를 나가지 않은 것도, 전부 레사 때문이기는 했지만 말이다.

"터지기 전에 풀어 주는 것도 좋겠지요."

윈스턴이 불쑥 끼어들어 말했다. 에릭이 "너무 하네." 하며 투덜거렸다.

"꼭 둘만 있는 것처럼 우리는 쏙 빼놓고 말하냐?"

"일할 때 보는 너희를 놀 때도 봐야겠냐?"

프레이스가 '알아서 빠져라?' 하는 날카로운 어투로 말했다. 레사는 에릭을 바라보았다.

'그러고 보니…….'

에릭도 프레이스를 좋아하지 않았나?

마차 안에서 간접적으로 그런 고백을 했었다. 레사는 쿡 하고 가슴 한쪽이 바늘로 찔린 것처럼 따끔거리는 걸 느꼈다.

'하지만 에릭은 좋은 사람이고.'

계속 프레이스의 곁에 남아 있을 사람이다. 한순간이라도 망설였던 자신을 책망하고 레사는 입을 열었다.

"에릭도 같이 가요. 윈스턴도."

"뭐?"

목소리를 높인 건 프레이스였다. 레사가 그를 돌아보며 말했다.

"생각해 보니 다들 열심히 일한 것 같으니 말입니다. 다 같이 바람이라도 쐬죠."

프레이스는 눈을 찡그렸다. 아니, 다 같이 가고 싶은 게 아니라 너랑. 너랑 단둘이 가고 싶은 건데? 하지만 그 말을 입 밖으로 낼 수도 없어 프레이스는 다시 핑계를 댔다.

"일하면서 매일 보는 얼굴인데 쉴 때도 보는 건 싫잖아."

"그건 저도 마찬가지잖습니까."

"넌─ 넌, 넌 아니지……."

프레이스는 대답이 궁색해졌다. 에릭은 고개를 비딱하게 하고 프레이스를 바라보았다.

'인간이 저렇게 달라져도 되는 건가.'

얼마 전까지만 해도 오만상을 다 찌푸리고, 세상이 싫은 얼굴로 돌아다니면서 칼만 뽑으면 사람을 죽이던 사람이 맞는 것인가.

"그럼 다 같이 가는 거네~"

에릭이 히죽 웃으며 짝 하고 박수를 쳤다.


'일이 어쩌다가 이렇게 되어 버린 걸까…….'

프레이스는 뚱한 얼굴로 창문을 내다보았다. 맞은편에 앉은 에릭이 멋쩍은 얼굴로 뒤통수를 긁으며 말했다.

"미안."

"됐어."

"그게 어쩌다 보니까."

"됐다니까."

"근데 왜 너랑 안 타려는 거야? 마차."

"나도 알고 싶다."

프레이스가 날카롭게 내뱉어서 에릭은 헛기침을 했다. 마차 안에는 에릭과 프레이스, 단둘이었다. 그리고 레사가 마부석에 앉아 있었다. 윈스턴은 바깥으로 놀러 갈 시간에 책을 읽겠다면서 외출을 거부했고 말이다. 에릭도 괜찮다는 걸 굳이 레사가 끌어당겨서, 굳이 마차에 태우고 자신이 마부석에 앉은 것이었다.

마차 밖에서 호위를 하는 것이 더 쉽다는 거나, 신분상으로 자신이 마부석을 차지해야 한다는 것. 두 가지 모두 합리적인 설명이었다. 하지만 두 남자는 단지 그것만이 아닌 것 같은 느낌을 받았다. 에릭이 프레이스를 살피다가 은근한 목소리로 물었다.

"고백했냐?"

그 말에 프레이스가 펄쩍 뛰듯 들썩하더니 말했다.

"아니."

"아니면…… 눈치챈 거 아냐?"

"눈치채?"

프레이스가 저도 모르게 휙 에릭을 돌아보았고, 에릭은 재빠르게 시선을 마차 창으로 돌리며 말했다.

"어, 네가 레사 좋아하는 거……."

그래서 피하는 거 아냐?

에릭의 말에 프레이스는 당황해 되물었다.

"그렇게 티 나?"

"좀?"

에릭의 말에 프레이스는 더더욱 당황했다. 프레이스가 신음을 흘리며 머리카락을 마구 흐트러트리고는 말했다.

"나도 모르겠어."

"뭐가?"

"레사가 알기를 바라는 건지, 모르기를 바라는 건지."

"흠."

에릭은 턱을 괴었다. 프레이스가 낮게 말했다.

"사실은 이미 차인 걸지도 몰라."

"왜?"

"레사가 자기는 동성애자가 아니라고 나에게 말했거든."

"엥? 어쩌다가 그 대화가 나온 건데?"

"만약에 남자가 날 좋아하면 어떨 것 같냐고 묻더군."

에릭이 숨을 들이켜며 말했다.

"그거 희망이 보인 거 아냐?!"

"나도 그렇게 생각했어. 자기는 동성애자가 아니라고 말하기 전까지는."

"아니, 그럼 왜 그런 질문을 던진 거야?"

"그러니까."

프레이스가 한숨처럼 말했다. 에릭이 뺨을 긁적였다.

"어— 나도 물어봤었는데."

"그랬는데?"

"좋아하는 마음만 있으면 괜찮지 않냐고 했는데."

그 말에 프레이스가 퉁명하게 대답했다.

"자기만 아니면 말이지. 아니, 솔직히 나도 남자 좋아하지 않거든?"

"그렇지……."

"레사만 예외인 거라고."

"확실히 레사가 예쁘기는 하지."

에릭이 고개를 끄덕였다. 자신이 봐도 레사는 확실히 어딘지 묘한 구석이 있다. 프레이스의 눈이 가늘어졌다.

"너 설마……."

"아니, 그런 거 아니야. 절대 아냐."

에릭이 화들짝 놀라 손을 휘저었다. 덧붙여 그가 큰 소리로 말했다.

"게다가 너 왜 레사가 좋냐?"

"뭐?"

"솔직히 말해서 얼굴 빼고 다른 건 볼 거 없잖아. 그, 체질 안 통하는 것만 아니면……."

"상냥해."

"상……?"

레사 알반이 상냥하다고?

에릭은 팔짱을 꼈다. 상냥하다고 하는 건 생글생글하면서 다정하면서, 그런 게 아닌가.

"무뚝뚝한 게 아니고?"

에릭의 말에 프레이스가 "상냥해." 하고 단호하게 말했다.

"어디가?"

에릭은 물을 수밖에 없었다.

"물론 자기 일도 잘하고, 머리도 좋은 것 같고, 좋은 사람인 것 같기는 하지만 상냥은 좀 아니지 않냐?"

"상냥하거든? 그리고 날 웃게 만들어."

"어…… 레사가 농담하는 성격은 아니지 않냐."

"그런 게 아니라— 몰라, 모르겠다. 그냥 좋아. 그냥 좋으면 안 돼?"

"뭐어…… 그럴 수도 있겠지. 게다가 그래, 네 체질이 안 통하는 유일한 사람이니까."

"꼭 그것 때문만은 아냐."

프레이스는 얼굴을 쓸어내리고 말했다.

"레사도 그렇게 말하더라. 그런 식으로 말하더라. 아, 물론 그렇지. 그가 안티매직 능력자라서 내가 레사를 더 아끼기는 하지만— 사랑은 다른 문제잖아. 그래, 내가 그래서 그를 사랑한다고 쳐. 그러면 안 돼? 그것까지 포함해서 그를 사랑하면 안 되는 거야?"

"안 된다고 한 적은 없는데."

에릭이 얼른 발을 빼자 프레이스는 한마디 더 하려다가 입을 다물었다. 잠시의 침묵 후에 프레이스가 말했다.

"진짜 그런 거면 어떻게 하지."

"뭐가?"

"진짜로 내가 자기를 사랑하는 걸 알아서, 레사가 날 피하고 있는 거면 어쩌지……."

"그건……."

에릭은 입을 열었다가 할 말이 없어서 도로 다물었다. "그건 어쩔 수 없는 일이지." 하고 에릭은 한숨을 내쉬고 말했다.

"차라리 그러면 고백을 하고 차이는 게 낫지 않냐."

"어?"

"이렇게 이도 저도 아닌 그런 것보다는? 오늘 내가 기회를 좀 만들어 볼 테니까, 네가 알아서 잘해 봐."

"알아서 잘해 보라니……."

프레이스답지 않은 자신감 없는 목소리에 에릭이 밝은 목소리를 냈다.

"혹시 모르잖아? 잘될지도."

"아니, 아니, 안 돼."

"왜?"

"레사가 작위를 받기 전까지는 안 돼."

"그건 또 뭔 소리야? 레사는 이미 작위 있거든?"

"걔에게 영지가 있는 작위를 줄 거야."

"뭐?"

에릭은 입을 떡 벌렸다.

"너 그거 윈스턴이 알면 난리 칠 텐데? 게다가 무슨 명분으로? 프레이스, 그건 아니라고 본다."

"하지만—"

프레이스가 낮게 말했다.

"안 그러면 난 레사가 날 거절했을 때 그에게 무슨 짓을 할지 모르겠어."

"해."

그 말에 퍼뜩 프레이스가 시선을 에릭에게 돌렸다. 에릭과 스치듯 눈이 마주쳤다. 에릭이 눈을 아래로 내리깔며 말했다.

"하면 되잖아. 넌 황자고, 레사는 준남작 지위를 가지고 있기는 하지만 뒷배 없는 평민이지."

에릭의 목소리는 차가웠다. 프레이스는 지금 말하고 있는 게 에릭인가 싶어 눈을 깜박였다. 에릭이 이어 말했다.

"사실 원한다면 강제로 네 수청이든 수발이든 들게 해도 상관없다고."

"에릭 도프!"

쾅—!

마차 안에서 큰 소리가 들려 레사가 놀라 뒤를 돌아보았다.

"프레이스? 에릭?"

마부석에서 마차 창을 열려고 하는데 에릭의 목소리가 들려왔다.

"어— 미안, 괜찮아. 잠깐만 우리 둘이 얘기 좀 할게."

"……알겠어."

레사는 손을 떼고 다시 시선을 앞으로 돌렸다.

에릭은 자신의 멱살을 휘어잡고 팔뚝으로 목을 누르고 있는 프레이스를 보았다가 한숨과 함께 말했다.

"이것 좀 놔주면 안 될까. 나 진짜 숨 막히는데."

"너 대체 레사를 뭐라고 생각하는 거야?"

프레이스가 이글거리는 눈으로 에릭을 노려보며 낮게 말했다. 에릭이 눈을 찌푸리고 말했다.

"프레이스, 이거 놓으라고. 내가 너에게 반하게 하고 싶냐?"

그 말에 프레이스는 데인 듯 흠칫하며 팔을 놓았다. 에릭이 밭은기침을 하고 목을 문질렀다.

"너 진짜 레사 좋아하는구나."

"그럼 가짜로 좋아하겠어?"

"아니, 그런 게 아니라……."

에릭이 히죽 웃으며 말했다.

"그러니까 레사가 싫어하는 짓은 하고 싶지 않다 이거지? 미움 받기 싫으니까?"

"……."

"하지만 그런 짓을 할까 봐 무서운 거고?"

에릭은 웃음을 터트렸고 프레이스는 그런 에릭을 걷어찼다. 하지만 에릭은 웃음을 멈추지 않았다.

"와, 내가 너에게 뭔가 그런 인간적인 소리를 듣게 될 줄이야. 진짜 최고다."

"웃을 일이 아니야."

프레이스가 짜증 섞인 목소리로 말했다.

"난 심각하다고."

"괜찮아."

에릭이 싱글싱글 웃었다.

"이렇게 말하는 걸로 봐서는 괜찮을 것 같다."

"에릭."

프레이스가 피곤한 목소리로 얼굴을 문지르며 말했다.

"내가 어떻게 이 체질을 가지게 됐는지 알아냈어."

"뭐?"

에릭이 놀라 상체를 휙 숙였다.

"어떻게 된 건데? 뭐야? 어떻게? 무슨 일이 있었던 거야?"

"클리프랜드 공작이—외숙부님이 알려 주셨지. 폐하를 유혹하기 위해서 마법약을 계속 먹었다고 하는군. 날 임신하고서도 계속 말이야. 그래서 이런 체질이 된 거라고."

"마법약?"

"마법사를 만났대."

"마법사아—?"

에릭은 이게 무슨 고대소설에 나오는 소리인가 하는 얼굴로 프레이스를 바라보았다. 프레이스는 다시 짤막하게 줄거리를 설명했고 에릭은 침음을 흘렸다.

"그러니까 네 어머니가 마법사에게……."

"그래."

"아오—"

에릭은 머리카락을 휘저었다.

"외숙부님이 그러더군. 클리프랜드는 정이 깊은 가문이라나."

정이 깊다, 라는 단어를 말하기에는 너무 온도가 낮은 게 아닌가 하며 에릭은 헛웃음을 터트렸다.

"정이 깊어? 웃기시네. 그 정이 깊으면 자기 조카에게 좀 잘해보라고 해 봐."

"자기 여동생에게는 잘했지."

프레이스가 비딱하게 말했다.

지나칠 정도로 잘했지.

"그리고 내 어머니도 봐, 아버지에게 미쳤고."

에릭이 팔짱을 꼈다.

"그러니까 너도 레사에게 그렇게 할 거라고?"

"그래, 아니, 모르겠어. 나도 내가 어떻게 할지 모르겠다."

에릭이 말했다.

"네 말대로라면, 어— 결국 두 사람 다 사랑하는 사람을 어떻게 하지는 못한 거 아냐?"

그 말에 "어?" 하고 프레이스가 에릭을 보았다. 에릭이 눈썹을 찌푸리고 말했다.

"그러니까 생각해 봐. 그 마법약을 먹은 건, 결국 자기 몸에 나쁜 짓을 한 거잖아? 황후마마는 결국 마지막까지 폐하를 해치거나 하지 못한 거고…… 클리프랜드 공작도 그녀를 말리지는 못

했잖아? 두 사람 다 사랑하는 상대방을 해치거나 하지는 않았으니까, 너도 그런 걱정할 필요 없는 거 아닐까."

"그런……가……?"

혼자서 고민할 때는 생각도 하지 못한 부분을 에릭이 집어내자 프레이스는 눈이 트이는 기분이었다. 어딘지 마음 한구석이 가벼워졌다.

"그런가?"

다시금 중얼거리자 에릭이 픽 웃으며 대꾸했다.

"그러네."

에릭이 툭 발끝으로 프레이스의 다리를 건드리며 말했다.

"넌 혼자서 너무 부정적으로 사고를 끌고 갈 때가 있더라. 원래 그런 놈이라는 건 아는데 너무 그러지는 마라. 생각해 보면 넌 우리 제국에서 손꼽히는 신랑감이거든."

"레사를 신부를 맞을 수는 없지만."

"어차피 레사가 여자였어도 아내로 맞을 수는 없잖아? 비도…… 안 될 거고. 빈이면 모를까. 남자로서 총애해도 뭐― 비슷하지 않나."

"네가 말하면 뭐든 다 너무 간단해 보여."

"인생은 쉽게 사는 거야, 쉽게."

'너에게는 그렇겠지.'

프레이스는 그렇게 생각했다. 에릭 도프가 어려움을 겪을 일이 뭐가 있었겠는가? 도프 가의 장남에, 무가에서 태어났는데 검술에 뛰어난 재능이 있고, 육체적으로도 훌륭하다. 그에게 딱히 인생이 어려울 이유가 없었다.

"아, 근데."

에릭이 살짝 눈을 찡그렸다.

"왜?"

"너랑 레사랑 만약에 그렇고 그런 사이가 되면, 애슐리 보기가 좀 그렇기는 하다."

에릭은 자신의 누나를 떠올리며 중얼거렸다. 프레이스 역시 애슐리를 떠올렸다가 말했다.

"애슐리는 내가 안중에도 없을걸."

"그런가? 난 너랑 애슐리랑 잘될 줄 알았는데."

"비즈니스적인 정략결혼 상대로 따지자면야 그렇지."

"그지?"

에릭이 어깨를 으쓱했다.

똑똑—

가볍게 마부석 쪽 마차 창을 두들기는 소리가 나서 에릭이 창을 열었다. 레사가 물었다.

"더 돌까? 아니면 이제 들어갈까?"

에릭이 힐끗 프레이스를 보았다가 말했다.

"들어가자. 슬슬 성안에 야시장 열릴 시간이니까."

"알았어. 시장 보고 간다고 했었지?"

"응."

에릭이 고개를 끄덕이자 레사가 마주 고개를 끄덕이고 가볍게 고삐를 내리쳤다. 에릭이 마차 창을 닫으며 말했다.

"오늘 좀 그럴듯한 분위기를 만들어 봐. 야시장에서 단둘이 데이트 같은 기분을 좀 내보라고. 난 마차를 몰고 적당히 빠져줄 테니까."

에릭이 툭툭 프레이스의 어깨를 쳤다.

"남자가 되라고, 응? 친구."

*     *     *

프레이스는 크게 심호흡을 했다. 레사가 그의 팔을 붙잡아오며 까치발을 해서 속삭였다.

"괜찮으십니까?"

"네가 붙어 있으면 괜찮아."

"무리하시지 말고, 그냥 돌아가시는 게 어떨까요?"

"싫어."

프레이스의 말에 레사는 고개를 끄덕였다.

"알겠습니다."

프레이스는 사실 레사의 손을 꽉 잡고 싶었다.

'인간이 너무 많아……'

프레이스는 속으로 신음을 흘렸다. 이런 상황에서 남자답게 뭐고, 마차를 몰고 사라진 에릭이 원망스러울 지경이었다. 레사가 손을 뻗어 프레이스의 망토에 달린 후드를 그에게 씌워 주었다.

"이쪽이 더 낫겠네요."

"응."

눈을 마주치는 일도 피하고 싶었다. 프레이스는 깊게 후드를 눌러썼다.

야시장, 이라고 불리기는 하지만 사실은 낮밤 모두 열리는 시장이다. 일 년에 세 번. 대상단이 수도로 돌아올 때마다 열리는 것인데 어느 순간부터 일종의 축제처럼 변해 버린 것이었다.

상단에서 진귀한 물건을 가져오기 때문에 귀족들도 이 기간에는 경매와 함께 살롱 모임을 즐겼다. 그리고 평민들은 이렇게 나름의 축제를 열었고 말이다.

보통이라면 통금이 있겠지만, 이때만큼은 나라에서도 관대하게 통금 시간을 새벽으로 미뤘다. 물론 그 관대함에는 이유가 있었다. 대로변에 쭉 늘어선 천막은 관청에서 친 것으로, 여기에 자리를 내려면 가게 세를 내야 했다. 일주일간 열리는 야시장은 낮보다 더 인기가 좋았다. 성문 밖의 농사꾼들도 밤이면 좋은 옷을 입고 성문을 통과하고는 했다.

그렇게 해서, 현재 야시장은 사람들로 가득했다. 웃고 떠드는 소리, 호객 소리, 여기저기서 풍겨 오는 음식 냄새와 장난감이 내는 소리, 사람들이 많아지면 나오는 음유시인의 노래까지 합쳐져서 정신이 없다는 말이 딱 어울리는 상황이었다.

그리고 그 가운데서 인간을 싫어하는 프레이스는 질끈 입술을 깨물며 인파 속으로 한 걸음 내디뎠다.

'죽겠군.'

사람들에게 떠밀리고 부딪치는 게 끊임없이 이루어졌다. 만약 자신의 손목을 잡고 있는 게 레사가 아니었다면 당장에 뒤도 안 돌아보고 여기를 떠났을 거다.

'손목……'

프레이스는 슬그머니 레사의 손목을 마주 잡았다. 레사가 힐끗 그를 돌아보았다가 다시 걷기 시작했다.

'아, 손목 가늘다.'

레사가 걷기 시작하자 프레이스의 신경은 이제 그의 손목에 집중되었다.

'한 손으로 감고도 남네.'

레사는 뒤를 돌아볼 수가 없었다. 앞서가면서 사람들을 뚫는 것보다 프레이스가 만지고 있는 손목이 더 신경 쓰였다.

'왜 만지작거리는 거지?'

손목을 감아도 보았다가 쥐어도 보았다가 손가락으로 슥 하고 쓸어 올릴 때는 자신도 모르게 움찔해 버렸다. 프레이스의 손목을 쥔 자신의 손에 점점 더 힘이 빠졌다. 결국 레사가 프레이스의 손목을 놓자 프레이스는 기다렸다는 듯이 레사의 손을 잡았다.

레사가 다시 힐끗 그를 돌아보았지만 후드를 쓴 그의 얼굴은 어둠에 반쯤 묻혀서 보이지 않았다.

'사람이 너무 많아.'

레사는 다시 생각했다.

'사람이 너무 많아.'

머릿속에 똑같은 생각만 빙글빙글 돌았다. 맞잡은 손에 땀이 차는 것 같은 기분이 들어서 민망함까지 몰려들었다.

'사람이 좀 적은 곳으로 가자. 사람이 좀 적은 곳으로.'

프레이스가 내 손을 잡고 있는 건, 단지 사람이 많은 곳이라 긴장했기 때문이야. 특별한 의미가 있는 건 아냐. 하지만 그건 내게 의지해 주고 있는 거 아닌가? 나에게 어리광을 부리는 거라고 봐도 되나? 그런 거면 좋겠지만—

알 수 없는 의식의 흐름이 마구 머릿속에 몰아쳤다. 그러면서도 레사는 똑바로 걸어서 사람이 그나마 없는 작은 광장에 도착했다. 레사는 숨을 크게 들이켜서 호흡을 조절하고 프레이스를 돌아보았다.

"좀 괜찮으십니까?"

"어?"

"사람 말입니다."

"아, 어어, 응."

"뭔가 차가운 마실 거라도 사 올까요? 모처럼 구경을 왔으니…… 일단 여기 앉으세요."

레사가 분수대를 가리키며 말했다. 저녁이라 분수대의 작동은 멈춰 있었다. 여기 말고 대광장의 분수대는 이 시간에도 작동이 되니, 이 작은 광장은 사람이 적었다.

"프레이스."

"응?"

"손을 놔 주셔야지 제가 가서 음료를 사 올 수 있는데요."

"아, 미안."

프레이스는 아쉬움을 느끼며 느리게 손을 놓았다. 레사는 잡혔던 손만 아주 뜨겁다고 생각하며 물었다.

"뭔가 드시고 싶으신 게 있으신가요?"

"아니, 아무거나 괜찮아."

"알겠습니다."

고개를 끄덕이고 레사는 걸음을 빨리해서 근처의 노점상으로 향했다.

'레모네이드가 어지럼증에는 좋겠지.'

그녀는 레모네이드 두 개를 계산하고 계속 앉아 있는 프레이스를 바라보았다.

'후드를 뒤집어쓰고 있어도 눈에 띄네.'

"레모네이드 두 잔 나왔습니다!"

"아, 네."

레사는 얼른 잔을 받아 들었다.

'진정하자, 진정해.'

손을 잡는 건 아무것도 아니잖아?

그녀는 심호흡을 하고 프레이스 쪽으로 다시 돌아갔다.

"여기요."

"고마워."

"아닙니다."

프레이스는 잔을 받아 들었고 레사는 그의 옆에 앉았다. 그러자 슬쩍 프레이스가 거리를 좁혀서 바싹 붙어 앉았다.

"프레이스?"

"좀 더 가까이에 있어."

프레이스는 후드가 자신의 얼굴을 가려서 다행이라고 생각하며 속삭였다. 그 말에 레사의 붉은 눈이 둥글게 되었다가 곧 진지하게 바뀌었다.

"무슨 일이 생기면 제가 지켜드릴 테니까요."

"응."

프레이스는 대답했다. 하지만 대답과는 달리 레사를 방패로 삼을 생각은 전혀 없었다. 그런 일을 생기게 하느니 레사를 옆구리에 끼고 도망가는 편이 나았다.

'그렇게 말하면 화내겠지.'

프레이스는 차가운 레모네이드를 마셨다. 새콤달콤한 맛에 정신이 드는 것 같았다. 힐끗 옆을 보니 레사는 양손으로 자신의 컵을 붙잡고 있었다.

'귀여워.'

별거 아닌데도 귀여워 보였다.

'귀엽다고 말하면 화내겠지.'

프레이스는 슬그머니 레사 쪽으로 몸을 기댔다. 무게감이 느껴졌을 텐데도 레사는 그대로 앉아서 레모네이드만 홀짝일 뿐이었다. 프레이스는 좀 더 고개를 숙였다. 그에게서 뭔가 좋은 냄새가 났다.

'여름의 장미 정원…… 아냐, 좀 더 상쾌한 그런 냄새인데…… 뭔가 아기 냄새 같기도 하고…….'

쿵쿵거리며 점점 더 고개를 숙이는데, 레사가 자리에서 벌떡 일어났다. 프레이스는 화들짝 놀라 몸을 세웠다.

"저, 이거 다 마셔서, 반납하고 올게요."

"아, 어……."

레사는 나무 잔을 노점상에게 도로 돌려주었다. 아까와 달리 느린 걸음걸이였다.

'심장아 제발 좀.'

레사는 가슴을 툭툭 두들겼다.

항상 자기 자신을 조절하는 데에는 자신이 있었다. 훈련은 엄격했고, 감정을 드러내지 않고, 죽이고, 그 모든 것을 하는 것에 자신 있었다.

그러니까 이 감정을 숨기는 것도 별문제 없을 거라고 생각했다.

'컵에 물이 가득 담겨 있다면…….'

한 방울도 흘리지 않고 걷는 것에는 능숙했다. 그러니 이 감정도 그렇게 능숙하게 다룰 수 있을 거라고 자만했었다.

'이건 컵에 물이 담긴 게 아니라…….'

컵에서 물이 펑펑 솟구치는 수준이다. 아무리 능숙하게 컵을 컨트롤해 봐야, 물이 흘러넘치는 건 어쩔 수가 없다. 조절할 수 없는 감각 앞에서 레사는 일종의 절망감마저 느꼈다. 좋아한다고 깨달았을 때보다 더더욱 감정은 커지기만 한다.

'그동안 이걸 깨닫지 못했던 걸까, 아니면 더 좋아지는 걸까?'

전에도 똑같이 보았던 행동과 어조인데도, 왜 특별하게 느껴지는 걸까?

레사는 길게 한숨을 내쉬었다.

'들키면 안 돼.'

내비치지 않고, 무덤덤하게. 할 수 있어, 테레사 알반. 계속해 왔던 일이잖아.

'하지만 누군가를 사랑하게 된 것은 처음이라⋯⋯.'

처음이라서, 어떻게 해야 이 감정을 잘 조절할 수 있을지 알 수가 없었다. 증오와 분노와 슬픔과 후회 같은 건 쉽게 감출 수 있었다. 얼마든지 저 밑바닥으로 밀어 넣고 겉으로 웃어 보일 수 있다.

하지만 사랑은? 레사는 꿍 하고 신음을 내고는 프레이스를 돌아보았다. 저 남자가 눈에 띄는 것은 내가 그를 사랑하기 때문일까? 아니면 그저 그의 외모가 화려하기 때문인 걸까?

'이래서 호위를 제대로 할 수 있을까?'

덜컥 그런 두려움마저 몰려들었다. 레사는 프레이스에게 천천히 다시 걸어갔다. 그의 앞에 서자 프레이스가 그녀를 올려다보며 말했다.

"컵을 돌려줘야 하는 건지는 몰랐는데."

"그냥 들고 가면 컵 가격까지 지불해야 합니다. 그러기에는 아깝죠."

"그런가."

프레이스는 중얼거리고 투박한 나무 잔을 들여다보았다.

'귀엽다.'

레사는 흔해빠진 나무 잔을 진지하게 살펴보는 프레이스를 내려다보며 그렇게 생각했다.

'하지만 말하면 화내겠지.'

"잔까지 살까요?"

"응?"

"원하신다면."

"아니, 아냐. 돌려줘야지."

프레이스가 그렇게 말하고 컵을 레사에게 내밀었다. 레사는 컵을 받아 다시 노점상에게 가져다주고 돌아왔다.

'하긴 나무 컵 같은 걸 가져다가 어디에 쓰겠어. 그에게는 유리나 금, 은잔이 넘치는데.'

권했던 자신이 왜인지 쑥스러웠다. 예전에는 이런 생각도 하지 않았을 텐데.

"그럼 어디 가고 싶으신 곳이 있으신가요?"

"가고 싶은 곳?"

"네, 모처럼의 야시장이니까— 큰 광장에서 공연을 한다고도 하고, 아까는 잘 못 봤으니 상점을 구경하는 것도 괜찮겠죠."

"레사가 사는 곳이 보고 싶어."

툭 프레이스가 내뱉은 말에 레사는 놀라 말을 멈췄다. 프레이스가 어깨를 으쓱하며 말했다.

"야시장 같은 것보다는 좀 더 생생한 삶을 보고 싶다고 해야 하나?"

"하지만…… 그쪽은 치안이 좋지 않아서……."

"나도, 너도, 솜씨는 괜찮잖아?"

"그거야 그렇지만…… 황자님께 보여드릴 만한 곳은 아닙니다."

"황자가 아니라 프레이스. 그리고 집 안까지 보여 달라고 하는 건 아니야. 그냥, 그 근처까지만이라도 보고 싶어. 수도에 대해서는 속속들이 알고 싶거든."

프레이스는 자신의 거짓말 솜씨가 갈수록 늘어난다고 생각했다. 그것도 거짓말은 절대 하고 싶지 않은 상대에게.

레사는 잠시 고민하는 듯 보였다가 고개를 끄덕였다.

"알겠습니다. 그럼 이쪽으로."

앞장서는 레사의 손을 프레이스가 붙잡았다. 레사는 여전히 별말이 없었다. 하지만 조용히 손을 마주 잡아 와서 프레이스는 침을 꿀꺽 삼켰다.

"레사."

"네."

"레사의 이상형은 어떤 사람이야?"

"이상형이요?"

레사가 갸웃하며 되물어 프레이스는 고개를 끄덕였다. 레사
는 눈썹을 모았다.

"글쎄요. 딱히 생각해 본 적이 없어서요."

"미나나 유지니아 같은?"

그 말에 레사는 프레이스를 돌아보고 웃었다.

"음— 독립적인 여성은 좋죠. 하지만 이상형이라기보다는……
제 이상형은……."

레사는 힐끗 프레이스를 보았다.

'이 정도는 말해도 되지 않을까.'

"전 금발이 좋은 것 같습니다."

"어—?"

프레이스는 놀라 되물었다. 레사가 다시 말했다.

"요즘 들어서 금발이 좋더군요."

"나도 금발인데……."

프레이스가 저도 모르게 중얼거린 말에 레사는 멈칫했다가
그를 돌아보고 말했다.

"괜찮습니다. 계약은 지키니까요."

"계약?"

"반하지 마라, 라는 계약이었죠."

"어…… 그랬지."

프레이스는 눈앞이 어질어질해지는 것 같았다. 자신과 레사 사이에 너무나 큰 강이 놓여 있어서, 절대로 건너지 못할 것 같다는 생각마저 들었다.

"이쪽으로 더 들어가면 드디어 두 자릿수예요."

레사의 말에 프레이스가 "어?" 하고 고개를 들어 주변을 둘러보았다.

"두 자릿수?"

"지역 번호가 말입니다. 여기서부터 십 번 지역이거든요."

"레사가 사는 곳은?"

"십사 번입니다."

프레이스가 "그렇군." 하고 작게 중얼거렸다.

'십사 번이면 너무 위험한 거 아닌가?'

골목은 이제 야시장의 활기참과는 거리가 멀었다. 아니, 아예 그런 소리가 들리지도 않았다. 밤의 십 구역은 고요했다. 레사는 망설임 없이 계속 걸었다. 프레이스는 이제 눈으로 보기만 해도 점점 더 안으로 들어간다는 걸 알았다.

'집들이 더 엉망이 되어 가고 있군.'

'저런 집에서 사람이 살아도 되는 걸까?' 싶은 그런 집들이 다닥다닥 붙어 늘어서 있었다. 종종 높은 건물도 보였지만, 진짜 2층인 것은 아니고 가짜로 만들어진 판벽을 세워 놓은 것이었다.

'여자들 웃음소리.'

프레이스는 좁은 골목길 너머에 붉은빛을 보고 눈을 가늘게 떴다. 레사도 저런 곳을 찾을까?

"이게, 누구야~"

조용한 골목길에 큰 목소리가 울려 퍼졌다. 레사는 이런, 하고 상대를 바라보았다. 이반이 부하 두서넛을 거느리고 서 있었다.

"오늘은 애 보기인가? 손까지 잡고?"

이반이 히죽거리며 레사를 보고, 그녀와 손을 잡고 있는 덩치 큰 남자를 바라보았다. 후드를 쓰고 있어서 얼굴이 보이지 않기는 하지만.

"지금 일하는 중이라서 널 상대할 시간이 없어. 그냥 가."

레사는 손을 흔들며 개를 쫓듯이 이반을 보내려 했다. 이반의 얼굴이 살짝 일그러졌다. 혼자라면 모르겠지만 지금은 부하들과 함께 있다.

"레사 알반, 너 너무 기어오르는 거 아닌가? 으응? 내가 널 좀 예쁘게 봐 준다고 말이야."

"네가 언제 날 예쁘게 봐 줬어?"

이반이 킬킬 웃으며 말했다.

"지금도 예뻐해 줄 수는 있는데, 창관이 싫다면 내 침대 위는 어때?"

이반의 말에 부하들 역시 낄낄 웃음을 터트렸다. 레사는 한숨을 내쉬고 "가죠." 하고 프레이스를 잡아끌었다.

'응?'

그러나 프레이스는 꿈쩍도 하지 않았다.

"이든?"

레사는 작게 속삭여 프레이스의 미들네임을 불렀다. 아무리 그래도 여기서 그를 프레이스라고 부를 수는 없으니까.

"이든, 그냥—"

가요, 라는 말은 후드 아래로 드러난 입가에 웃음이 걸리는 순간 턱 걸려서 나오지 않았다.

"아—"

프레이스의 목소리는 지나치게 즐거운 것처럼 들렸다.

"그러니까 네가 이반이라는 놈이군."

이반의 눈썹이 꿈틀했다.

"놈?"

그의 목소리가 낮아지자 부하들의 얼굴 역시 딱딱하게 굳었다. 그들은 요란하게 손마디를 꺾거나 나이프를 꺼내어 던졌다가 받기를 반복했다.

프레이스가 앞으로 걷기 시작했다. 레사는 그의 손을 잡고 말리려고 했지만 이건 숫제 끌려가는 형국이다.

"이든, 이든. 뭐하려고 그래요?"

프레이스가 멈춰 서서 레사를 돌아보았다. 그가 자신을 잡고 있는 레사의 손을 느리게 떼어 낸 후에 말했다.

"싸움."

"이—!"

레사는 다시 프레이스를 붙잡았다. 아니, 붙잡으려 했다. 하지만 레사보다 프레이스의 움직임이 훨씬 빨랐다. 은색 섬광이 가차 없이 허공을 갈랐다.

"미친—!"

이반 역시 이 바닥에서 한두 해 해 먹은 것이 아니므로 첫 번째 공격은 간발의 차로 피할 수 있었다. 부하들이 프레이스에게 덤벼들었지만 그의 상대가 될 리가 없었다. 파공성과 함께 피가 튀었다. 밤인데도 뿜어져 나오는 피는 선명한 빨강색이라고, 레사는 멍하니 생각하다가 정신을 차렸다.

'선을 넘었어……'

레사는 프레이스가 순식간에 부하 셋을 죽이고 도망가는 이반을 덮치는 것을 보았다. 고양이가 쥐를 가지고 노는 것처럼, 철저하게 상대를 가지고 놀고 있었다. 한 번에 숨통을 끊는 것이 아니라 느리게 상처를 늘려간다. 이 바닥에 사는 사람은 저런 짓을 하지 않는다.

아니, 애초에 이반과 척을 지지 않는다. 왜냐면 이반의 조직과 척을 지게 될 거라는 걸 아니까. 비명 소리에 여기저기서 기척이 늘어나기 시작했다. 레사는 달려서 프레이스의 팔을 잡아끌었다.

"이쪽으로—"

프레이스는 "끄으으—" 하는 신음을 흘리며 버둥거리는 이반의 숨통을 끊고 나서 자리에서 일어나 레사의 손에 의지해 달리기 시작했다.

이 시꺼먼 감정은 질투, 새빨간 감정은 분노. 눈앞이 두 가지 색으로 채색되어 있다가 간신히 시야가 트이는 기분이었다.

"이반 님!"

"어떻게 된 거야!!"

"주변을 뒤져!"

뒤쪽에서 들리는 소리에 프레이스는 그제야 사태를 눈치챘다. 레사는 익숙하게 골목을 돌았다. 프레이스가 작게 말했다.

"막다른 골목인데."

레사는 그를 보지도 않고 옆에 있는 판잣집의 나무 벽을 이리저리 살피더니 널빤지를 두 개 빼냈다.

"안으로."

레사의 말에 프레이스는 작은 틈으로 조심스럽게 안으로 들어갔다.

'좁아.'

안으로 들어오면 집일 줄 알았는데, 집이 아니라 그냥 좁은 관 같은 은신처였다. 뒤이어 들어온 레사가 판자를 안에서 들어 올려 도로 닫고, 나무토막을 들어 가로로 빗장을 괴어서 넘어지지 않게 조치했다.

레사와 몸이 딱 붙어 버린 프레이스는 크게 숨을 들이쉬었다가 멈췄다. 피비린내가 났다.

'아, 이런, 제길―'

얼굴에도 옷에도 피가 잔뜩 튀었다. 당연하지, 그런 거 생각하

지 않고 썰었으니까. 즐거웠다. 즐겁지 않다고 하면 거짓말일 것
이다.

'미친놈, 미친놈, 미친놈.'

레사가 자신과 눈도 마주치지 않는 게 당연했다. 자신이라도
이런 미친놈은 피하고 볼 테니까. 권력을 가진 미친놈은 얼마나
많은 사람을 죽일 수 있을까?

프레이스는 그런 생각을 하며 레사의 정수리를 내려다보았
다. 이 숨는 공간은 분명히 한 사람을 위해서 만들어진 걸 거다.
둘이 들어오자 샌드위치처럼 딱 붙을 수밖에 없었다. 레사의 뺨
이 그의 가슴에 와 닿아 있었다. 심장 소리가 다 들릴 테지. 그는
그게 뛰어서 높아진 박동이라고 생각해 주기만을 빌었다.

'최악이야.'

레사는 그렇게 생각했다.

'개인적인 선택 때문에 망설였어.'

이반을 죽이는 걸 말리지 못한 상황에 '개인적인 감정은 정말
조금도 들어 있지 않았어.'라고 한다면 그건 거짓말일 것이다.

'말릴 수 있었어.'

말릴 수 있었다. 하지만 이반이 죽기를 바랐다. 미나를 위협하
는 그를 없애고 싶었으니까. 하지만 내 손으로는 없앨 수 없었고.

'프레이스를 이용했어.'

죄책감이 물밀 듯이 밀려왔다. 그의 얼굴을 제대로 볼 수가 없
었다.

'진짜 최악이야.'

다시 한 번 레사는 그렇게 생각하며 눈을 꾹 감았다.

두근두근두근─

심장 소리가 들려왔다. 맞붙은 몸은 뜨거웠다. 어째서 흔한 심장 소리인데도, 그 소리마저 특별하게 들리는 걸까.

'다정한 심장 소리.'

심장 소리가 다정하다는 건 이상한 게 아닐까? 하지만 레사에게는 그렇게 생각되었다. 보통이라면 히죽히죽 웃으면서 방금 전까지 인간을 토막 낸 사람에게 안겨서 그런 생각을 하지는 않을 거다. 하지만 레사는 보통이 아니었다.

"어디 갔어─!"

"여긴가?"

횃불의 일렁이는 불빛이 틈을 타고 들어왔다. 프레이스도 레사도 숨을 멈췄다.

"막힌 골목이잖아."

"시발, 빌어먹을 연놈들이─!"

"찾아! 어떻게든 찾아야 해!"

발자국 소리가 멀어지자 레사의 몸에서 힘이 빠지는 게 느껴졌다. 프레이스는 푹 숨을 내쉬었다. 이쯤 되면 코가 마비될 만도 한데, 여전히 피 냄새는 가시지 않았다.

"레사."

프레이스가 작게 속삭이자 레사는 작게 대답했다.

"네."

어떤 말을 해야 할까, 무슨 말을 해야 할까. 프레이스는 도통 알 수가 없었다. 자신을 무서워하지 말라고? 너만은 해치지 않을 거라고?

"계약 신경 쓰지 마."

그리고 입 밖으로 튀어나온 것은 엉뚱한 헛소리였다. 레사의 숨결이 가슴께에 느껴졌다.

"계약……이요?"

"그, 나에게 반하지 말라는 그런 거라든가……."

프레이스는 이곳이 어두워서 다행이라고 진심으로 생각했다. 그 말― 반하지 말라는 말을 레사에게 직접, 심지어 제정신으로 엄청나게 반복해서 지껄였었다. 정말이지 생각만 해도 창피했다. 심장박동이 점점 올라가는 게 느껴졌다.

레사는 빨라지는 그의 심장 소리를 들었다.

들으며 그녀는 '왜 갑자기?' 하는 의아한 생각이 들었다. 지금 할 만한 이야기는 아닌 것 같은데. 하지만 그 말에 조금은 마음이 놓이는 레사였다.

반하지 말라고 프레이스가 몇 번이나 말했는데, 그가 그걸 얼마나 싫어하는지 알면서도 자신은 반해 버렸다.

"알겠습니다."

레사의 대답에 프레이스는 안도했다. '왜?' 라는 질문이 돌아오면 어쩌나 했는데, 그는 그런 질문 없이 넘어가 주었다.

둘은 한참을 말없이 서 있었다. 프레이스는 여기서 나가지 않아도 좋겠다는 생각과 동시에 이대로 계속 있다가는 심장에 문제가 생길 거라고 생각했다.

"이제 가죠."

레사가 먼저 말하며 손을 뒤로 뻗어 나무토막을 조심스럽게 치우고 안쪽에 달린 손잡이를 잡아 열었다. 주변에 기척은 사라져 있었다. 레사가 문을 열고 나오자 프레이스가 이어 나왔다. 레사는 도로 판자를 잘 닫아 두고, 돌로 괴어 넘어지지 않게 한 뒤에 돌아섰다.

"이쪽으로."

골목길을 빠져나가는 내내 레사는 멈췄다가 숨었다가 다시 앞으로 나가기를 반복하면서, 프레이스의 얼굴을 제대로 보지 않았다. 야시장의 북적임이 들리는 곳까지 나와서 레사가 말했다.

"여기까지 나오면 안심입니다. 모처럼 나오신 거니 좀 더 둘러보시겠습니까? 아니면 돌아갈까요?"

프레이스는 눈을 마주 보지 않는 레사를 내려다보다가 무겁게 말했다.

"돌아가지."

"네."

에릭과의 약속 장소로 돌아가자, 마차를 근처에 대 놓고 꼬치를 먹고 있던 에릭이 얼른 다가왔다.

"일찍 왔네? 재미있었어?"

“…….”

“…….”

두 사람의 침묵에 에릭은 갸웃했다가 헛기침을 뱉은 뒤 말했다.

“음, 그러면 돌아갈까. 둘 다 마차에 타.”

그리고 레사가 뭐라고 하기 전에 얼른 마부석에 올라탔다. 레사는 그런 에릭을 보고 뭔가 말하려 입을 열었다가, 다시 다물고는 말없이 마차 문을 열었다.

“타십시오.”

레사의 말에 프레이스는 마차에 올라탔다. 레사는 풋맨이 올라타는 마차 뒤쪽에 설까, 하고 망설였다. 하지만 그러면 안 되겠지. 그녀는 한숨을 삼키며 느리게 마차에 올라타며 마차 문을 닫았다.

“이랴—!”

에릭의 경쾌한 목소리와 함께 찰싹하는 소리가 들렸다. 말들은 곧 빠른 속도로 걷기 시작했다. 여기서 황성까지는 얼마 걸리지 않을 것이다.

“프레이스.”

레사가 그를 조용히 불러 프레이스는 퍼뜩 고개를 들었다. 레사는 움찔했다가 조용히 말했다.

“검 주시겠습니까?”

프레이스는 잠시 레사를 보다가, 검대에서 고리를 떼어 내 검집까지 통째로 레사에게 건넸다.

"아무에게나 무기를 휘두르지는 않아."

그러며 그가 덧붙인 말에 레사는 놀라 고개를 들어 프레이스를 보았다.

"아뇨, 그게 아니라…… 이대로 검집에 넣어 두면 검날이 망가집니다."

레사가 검을 빼내어 피와 지방이 엉긴 날을 살피다가 낮게 한숨을 내쉬었다.

"날도 나갔군요."

"……."

뼈를 잘랐으니까.

프레이스는 그 말은 속으로 내뱉었다. 레사는 옷자락을 접어 날을 닦기 시작했고 그 모습에 프레이스가 놀라 만류했다.

"뭐하는 거야? 하지 마."

"하지만 빨리 닦지 않으면."

"너 옷 버려."

"옷보다 이 검이 더 비쌉니다."

"필요 없으니까 그만둬."

그딴 놈의 피로 레사의 옷을 더럽히다니.

프레이스는 반 억지로 레사의 손에서 검을 도로 빼앗았다. 빈 손이 된 레사는 양손을 맞잡고 꿈지럭거렸다. 프레이스는 그런 레사를 보다가 속삭이듯 작게 말했다.

"미안."

"네?"

놀라 레사가 고개를 들었다.

"갑자기 사람을 공격했잖아. 정상으로 안 보였겠지. 게다가 네가 사는 곳인데, 그게, 그럴 생각은 아니었는데."

'그럴 생각은 아니었는데 충동적으로 그랬다는 게 더 미친 사람 같은가?'

프레이스는 호흡을 가다듬었다. 그는 레사의 눈을 똑바로 보기가 무서웠다.

"하지만 널 그렇게 말하는 걸 참을 수가 없었어. 그게, 그러니까."

변명을 하려면 할수록 말은 더욱 궁색해졌다.

널 사랑해. 널 사랑해서, 널 그렇게 말하는 그 자식이 싫었어.

하지만 보통은 그렇다고 그 상대를 죽이지는 않겠지.

"저야말로 죄송합니다."

레사는 조용히 말했다. 그녀는 자신의 손끝을 내려다보았다. 프레이스가 자신을 바라보는 시선이 느껴졌지만, 눈을 마주칠 수가 없었다.

"프레이스가 이반과 싸우는 걸 막았어야 했어요. 막지 못한 건 제 잘못입니다."

"아냐— 그게 왜—"

"아뇨!"

레사가 프레이스의 말을 끊었다. 스스로도 깜짝 놀란 레사는, "죄송합니다." 하고 작게 말한 뒤 빠르게 이어 말했다.

"이반이 죽기를 바랐습니다. 그래서 사적인 감정 때문에 황자님을 말리지 못했던 겁니다. 당신을 이용한 거예요. 그러니까 죄송합니다."

"레사."

"제가 어떻게든 중재를 해야 했습니다. 제 위치를 잊었어요."

"레사."

"호위로서 옳지 않은 행위였습니다. 죄송합니다."

"레사."

프레이스의 목소리는 부드러웠다.

"날 봐."

레사는 머뭇머뭇 고개를 들었다. 마주 본 그의 눈에 분노의 빛은 보이지 않았다.

"이용 같은 건 얼마든지 당해 줄 수 있어."

프레이스의 말에 레사는 멍하니 그를 보았다. 프레이스가 고개를 저었다.

"아니, 필요하면 말해. 그럼 내가 들어줄 테니까. 그보다 내 눈 피하지 마."

"황자님……."

"프레이스라고 해. 나와 거리를 두려고 하지 마."

"프레이스……."

이름을 부르자 갑자기 얼굴이 확 달아올랐다.

'뭐야, 매일 불렀던 건데 왜 이래?'

레사는 어쩔 줄 몰라 다시 얼굴을 떨구었다. 그러자 프레이스가 손을 뻗어 그녀의 턱을 잡아들어 올렸다.

"눈 피하지 말라니까."

말하고 프레이스는 숨을 삼켰다. 올려진 레사의 얼굴이—

붉어진 얼굴과 열기로 촉촉해진 눈가.

그 뭐라고 표현할 수 없는 표정이—

프레이스는 저도 모르게 천천히 상체를 숙였다. 레사는 그가 다가오는 걸 알면서도 꼼짝도 할 수 없었다. 숨결이 닿을 만큼 둘은 가까워졌고 프레이스는 잠시 멈칫했다. 레사가 도망갈 시간을 주려는 것처럼.

레사는 빤히 그의 눈을 바라보았다. 가까이서 보는 녹색 눈은 진짜, 정말 예뻐서—

"도착했어!"

에릭의 말과 동시에 덜컹하고 마차가 멈추자 둘은 화들짝 놀라 떨어졌다. 레사가 허둥지둥 마차의 문손잡이를 당겼다. 아니, 몇 번 헛손질을 했다. 그사이 에릭이 마부석에서 내려서 마차 문을 열어 주었다.

"조용히 들어가자구."

에릭이 싱글싱글 웃으며 말했다. 레사는 후다닥 마차에서 내렸다. 마차에 남은 프레이스는 양손으로 얼굴을 감쌌다.

"왜? 프레이스? 멀미라도 했어?"

"아니."

죽어 버려, 에릭 도프.

프레이스는 속으로 그렇게 외치며 고개를 들었다. 에릭이 '왜?' 하는 얼굴로 그를 걱정스럽게 바라보고 있었다.

"비켜, 문 막지 말고."

"안 막았거든."

에릭이 투덜거리며 문에서 비키자 프레이스는 마차에서 내렸다. 한밤의 황성은 조용했다. 물론 동쪽 궁이라 더 그런 것도 있지만 말이다. 에릭이 기지개를 쭉 켜며 말했다.

"난 돌아가 볼게."

"주무시지 않고 가십니까?"

레사의 말에 에릭이 히죽 웃으며 손을 뻗어 그녀의 이마를 누르듯 치고 말했다.

"갑자기 왜 또 딱딱해졌어? 응, 오늘은 돌아갈래."

"아, 으응……."

에릭이 "마차는 내가 가져다 놓을게. 잘 쉬어." 하고는 마부석에 홀쩍 올라타고 사라졌다. 그가 정원을 돌아 시야에서 사라질 때까지 두 사람은 하염없이 서 있었다.

"어, 레사―?"

프레이스가 조심스럽게 레사를 부르자 그녀가 휙 그에게로 돌아섰다.

"네."

"아니……."

아까까지 있었던 일이 거짓말 같은 새침한 얼굴이었다.

'방금 그거, 허락으로 봐도 되는 거야?'

그 질문은 혀끝에서 맴돌다가 사라졌다. 프레이스는 다시 자신이 겁쟁이라고 생각했다. 레사가 말했다.

"어서 들어가시죠. 피가 굳기 전에 옷을 담가 두는 게 좋겠습니다."

"아니, 그냥 버리면 돼."

어차피 평민으로 변장하느라 구해 입었던 옷이니 빨아 둘 필요가 없었다. 레사가 손을 들어 프레이스의 뺨을 어루만졌다.

"─!"

흠칫하며 프레이스는 얼굴을 붉혔다. 레사가 말했다.

"얼굴에 묻은 피도 굳었으니까, 들어가서 씻으시는 게 좋겠군요."

그러며 슥 하고 자신의 손을 셔츠에 문질렀다.

'아, 피 묻은 거 닦은 거구나.'

실망감에 급속도로 피가 식는 것 같았다. 레사가 "가시죠." 하고 앞장서기 시작하자 프레이스는 느릿하게 그 뒤를 따랐다.

앞서가는 레사는 어깨를 쭉 펴고 고개를 들었다.

'괜찮아, 잘 숨겼어. 괜찮아. 하지만 방금 그거─'

키스하려는 거였나? 그런 거였지?

프레이스도 자신에게 마음이 있는 걸까? 그렇게 생각하면 아까 했던 계약 이야기나 모든 게 납득이 간다. 하지만, 하지만—

'난 그를 속이고 있어.'

이용당해 주겠다는 말은 기뻤다. 정말로, 정말로, 기뻤다. 하지만 그를 이용하고 싶지 않았다. 속이고 싶지도 않았다.

'내가 여자라고 해도, 당신은 날 용서해 줄까?'

레사는 신음을 눌렀다. 그럴 자격은 없었다.

'속이려고 했던 건 아니었다. 이렇게 될 거라고는 생각도 못 했어. 처음에는 삼 일만 일하는 거였잖아? 그 뒤에도 삼 개월 계약이었다고. 그리고 미나를 위해서도 이 일을 놓치고 싶지 않았어. 여자라고 하면 분명히 계약이 깨졌을 거야.'

레사는 생각하고 헛웃음을 눌러 참았다.

'나 진짜 뻔뻔하다.'

계속되는 자기변명.

'내가 프레이스를 속인 건 사실이야. 하지만 내 일에는 최선을 다했어. 할 수 있는 건 다 했어. 남자라도 이 정도는 못 했을걸. 사랑만 하지 않으면 되잖아. 아니, 이미 결정된 거잖아. 겨울이 지나면 떠날 거라고, 겨울이 지나면.'

이제 와서 프레이스가 자신을 좋아하는 걸지도 모른다는 희망이 고개를 들자마자, 비밀을 밝히고 뻔뻔하게 곁에 있고 싶다고 생각하다니.

어두운 정원을 지나서 둘은 궁 안으로 들어왔다. 너무 어둡지 않게 불이 곳곳에 밝혀져 있었지만, 그렇다고 환한 것도 아니었다. 레사가 말했다.

"시녀에게 물을 받아 두라고 하고, 전 옷을 갈아입고 오겠습니다."

"그래."

레사가 인사를 하고 밖으로 나가자 프레이스는 거칠게 망토를 벗었다. 잡아 뜯어내듯 당겨서 브로치가 튕겨 날아갔지만 신경 쓰지 않았다. 그는 욕설을 내뱉으며 망토를 벗고 조끼를 벗어 던졌다. 피범벅이 된 장갑을 바닥에 내팽개치고 프레이스는 셔츠 목 부분을 당겼다. 투툭 하고 단추가 떨어져 나갔다.

쾅—!

프레이스는 벽을 후려쳤다.

'이 멍청한 놈, 멍청한 놈, 멍청한 새끼.'

머릿속이 식으니 자신을 향한 짜증이 올라왔다. 레사가 모를 리가 없다. 알아챘을 것이다. 허락은 무슨, 개뿔.

'하지만, 그 얼굴은—'

아직도 레사의 붉어진 얼굴이 머릿속에 박혀서 떠나지 않았다.

'날 좋아하는 건가? 아냐, 그건 아닌 것 같아. 아, 모르겠다. 모르겠어.'

눈치채고 나서 자신을 멀리하면 어쩌지?

이미 눈치챈 걸까?

호위를 그만하겠다고 하면 어떻게 하지?

'만약 에릭이 오지 않았으면…….'

키스했을 것이다. 그에게 깊게 입 맞췄을 것이다. 그러고 나면 뭔가 바뀌었겠지. 이렇게 된 거 빨리 목을 쳐주는 게 낫다는 생각이 들었다.

동시에, 그건 싫다는 생각이 들었다.

'혼란스럽다.'

프레이스는 고함이라도 지르고 싶다고 생각하며 한숨을 내쉬었다.

                        *       *       *


떨어지는 새벽별은 검을 바라보았다.

드래곤 슬레이어— 용참검. 그렇게 불리는 제국의 국보.

'역시 만질 수가 없군.'

검집부터 손잡이까지 전부 검붉은 색이었다. 용의 피가 묻어서 물든 거라고 전설은 이야기한다. 하지만 떨어지는 새벽별은 그게 전설이 아니라는 걸 알고 있었다.

'본 건 아니지만.'

떨어지는 새벽별은 드래곤이 나타난 이후에 나타난 마법사였다. 유일한 젊은 마법사. 그의 스승은 그에게 마력을 전부 나눠주고 죽었다. 마력이 없어지면, 마법사는 아무것도 아닌 것이다.

'부족해.'

시간이 부족하고, 마력이 부족하다. 마법사라고 해도 한정된 마력이라는 연료로 돌아가는 난로에 지나지 않았다. 마력이 없어지면, 불이 꺼지듯 끝나는 것이다.

이 세계에 마력은 더 이상 존재하지 않는다. 그 빌어먹을 드래곤이 마력을 전부 다 빨아들였으니까. 물이 마른 연못에 남은 물고기들처럼, 마법사들은 아가미를 뻐끔거리다가 죽겠지.

그건 싫었다.

'관조는 무슨 관조.'

그의 입가에 냉소가 서렸다. 그의 모습은 20대 후반으로 보였지만 실제 나이는 쉰을 훌쩍 넘어 있었다.

'떨어지는 새벽별.'

정말로 지독하게 어울리는 이름이지 않는가? 스승이 자신에게 왜 그런 이명을 붙여 주었는지, 그는 잘 알고 있었다. 새벽별처럼 빛나던 마법은 이제 진창으로 처박혔다.

'그러면 다시 깨우면 되지.'

마력을 세상에 다시 퍼트리면 된다. 그 봉인된 드래곤을 깨워서, 다시 마력을 토해 내게 만들 것이다. 그는 그것만을 연구해 왔다. 마법은 완성되었으니 이제 필요한 것은 드래곤을 깨우는 일뿐.

그러기 위해서는 두 가지가 필요했다.

검과 방패.

한 쌍의 드래곤 슬레이어.

'하나는 손에 넣었지만.'

방패를 손에 넣기는 쉽지가 않을 것 같았다.

'아 참, 하나 더 필요하지.'

두 가지를 다룰 수 있는 사람.

고대인의 피가 필요했다. 현재로써는 그 핏줄을 이어받은―

황족이려나?

'어떻게 협조하게 만들까?'

떨어지는 새벽별은 검을 바라보며 생각에 잠겼다. 맨손으로 만지면 바로 자신의 마력을 빨아먹는 저주받은 검을 그는 한참을 바라보았다.

'그 체질을 고쳐 준다고 할까.'

그 사랑에 목숨 건 여자에게 마법약을 건네줄 때부터, 희미하게 가지고 있었던 계획이었다.

'그건 방패를 빼내기 위해서 사용할 생각이었는데.'

"―!"

퍼뜩 신경을 거스르는 마력의 움직임에 떨어지는 새벽별은 손을 뻗어 지팡이를 붙잡았다. 그의 지팡이는 새하얀 나무로 만들어진 것이었다. 맨 위에 머리에는 온갖 빛을 발하는 주먹만 한 오팔이 자리 잡고 있었다.

챙강―!

그가 지팡이를 휘두르자 마치 얇은 유리창이 깨지는 듯한 소리가 났다. 떨어지는 새벽별은 혀를 찼다.

'은나무가시로군.'

스승의 사매. 자신에게는 사숙 정도가 되겠지.

'전부 당신들을 위한 거라고!'

떨어지는 새벽별은 그렇게 고함을 치고 싶었다. 그 관조이니 뭐니 하느라 자신의 스승은 비참하게 죽지 않았는가?

그 드래곤을 어떻게 할 방법을 그동안 찾았다면, 찾았을 것이다. 자신도 찾아낸 것을 그들이 몰랐을 리가 없다. 그걸 그냥 두고 보다니.

*'일루민.'*

자신의 이름을 부르던 경쾌한 목소리, 쓰다듬어 주던 손, 장난기 가득한 얼굴.

떨어지는 새벽별은 숨을 멈추고 가슴께를 움켜쥐었다. 당신을 떠올릴 때마다 괴롭기만 해. 이건 저주인가? 벌인가?

"그리고 이제 내 이름을 부르는 사람은 없지."

세상이야 멸망하든 말든, 상관없었다. 가장 소중한 사람은 이미 없으니까. 그러니 그에게는 드래곤을 깨우는 것이 도박도 아닌 일이었다.

된다면야 꿈을 이루는 셈이고, 실패한다고 하면 그 정도로도 좋았다.

새벽별은 두꺼운 천을 들어 검을 몇 겹이나 감았다. 그리고 나서 천 뭉치를 들고 그는 지팡이를 휘둘렀다. 마법을 깼으니, 은 나무가시가 추적해 올 것이다.

경험이나 여러 가지 면에서 그는 다른 마법사들에 비해 부족했다. 충분한 주의를 기울여야 한다. 떨어지는 새벽별의 지팡이는 공간을 찢었고, 그는 다른 곳으로 이동했다.

정확히 3초 후, 반짝임이 공간을 차지했다. 마치 은색 나무가 자라나는 것처럼 은색 빛이 연기처럼 퍼지고 그 은빛 문을 통과해 나온 것은 코코였다.

코코는 주변을 둘러보았다.

'추워라.'

그녀는 가볍게 입김을 뿜어냈다. 어둡고 좁은 오두막이었다.

'놓쳤네.'

추적마법이 파삭 하고 부서지는 걸 느끼고 나서, 바로 추적해서 날아왔지만 코앞에서 놓친 것 같았다. 마력의 흔적이 아직 남아 있는 걸로 봐서는 이동한 지 얼마 안 되는 것 같았다.

우웅―

짧은 마력의 떨림과 함께 검은색 구멍이 천장에 생겼다. 그리고 거기서 뚝 하고 사람이 떨어져 내렸다. 깊게 후드를 눌러쓴 그는 사슬로 몸을 칭칭 감고 있었다.

"놓친 건가?"

그의 목소리 역시 쇳소리가 났다.

"그래."

남자는 천천히 오두막 안을 걸었다. 그가 걸을 때마다 사슬들이 달그락거리는 요란한 소리를 냈다.

"우리가 그를 붙잡아야 한다."

남자가 다시 말했다. 코코는 한숨을 내쉬었다.

"그걸 누가 몰라?"

"넌 그에게 너무 무르다."

"붙잡힌 광기."

붙잡힌 광기라는 이상한 이명을 가진 마법사는 히죽 웃었다.

"그건 당연한 거다. 넌 그녀의 사매니까, 그녀의 아이를 해치고 싶지 않겠지."

자신이 광기에 사로잡혀 있다고 믿는 사람은, 항상 자신을 제어하려고 하기 마련이고, 그래서 그는 어떤 순간에도 멀쩡했다.

"그래, 하지만 내가 그를 일부러 놓아줬다거나—"

"그런 생각은 안 한다."

광기는 그렇게 말하고 길게 입김을 내뿜었다. 새하얀 입김은 곧 토끼의 모양으로 변해서 오두막의 난로로 달려가더니 굴뚝을 통해 나갔다.

"흔적을 추적하게 하겠다."

"그래……."

"어린 것, 불쌍한 것."

붙잡힌 광기는 그렇게 중얼거리고 몸을 빙글빙글 돌렸다. 그러자 그의 발밑에 검은 구멍이 다시 생겼고 그는 거기로 쑥 빠져서 사라졌다.

코코는 지팡이로 툭 바닥을 두들겼다. 은색의 나무 모양이 바닥에 뚜렷하게 새겨져서 빛났다.

'왜 이 시기에 제자를 들였던 거야?'

그렇게 생각하며 코코는 뒤로 쓰러지듯 넘어졌다. 하지만 그녀는 그 무엇에도 부딪히지 않은 채 바닥에 그려진 은색 나무를 통과했다. 통과하자 바닥은 그녀의 발밑에 있었다. 다시 자신의 집으로 돌아온 코코는 한숨을 내쉬었다. 지팡이를 내려놓고 그녀는 은색으로 반짝거리는 망토를 벗었다.

방을 통과해서 가게로 나가자 이상하게 주변의 소란스러움이 느껴졌다.

'뭐지?'

코코는 가볍게 귓가를 톡톡 두들겼다. 주변의 온갖 소음들이 뚜렷하게 들려오기 시작했다. 코코는 주변에서 들려오는 이런저런 소리들을 작게 하고, 크게 하고, 조금씩 조절을 하기 시작했다.


"이반이 죽었대."

"이반이 살해당했다는군."

"대체 누가 죽인 거야?"

"두 명의 남자라는데."

"아주 토막이 났대."

"백상어 이반이 죽었다고?"

"어머나?"

코코는 자신이 바깥에 신경을 끄고 있는 사이에 재미있는 일이 일어났네, 하고 눈을 깜박였다. 그녀가 다시 귓가를 톡톡 치자 소리가 사라졌다.

"나랑은 별로 상관없는 일이지만."

그러다 문득 코코는 미나를 떠올렸다.

"이 동네로 다시 돌아오기에는 불안하겠는데? 하긴 그 재수 없는 남자가 붙어 있으니 상관없다. 그리고 테레사도 있고."

오래 살다 보니 혼자 중얼중얼 말하는 것이 이상한 것도 모르는 코코였다.

"황성이라……."

코코는 눈을 감았다.

딱 한 번 가본 적이 있었다. 건국하던 그날, 초대 황제의 머리에 관이 씌워지던 그날에 자신도 그 아래 단상에 껴 있었다. 마법사인 것을 밝힐 수는 없었다. 그랬다가는 사람들에게 잡혀서 그대로 찢겼을 테니까.

숨죽이고, 숨은 공로자의 자격으로 그 아래서 지켜보다가 단상에 오른 황제와 눈이 마주쳤다.

오싹한 붉은색 눈동자. 드래곤 슬레이어.

그건 칼과 방패가 아니라 그 남자 자체를 이르는 말이었다. 마법으로 허공에 떠 있던 아름다운 왕국은 바다에 처박혔지만, 그러고도 드래곤은 멈추지 않았다. 그 뿜어져 나오는 불과 비명.

코코는 관자놀이를 문질렀다. 오래전 일이 갈수록 생생해지는 건 나이를 먹었기 때문일까?

"테레사 알반."

코코는 작게 그 이름을 입 안으로 읊조렸다.

'어울리는 건지, 아닌 건지.'

그녀는 피식 웃으며 손가락을 탁 튕겼다. 그러자 가게의 문이 스윽 사라졌다.

"당분간 가게는 쉽니다. 아, 참—"

그녀가 손가락으로 둥글게 원을 그렸다.

"테레사 알반에게는 열어 놓을게."

문이 있던 자리에 작은 원이 반짝하더니 사라졌다. 코코는 어깨를 주무르며 다시 방으로 들어갔다.

"오랜만에 마력을 소비했더니 피곤하네……."

마력이 사라지기만 하고 채워지지 않는 박탈감은 여전했다.

코코는 쓸쓸하게 웃고 침대에 몸을 던졌다.

'차라리 한 번에 죽는 게 편할 것 같아.'

아주 느리게, 천천히 마모되어 가는 죽음이라니.

코코는 한숨을 삼키고 눈을 감았다.

# 2장
# 무도회

황립 아카데미에는 두 가지 부류의 사람이 있다.

일해야 하는 사람과 일하지 않아도 되는 사람. 일해야 하는 사람의 수는 많고, 일하지 않아도 되는 사람의 수는 적었다.

유한 계급.

미나는 그들을 그렇게 생각했다.

유한 계급— 그러니까 귀족들의 대부분은 아카데미에 자신의 자식을 보내지 않았다. 마차를 타고 굽이굽이 넘어가야 하는 시골 영지라고 해도 보통은 가정교사를 구한다.

하지만 제국이 아카데미를 세운 이유는 명명백백했다. 황제에 대한 자신의 충성심을 보이기 위해서 귀족들은 기꺼이 자신의 차남이나 삼남, 사남, 막내나 혹은 딸을 아카데미에 입학시켰다. 혹은 집안의 골칫덩어리들을 말이다. 혹은 무가(武家) 사람일 경우도 있었다. 그들은 어렸을 때 단체 생활을 하는 것이 좋다고 굳게 믿고 있었다.

'그 사람들이 생각하는 단체 생활인가 하면, 그런 것 같지는 않지만.'

미나는 그렇게 생각하며 눈앞에서 투덜거리는 제니를 바라보았다.

"어째서 기말 시험 범위는 이렇게 넓은 걸까?"

"배우는 기간이 더 기니까?"

미나의 말에 제니가 울상이 되어 의자에 몸을 푹 기댔다.

백 년의 전통을 자랑하는 황립 아카데미는 제국의 수도에 위치한 만큼 거대한 규모와 아름다운 건물을 자랑하고 있었다.

여기에 입학하기 전까지 미나는 이렇게 유리가 많은 건물이 존재한다는 것도 알지 못했다. 차나 커피를 마시는 티 살롱 안은 학생들로 가득 차 있었다.

"기말고사만 끝나면 기다리던 겨울 무도회잖아. 힘내."

미나의 말에 제니가 고개를 반짝 들었다.

"너, 네 친척 초대할 거야?"

"내 친척?"

"알반 준남작 말이야."

"아—"

제니가 상체를 앞으로 숙이며 눈을 반짝였다.

"얼마 전에 이 황자님의 이름 앞으로 방까지 받았다면서, 신분이 낮지만 측근이라, 이제는 앞날이 탄탄하다는 이야기도 돌던걸."

"그런 이야기도 돌아? 왠지 애들이 날 대하는 태도가 좀 달라졌다 했어."

"책만 보지 말고 주변의 이야기도 좀 들어, 미나 리스키."

"글쎄− 레사는 레사고 나는 나니까."

"그래도 그 기사분이 널 아끼는 건 사실이잖아. 얼마 전에 면회도 왔고…… 역시 둘이 약혼한 사이인 거 아냐?"

"그런 거 아냐."

미나가 고개를 저었다. 여자인 레사와 약혼이라니.

"에이~ 그런 거 아니긴."

"진짜로 아니라니까."

"진짜?"

"그래, 진짜."

미나가 얼굴을 굳히며 진지하게 말했다. 제니가 흐응, 하고 한 알에 은화 한 닢인 흰 설탕 덩어리를 퐁당 찻잔 안에 떨구었다. 미나가 한숨과 함께 말했다.

"내가 저번에 다 설명했던 거 아냐? 근데 너에게 또 이래야 해? 내 말을 믿기는 하는 거야?"

그녀가 짜증 섞인 목소리로 말해서 제니가 어깨를 으쓱하며 말했다.

"그만큼 알반 준남작이 잘생겼다는 거지. 그날 진짜 난리 났잖아."

"……그랬지."

미나는 레사와 면회를 했다가 돌아온 날의 소동을 생각하며 한숨을 내쉬었다.

"그래서, 초대할 거지?"

"안 할 거야."

"왜?"

"그냥 사람들 입에 오르락내리락하는 것도 싫고……."

"에이—"

아카데미에서 열리는 행사 중에 유일하게 외부 사람을 초대할 수 있는 행사였다. 그만큼 학생들의 기대도 높고 말이다.

'내가 레사에게 연락해야겠군.'

제니는 그렇게 생각하며 차를 마셨다.


레사는 망토에 달린 동물 털을 눈을 가늘게 뜨고 유심히 바라보았다.

'새하얀…… 족제비 털인가?'

비싸겠군.

제복이야 일하느라 필요해서 받는다고 하지만, 이런 것까지 챙겨 주는 건 아니지 않을까? 하지만 받아서 기쁜 것 역시 사실이었다.

"마음에 들어?"

프레이스의 물음에 레사는 고개를 들었다.

"비싸 보입니다……."

"가격은 신경 쓰지 마. 무도회에 나가는데 수수하게 하는 쪽이 오히려 더 눈에 띄어. 안 좋은 의미로."

"무도회라면……?"

"겨울 무도회. 겨울 궁전을 본 적 있나?"

"아뇨, 아직."

"그러면 이번에는 가겠군."

프레이스는 그렇게 말하며 어깨를 으쓱했다.

"황궁에서 일 년에 두 번 주최하는 거대한 무도회가 있지. 봄에 열리는 무도회. 이때가 데뷔 시즌이야. 수도가 북적북적해지고, 영지에 있던 대부분의 귀족들이 수도로 올라오지. 한 달 동안 끊임없이 춤추고 춤추는 기간이야. 두 번째가 겨울 무도회. 겨울 동안 할 일이 없어진 귀족들이 노니는 무도회지."

"말이 무도회죠."

윈스턴이 차갑게 말을 받았다. 레사가 그를 돌아보자 윈스턴이 의자 팔걸이에 몸을 기대며 말했다.

"사교 현장이니, 칼만 뽑지 않은 각축장이라고 볼 수 있지. 우리 세력이 될 자, 아닐 자, 골라내고, 솎아 내고."

"아—"

레사는 고개를 끄덕였다.

"전 자신 없는 전쟁터로군요."

"발목만 잡지 않으면 돼."

윈스턴의 말에 레사는 고개를 끄덕였다. 그리고 다시 털 망토
를 바라보았다.

'겨울……'

생각보다 너무 빠르게 겨울이 오고 있었다. 아니, 이미 왔다.
초겨울로 들어선 날씨에 벌써부터 궁 안은 벽난로의 불을 때고
있었다.

'겨울…… 겨울까지만…… 신년이 되고 봄이 오기 전에 떠나
자.'

레사는 마음을 굳게 먹었다. 그러면서도 스스로가 우습기도
했다. 겨울까지만 함께하겠다고 해 놓고, 또 이렇게 미루다니.
이러다가 봄이 되면 떠난다고 하는 게 아닐까. 아니, 그런 일은
없을 거야.

쐐기를 박기 위해 레사는 입을 열었다.

"테사와 연락이 닿았습니다."

레사의 말에 프레이스가 놀라 고개를 들었다.

"진짜?"

"네, 어쩌면 무도회쯤에 올 수 있을지도 모르겠네요."

"그래? 잘됐네. 그러면 무도회에서 너와 테사의 안면을 익히
게 한 다음, 신년이 되면……."

프레이스가 힐끗 윈스턴의 눈치를 살피고 말했다.

"그때 다시 작위를 내리는 걸 생각해 보지."

그 말에 윈스턴이 고개를 들었다. 프레이스는 재빨리 화제를 돌렸다.

"무도회 전에 도착하면 좋겠는데. 개인적으로 한번 만나고 싶거든."

"프레이스가 그다지 신경 쓸 만한 사람은 아닙니다."

"레사의 쌍둥이 누이잖아? 나에게는 중요한데."

"글쎄요. 그 전에 도착할지 어떨지는 모르겠습니다."

"그렇군."

윈스턴은 펜 끝, 뭉툭한 부분으로 자신의 턱을 괴고 둘의 대화를 지켜보았다.

'무슨 대화가 저래? 게다가 어떻게 레사와 테사가 같이 무도회에 나와? 그건 물리적으로 무리지.'

한 사람이 후다닥 옷을 갈아입고 나오는 그런 건, 연극에나 있는 일이다. 여자가 옷을 입는 것이 얼마나 복잡한 일인지 윈스턴도 대충은 알고 있었다. 혼자서 옷을 입는 건 불가능하다.

'설마 레사가 진짜 쌍둥이인 건가?'

남녀 쌍둥이는 희귀하지만, 동성 쌍둥이는 그나마 볼 수 있다.

'자매를 무도회에? 아니 그럴 필요가 있나?'

게다가 '작위'라니. 절대로 간과할 수 없는 말이 들렸다.

'편애'라는 것을, 윈스턴은 용납할 수 없었다. 게다가 그것이 베갯머리송사에서 나온 것이라면 더더욱. 애첩의 말에 휘둘리는 인물이라면 암군이 될 것이 틀림없지 않은가?

윈스턴의 자신의 선택이 틀렸다고 생각하고 싶지 않았다.

'그런데……'

윈스턴은 눈을 가늘게 떴다.

둘 사이의 분위기가 이상했다. 연인의 분위기라기보다는…….

'황자님께서는 호감을 보이는데 레사 쪽에서는 딱딱한 것 같은?'

연애에는 둔감한 윈스턴이라도, 매일 보는 인사인데 기류를 눈치채지 못할 리가 없었다. 게다가 갑작스레 등장하는 '테사'라는 인물도 그렇고……

'설마?'

윈스턴은 다시 하나의 가망성이 삐죽하게 고개를 드는 것을 느꼈다.

"레사."

"네."

레사가 윈스턴을 돌아보자 그가 서류를 들고 자리에서 일어나며 말했다.

"잠깐 얘기 좀 하지."

"알겠습니다."

종종 윈스턴이 서류와 관련된 이야기를 하는 경우도 있었기 때문에 레사는 별다른 의아함 없이 그를 따라 집무실을 나섰다.

집무실의 문을 닫자마자 윈스턴은 레사를 돌아보았다.

"레사 알반."

"네."

"돌려서 물어볼 수도 있지만, 직접적으로 묻지. 황자님과……?"

직접적으로 묻는다는 것치고는, 뒤가 없는 질문이었다. 레사는 잠시 그 뒤를 생각하다가 윈스턴의 표정을 보고 얼굴을 굳혔다.

"아닙니다."

"그래?"

"네."

'아니라고?!'

윈스턴은 속으로는 고함을 지르고 싶었으나 겉으로는 침착하게 고개를 끄덕였다.

"계속 그러는 게 좋을 거야."

"계약 사항이기도 했으니까요."

"아, 그렇지. 그러면 이 서류를 정무관의 서럴에게 가져다줘. 16페이지를 다시 읽고, 그 머리가 장식품이 아니라는 걸 증명하는 게 좋을 거라고 말해 두고."

"네."

레사는 딱딱한 얼굴로 대답하고 서류를 받아 들고 복도를 돌아 사라졌다. 윈스턴은 레사가 사라진 걸 확인하고 벽에 기댔다.

'대체 뭐가 어떻게 된 거야?! 둘이 사귀는 거 아니었어? 그래서 옆방을 주고, 그러니까 여자인 것도 아는 거 아니었냐고. 아니, 그럼 에릭 도프는 대체 뭔 소리를 지껄인 건데?'

그 자식도 혼자 착각하고 있는 건가?

'아니지, 황자님께 여쭤서 알았다고 했잖아. 대체 뭐야? 아니면 레사 알반이 나에게 거짓말을 한 건가?'

그건 아닌 것처럼 보였다.

'에릭을 추궁해야겠군.'

윈스턴은 고문 기술자가 된 듯한 기분을 느꼈다. 그리고 윈스턴에게 뒷덜미가 채여서 방 안으로 끌려 들어온 에릭은 눈을 데굴데굴 굴렸다.

"어…… 뭔가 할 이야기라도?"

"황자님과 레사 알반에 대해서 이야기해 봐."

"전에 다 이야기한 거 아니었어?"

"나도 그런 줄 알았는데, 아닌 것 같은데."

윈스턴의 말에 에릭은 자신이 뭔가 설명을 빼먹은 것이 있거나, 아니면 뭔가 달라진 것이 있는지 열심히 생각했다. 윈스턴은 별말 하지 않고 에릭이 알아서 입을 열기를 기다렸다.

모를 때는 적게 말하면서 상대방에게 최대한 많은 말을 하게 하는 것이 최선이다. 그리고 상대방이 자신이 실수한 거라고 생각하면 더 좋고.

"작위 때문에 그래?"

에릭이 묻자 윈스턴은 눈썹을 슥 추켜올렸다. 에릭이 "아니, 그게―" 하고 변명을 시작했다.

"프레이스가 사적인 감정 때문에 그러는 거긴 하지만, 아직 확실한 건 아냐. 그리고 레사가 그걸 받아들일지도 모르겠고. 아무래도 애정 사업이 잘되어 가고 있지 않은 것 같거든."

"잘 안 돼 간다고?"

"너도 아까 분위기 봤잖아."

에릭이 어깨를 으쓱해 보였다.

"뭐, 프레이스도 레사도 같은 남자니까 말이야. 레사가 여자라면 좀 달라졌을지도 모르겠지만. 게다가 프레이스도 고백 같은 걸 할 만한 위치는 아니고 말이야. 자기에게 반하지 않는 사람이 딱 한 사람뿐인데, 고백했다가 차이기라도 하면 그건 타격이 꽤 클걸."

에릭은 프레이스가 했던 염려에 대한 말은 꺼내지 않기로 했다. 꺼내 봐야 상황만 더 안 좋아질 것 같았다. 슬쩍 윈스턴의 눈치를 살피자 그는 고민에 잠긴 것처럼 보였다.

"그래서 개인적으로 난 테사에게 희망을 걸고 있는데 말이야……."

에릭의 말에 윈스턴의 눈동자가 휙 하고 그에게 다시 돌아왔다.

"테사에게?"

윈스턴의 목소리가 살짝 높아졌지만, 에릭은 그걸 다른 의미로 받아들였다.

"아니, 억지로 그러겠다는 말은 아니고. 그리고 권력을 위해서 누이를 프레이스의 침대로 밀어 넣으라는 그런 이야기도 아니야. 하지만 둘이 서로 마음에 들 수도 있잖아? 테사도 안티매직일 가능성도 있고. 레사랑 똑같이 생겼으니까……."

에릭이 어깨를 으쓱했다. 대용품으로 삼으라는 건 저질인 이야기지만, 에릭은 그러면 어때? 하고 생각했다. 시작이 이상해도 끝은 좋을 수 있는 법이다.

"하지만—"

레사가 테사잖아!

윈스턴은 그 말이 팝콘처럼 튀어나오려는 것을 간신히 눌렀다. 에릭이 히죽 웃었다.

"그래, 맞아. 꽤나 저질스러운 계획이지. 하지만 어때. 프레이스가 그걸로 마음이 좀 나아져서 멀쩡해진다면 얼마든지 하겠어."

"……가끔 넌 무자비해."

"내 주군을 위해서야 얼마든지. 하지만 프레이스가 이걸 받아들일지는 모르겠어. 솔직히 말하면 난 강제로 레사를 침대에 끌고 가도 상관없다고 봐서."

"……."

"너에게는 범죄로 들리겠지만."

"아니, 그게 아니라."

윈스턴은 얼굴을 문질렀다. 침대로 끌고 가면 레사가 여자라는 걸 들키게 되겠지. 윈스턴은 힐끗 에릭을 보았다.

'이 녀석에게 레사가 여자라는 걸 밝히면…….'

당장에 황자의 침대에 레사를 밀어 넣을 것 같았다.

그럼 그걸로 된 걸지도 모른다.

하지만― 그런 일은 윈스턴의 취향이 아니었다. 그는 부당한 폭력과 억압은 질색이었다. 그게 설령 주군을 위한 것이라고 해도 말이다.

'레사 알반, 대체 뭘 어떻게 할 생각인 거야?'

차라리 레사에게 알고 있다고 말할까.

윈스턴은 그렇게 생각하며 한숨을 내쉬었다. 그동안의 일이 완전히 착각이라고 생각하니 민망하기도 했다.

'그 일에 대해서는 입을 딱 다물고 있었던 게 천운이군.'

남의 애정사에 간섭하지 않기로 한 것이 다행인 일이었다.

'하지만 테사는 어쩌려는 거지? 진짜로 쌍둥이 자매인 건가? 제발 그러기를 바라야겠군.'

윈스턴은 그렇게 생각하고 고개를 들었다.

"황자님은 그런 일은 하지 않으실 거야."

"그렇겠지. 아주 그냥 미움을 살까 봐 애지중지하던데."

"레사도 알고 있나?"

"응?"

"황자님의 마음에 대해서?"

"모를 수가 없지 않아?"

"하지만 계약도 있고, 어쩌면 시험이라고 생각할 수도 있지."

윈스턴은 에릭의 시선을 범죄행위에서 좀 돌리기로 마음먹었다. 그 말에 에릭이 "어?" 하고 얼빠진 소리를 냈다.

"아, 그렇게 생각할 수도 있겠네. 하긴 예전의 프레이스라면 할 법한 짓이야, 진짜."

"그럼 어쩌지?" 하고 웅얼거리는 에릭을 보고 윈스턴은 가늘게 한숨을 내쉬었다.

'무도회까지 지켜봐야겠군.'

그렇게 결심하면서 말이다.


초겨울이라 정원의 잎사귀는 무서운 속도로 떨어지고 있었지만, 유리온실 안은 온화한 공기를 유지하고 있었다. 날씨가 더 추워지면 온실 안의 귀한 꽃나무들을 보호하기 위해서 난로가 하루 종일 공기를 데울 터였다.

애버릿은 코트를 벗어 건네며 온실 사이로 걸어 들어갔다. 각양각색의 높낮이를 가진 나무와 관목, 꽃들이 온실을 가득 채우고 있었다. 바닥에 깔린 네모난 벽돌로 된 오솔길 양쪽으로는 콩자갈들이 가득 쌓여 있어서 자갈길을 걷는 기분을 주었다.

그야말로 사치스러운 정원이었다.

한겨울에도 여기서는 얼마든지 꽃을 볼 수 있었다. 이 유리온실은 릴리안이 후궁으로 들어올 때 짓기 시작해서 애버릿이 세 살이 되었을 때 완성된 것이었다.

"여전히 아름다운 곳이군요."

애버릿이 청금석 타일로 만들어진 테이블 앞에 앉으며 말했다. 얇은 드레스를 걸치고 있는 릴리안이 싱긋 웃었다.

"궁에서 마음에 드는 유일한 곳이지요."

"장미궁도 괜찮지 않습니까?"

"그곳은 겨울에는 시들어 버리니까요. 사시사철 푸른 것이 좋답니다, 이 어미는."

"그런가요. 전 사계가 있는 편이 시간의 흐름을 느낄 수 있어서 좋습니다."

"아직 젊군요, 황자는."

후후 웃으며 릴리안이 애버릿의 잔에 차를 따라 주었다.

"그래서—"

애버릿이 찻잔 손잡이를 잡으며 운을 떼자 릴리안이 받았다.

"겨울 무도회에서 춤출 상대를 정했나요?"

"글쎄요."

"'글쎄'라는 말은 못 미덥게 들리는군요."

릴리안이 그렇게 말하며 자기 몫의 차를 따랐다. 쪼르르 하는 작은 소리와 함께 금색 찻물이 금테를 두른 우아한 도자기 찻잔을 가득 채웠다.

"황자가 어서 아내를 맞이해야 할 텐데요."

릴리안이 잔을 들며 애버릿을 보았다.

"이리 결혼을 늦게 해서 이 어미의 속을 썩입니까? 좋은 집안 아가씨가 그렇게 많은데요."

"좋은 집안이라—"

애버릿은 싱긋 웃었다.

"클리프랜드 공작 영애와 결혼이라도 할까요?"

"그래도 괜찮겠죠."

"……!"

그 말에는 애버릿이라도 동요하지 않을 수가 없었다. 놀라는 자신의 아이를 보며 릴리안은 미소 지었다.

"클리프랜드 공작이 우리와 같은 배를 탄다면, 더 바랄 일이 없겠지요."

"그야……."

황제를 등에 업은 애버릿이 황위를 차지할 수가 없는 것은, 클리프랜드 공작 때문이다. 그 가문의 위세는 실로 대단했다.

애버릿의 동요는 금방 호수의 파문처럼 사라졌다.

"그 남자가 저와 함께할 거라고는 생각할 수가 없군요."

항상 자신의 어머니와 자신을 바라보던 그 차가운 눈을 잊을 수가 없었다.

"하지만 프레이스와 결혼할 것 같지도 않던데요. 클리프랜드 공작가에서 그의 아내가 나올 일이 없는 것처럼도 보이고 말입니다."

"그런가요."

애버릿은 짧게 대답하고 웃었다.

"정략결혼을 좋아하시지 않는 걸로 알았습니다만."

"저도 사랑해서 하는 결혼이 좋은 거라고 생각했었지요. 어린 시절에는요."

릴리안이 우아하게 차를 마셨다. 그녀가 찻잔 받침에 찻잔을 소리 없이 올리며 애버릿을 보았다.

"하지만 겪어 보니, 권력 앞에서 사랑은 시든 장미 같은 거더 군요."

"……."

애버릿은 말없이 어머니의 말을 들었다. 릴리안이 자신에게 이런 이야기를 하는 것은 처음이었다. 아니, 항상 몸짓으로는 말하고 있었을지도 모른다.

릴리안이 스콘에 버터를 바르며 말했다.

"가문에서 정해 준 사람이지만, 사랑했답니다. 황제가 될 수 없는 사람이라도 좋았어요. 그런 건 상관없이 다정한 사람이었으니까요. 황제가 되기 위해서는 나와 결혼할 수가 없다고 말하기 전까지는 말입니다."

반년 내내 만든 웨딩드레스는 쓸모없는 것이 되어 버렸다. 그것은 지금도 옷장 안에 깊숙이, 빛바래진 노란색으로 변한 채 걸려 있었다.

"하지만 그래도 날 가장 사랑한다고 말해 주어 그것만으로도 기뻤습니다. 지아비의 꿈이 있다면 지지해 줘야 한다고 생각했지요. 간악한 세력이 우리의 사랑을 가로막는다고 해도 말이지요."

황제가 되는 것이 마치 세상에서 가장 슬픈 일인 것처럼, 피해자인 것처럼, 그렇게 계속 말해서 그런 줄 알았다. 하지만 억지로 황제가 되는 사람이 어디 있으랴?

"언제까지나 소녀로 있기에 황궁은 시간이 더 빠르게 지나가
는 곳이지요. 사랑하는 사람이, 내 남편이 내 보호자가 되어 줄
수 없다는 것을 깨닫기에도 충분한 시간이 지났고요."

릴리안은 애버릿에게서 눈을 떼지 않았다. 그녀는 아들의 반
항을 이해하고 싶지도 않았고, 이해하지도 않았다.

"내가 당신을 어찌 키웠는지, 당신도 알지 않습니까?"

보호자 노릇을 하지 못하는 황제와 황후의 자리에 앉아서 자
신을 잡아먹지 못하는 여자 사이에서.

"애버릿."

릴리안은 다정하고 부드럽게, 하지만 확고하게 말했다.

"그대는 나에게 매정하면 안 됩니다."

그리고 수단과 방법을 가리지 않고, 황제가 되어야 한다. 날
그렇게 독한 여자 보는 것처럼 보는 게 아니라.

애버릿은 그저 눈을 내리깔 뿐이었다.

"먼저 일어나 보겠습니다."

잠시 후 애버릿이 말하자 릴리안은 퇴석을 허락했다. 애버릿
은 빠른 걸음으로 온실을 빠져나왔다. 겨울바람이  열기로 붉어
진 그의 뺨을 때리자 그제야 살 것 같았다.

"웃기는 이야기야. 안 그래?"

대답을 원하는 말은 아니라, 이든은 대답하지 않았다. 애버릿
이 킥킥 웃었다.

"전부 피해자뿐이고 가해자는 없으니 말이야. 사랑이라, 그런

순간이 있기는 했던가……."

중얼거린 애버릿은 심호흡을 했다.

"저놈의 온실. 숨 막혀서 죽는 줄 알았네."

애버릿은 답지 않게 거칠게―그의 기준에는― 말했다. 애버릿
이 힐끗 이든을 보았다.

"사실 아내를 맞을 생각은 있어."

"그야 당연하지요."

황제가 되든, 되지 않든, 당연히 아내를 맞이하고 혈통을 남겨
야 한다. 그것이 황가의 의무이기도 했다.

"나에게는 사랑보다 신뢰가 더 중요해."

이든 역시 그 말에 동의했다. 애버릿이 힐끗 이든을 보고 물었
다.

"그러니까 네 여동생은 어때?"

그 말에 이든은 놀라 저도 모르게 멈춰 섰다. 애버릿도 따라
멈춰 서자 이든은 잠시 입을 빠끔거리더니 말했다.

"황자님, 제 누이는…… 너무 부족합니다. 나이도 많고, 그렇
다고 미모가 출중한 것도 아니고……."

"자기 여동생에 대해 이야기하는 것치고는 너무 각박한데? 하
지만 입은 무겁고 믿을 만하잖아. 신뢰가 중요하다니까?"

"아뇨, 그렇지 않습니다. 아니, 중요하기는 합니다만, 저희 가
문은 황자님의 이름에 누가 될 뿐입니다."

"내가 서자라서 안 돼?"

"그런—!"

이든은 고개를 퍼뜩 치켜들었다가 애버릿의 웃는 얼굴을 보고 다시 고개를 숙였다.

"그런 건 아닙니다. 저희가 격에 맞지 않는다는 것입니다."

"글쎄, 뭐 생각은 해 둬."

"송구합니다."

"넌 내가 믿는 몇 안 되는 측근이야. 네 가문에서 내 비를 뽑는 건 이상하지 않아."

"그야 후궁에 넣어 주신다면, 부족한 여동생이라도 기쁘겠습니다만……."

아내라면 이야기가 달라진다.

애버릿은 서자인 만큼, 부족한 혈통을 아내의 가문에서 벌충해야 한다. 게다가 혼인이란 매우 중요한 사업이니 이렇게 결정하면 안 되었다.

'도무지 농담과 진담을 구별할 수 없는 분이시니…….'

이든은 한숨을 삼켰다.

"드래곤 슬레이어를 찾는다면, 이런 문제도 없겠지."

"송구합니다."

"아냐, 그렇게 쉽게 찾아진다면 진즉에 찾았겠지. 하지만 공개적으로 찾지 못한다는 건 꽤나 답답한 일이군. 대체 어떻게 사라진 걸까? 그곳을 열려면 가문의 피가 필요한데 말이야……."

애버릿은 한숨을 내쉬었다.

"보물전에 가 볼까."

중얼거리며 애버릿은 궁 안으로 향했다. 보물전은 궁의 가장 안쪽에 있었다. 역대 황제들의 초상화가 걸린 긴 회랑을 지나서 계단을 올라가면, 계단 끝에 그 마법의 공간이 존재했다.

상아로 만든 듯 새하얀 문틀과 화려한 부조가 새겨진 거대한 문. 그 문에는 손잡이가 없고 이음매도 없다.

그렇게 그 텅 빈 공간에는 아름답고 거대한 문만이 서 있는 것이다. 그건 전설을 실제로 보는 것과 같았다.

애버릿은 지금도 처음 그 문을 보았을 때의 경탄을 기억하고 있었다. 그리고 보물전의 문을 볼 때마다 그 감각이 되살아나고는 했다.

"선객이 있었군."

애버릿의 말에 프레이스가 고개를 돌렸다. 프레이스 뒤에 서 있던 레사가 가볍게 묵례를 해 와서 애버릿은 싱긋 웃었다.

"오늘은 귀여운 호위와 함께 있네."

"이 황자님."

이든은 가볍게 인사를 해 보였다. 프레이스는 말없이 문 앞에 그대로 서 있었다. 애버릿은 돌아가지 않고 프레이스의 옆에 나란히 섰다.

"들어가 볼래?"

애버릿이 툭 던진 말에 이든은 저도 모르게 말했다.

"황자님!"

"응?"

"보물전에는 함부로—"

"함부로라니. 정당한 황위 계승자 둘이잖아?"

애버릿이 가볍게 대답했다.

"좋아."

프레이스가 툭 대답을 던졌다. 오히려 애버릿 쪽이 놀라 프레이스를 바라보았다. 프레이스가 무표정하게 애버릿 쪽을 돌아보며 말했다.

"같이 들어가지."

"열쇠는 있지?"

애버릿의 물음에 프레이스는 고개를 끄덕이며 옷 안에서 체인과 연결된 열쇠를 꺼내 보였다.

'열쇠?'

레사는 고개를 갸웃했다. 통상적인 열쇠와는 완전히 다른 모습을 하고 있는 것이었다. 굳이 말하자면 나사처럼 생겼다고 해야 할까?

프레이스가 그 나사를— 열쇠를 부조의 한 부분에 맞춰 넣자, 애버릿이 자신이 가지고 있는 열쇠를 다른 쪽에 맞춰 넣었다. 그러자 문의 부조들이 드르륵 하는 요란한 소리를 내면서 돌아가기 시작했다.

"아……."

레사는 저도 모르게 작게 감탄사를 내뱉었다. 문에 있는 부조가 살아 있는 것처럼 움직였다. 용이 날아와서 불을 뿜던 모습의 부조는 이제 용이 땅에 떨어지고 그 위에 사람이 검을 들고 올라 탄 것으로 바뀌었다.

끼이이익―

그리고 긴소리를 내며 천천히 거대한 문이 좌우로 열렸다. 하지만 모두 열린 것은 아니고, 한사람이 통과할 수 있을 정도만이었다.

"여기서 기다려."

프레이스의 말에 레사는 "알겠습니다." 하고 대답하며 쉬어 자세를 취했고 프레이스는 안으로 들어갔다.

"금방 다녀올게."

애버릿은 이든에게 그렇게 말하고 프레이스의 뒤를 따라 안으로 들어갔다. 둘이 들어가자 문은 소리 없이 닫혔다. 프레이스는 주변을 둘러보았다. 사방이 거울로 만들어진 둥근 통에 들어온 기분이었다. 물론 거기에 비치는 건 여러 이상한 형상들이지만……

"들어올 때마다 이상한 기분이야."

뒤따라온 애버릿이 경쾌한 목소리로 말했다. 그 말에 프레이스가 대꾸했다.

"난 처음 들어와서 모르겠군."

"그래?"

"그래, 넌 폐하와 여러 번 들어왔던 모양이지만, 난 열쇠를 주

무도회 85

실 때 처음으로 존재를 알았거든."

"그랬군."

애버릿은 쓸쓸하게 웃으며 고개를 끄덕였다. 프레이스는 주의 깊게 주변을 둘러보았다.

"너무 들여다보지 마. 환상이 더 강해진다고 들었어."

애버릿의 말에 프레이스는 그제야 주변의 거울들에서 시선을 뗐다. 애버릿이 앞장서서 걷기 시작했고 프레이스는 그 뒤를 따랐다. 시야의 바깥에 언뜻언뜻 익숙한 형상들이 지나갔다. 진짜가 아닌 그것들을 무시하며 걷자 거울로 된 듯한 통로가 끝났다.

통로의 끝에는 육각형 방이 있었다. 그 방 가운데에는 허리 높이 정도로 둥근 원기둥이 솟아 있었고, 그 위에 커다란 수정구가 올려져 있었다.

사람의 머리만큼 큰 수정구 안쪽에서는 별 무리 같은 것이 반짝이고 있었다.

"이게 혈통을 알려 주는 장치지."

애버릿이 수정구에 다가가자 안의 별 무리가 빙그르르 돌면서 푸른빛을 띠기 시작했다. 프레이스는 수정구에서 떨어져서 그것을 보다가 물었다.

"혈통?"

"그래. 알지? 우리 가문이 고대인의 혈통이라는 거."

"왕이라고 칭하는 사람이나 오래된 가문의 사람들은 다 그렇게 말하지."

프레이스의 말에 애버릿은 픽 웃었다.

"맞아, 그렇지. 이건 그 고대 혈통을 알려 주는 감별 장치야. 피가 짙으면 짙을수록 푸른색을 떤다고 하더군. 이리 와."

애버릿의 말에 프레이스는 잠시 망설였다.

'내가 진짜 왈라키아 혈통인지 아닌지 시험해 보겠다는 건가.'

프레이스는 불안감을 감추고 수정구 가까이 다가갔다.

"손을 올려."

애버릿이 말하자 프레이스는 수정구에 손을 올렸다.

"─!"

따끔하는 통증이 느껴졌다. 무의식적으로 손을 떼려는데 애버릿이 프레이스의 손등을 눌러 수정구에 고정시켰다.

"기다려."

장갑 뒤로 느껴지는 체온이 벌레가 기어가듯이 불쾌했다. 애버릿은 수정구를 빤히 보았고 프레이스도 수정구로 시선을 돌렸다. 자신의 손바닥에 난 상처에서 피가 긴 실처럼 수정구 안으로 빨려 들어갔다. 애버릿은 손을 떼었고, 프레이스도 수정구에서 손을 떼고 눈을 찌푸리며 장갑을 보았다. 손바닥 가운데에 작은 구멍이 뚫려 있었다.

'상처는 아물어 있군.'

프레이스는 이 사이로 한숨을 내쉬며 수정구를 보았다. 실 같던 피가 천천히 물에 떨어진 잉크처럼 풀어지더니 푸른색으로 변했다.

그렇게 짙은 파랑은 아니었지만, 충분히 푸르다고 확인할 수 있는 색이었다. 안도감이 프레이스를 덮쳤다.

드르르륵—

돌과 돌이 긁히는 소리가 나며 천천히 기둥이 아래로 내려갔고 수정구도 따라서 바닥으로 내려갔다. 그리고 나서 우르릉하는 요란한 소리가 나더니 지하로 가는 계단이 생겼다.

"가자."

애버릿이 계단으로 내려가기 시작했다. 프레이스는 손바닥을 문지르고 이어 계단을 내려갔다. 안은 푸르스름한 빛이 돌아 어둡지 않았다.

"프레이스."

애버릿이 나선형의 계단을 내려가며 말했다.

"네 어머니가 내 어머니를 괴롭히던 거 기억나?"

그 말에 프레이스는 미간을 찌푸렸다.

"기억나지 않는데."

"역시."

"뭐가 역시지?"

"가해자는 기억하지 못하는 법이지."

"가해자?"

되풀이해 묻고 프레이스는 냉소를 터트렸다. 조용한 계단 위로 차가운 웃음이 희미한 메아리를 치며 퍼졌다.

"내가 가해자라고?"

"항상 자기가 받은 피해만 기억하는 법이잖아, 안 그래?"

"아, 그래. 우리 모자의 괴롭힘이 네 행복에 조금이라도 상처를 냈는지 궁금하군."

"행복이라."

"아닌가?"

프레이스는 어린애처럼 말이 쏟아져 나올 것 같은 걸 억눌렀다.

넌 항상 아버지와 함께 있었어! 넌 그의 가장 자랑스러운 아들이었고, 난 아니었지. 이제는 사생아라는 누명마저 쓰고 있어. 단 한 번도 난 아버지의 사랑을 받은 적이 없었지. 하지만 넌 그의 세계의 중심이잖아, 안 그래? 어머니와 아버지, 그리고 너. 행복하디 행복한 단란한 가족으로 살았으면서ㅡ!

애버릿은 한숨을 가늘게 내쉬었다.

"그래, 행복. 그랬지. 그래서 널 동정해."

"그딴 거 필요 없어."

프레이스는 이를 드러내며 말했다. 마지막 계단을 내려와 애버릿이 그를 돌아보며 말했다.

"맞아, 그럴 것 같아서 말하지 않았어."

그 말에 프레이스는 짜증이 솟구쳤다. 애버릿이 어깻짓을 하고 말했다.

"이제 저 번쩍하는 문만 지나면 목적지야."

프레이스는 동그랗고 은색으로 반짝이는 문으로 시선을 돌렸다.

레사와 이든은 문 옆에 나란히 서 있었다. 침묵이 둘 사이를 맴돌았다.

주인이 가게 안으로 들어간 사이에, 목줄이 매어져 나란히 기다리는 두 마리의 개처럼 얌전하게 서 있었지만 어딘가 어색함이 감돌았다.

이든이 먼저 입을 열었다.

"그렇게 오래 이 황자님의 호위로 있을 거라고는 생각하지 못했는데."

그 말에 레사는 잠시 자신이 프레이스의 곁에 있었던 날을 계산해 보고 말했다.

"그렇게 오래되지는 않았습니다만?"

"한 계절을 넘긴 사람을 본 적이 없으니까."

"아, 그렇군요."

레사는 고개를 끄덕였다. 호위가 휙휙 바뀌었다고 그랬었지.

"그렇게 따지면 오래되기는 한 거군요. 통상적인 기간을 적용할 수는 없는 분이니까요."

이든은 레사를 내려다보다가 말했다.

"1기사단에 있었다지."

"소문 빠르네요."

"하지만 기사는 아닌 것 같고."

"그렇죠."

"재미있는 체술을 쓴다고 들었지."

레사는 그제야 시선을 이든에게 돌렸다. 그 빨간 눈은 기묘한 곳이 있어서 이든은 시선을 저도 모르게 돌렸다가 다시 레사를 바라보았다.

"귀족들의 인맥을 따라갈 수가 없군요."

비꼬는 건지 아닌지 알 수 없는 말이었다. 이든이 느릿하게 말했다.

"너에게는 그런 인맥이 필요 없을 텐데."

"그런가요?"

"이 황자님의 이름으로 방을 하사받았다는 이야기를 들었지. 그분의 가까운 측근은 많지 않으니까. 좋은 줄을 잡았으니 정보는 필요 없겠지."

레사는 한숨을 내쉬었다.

"그 방이 그렇게 대단한 건가요― 아니면."

레사가 똑바로 이든을 직시했다.

"당신도 그 방이 내 실력과는 상관없다고 생각하는 건가요. 아, 침대 실력 이런 건 빼고요."

레사의 말에 이든은 희미하게 웃었다. 딱딱하던 남자가 웃으니 그제야 살아 있는 것처럼 보였다. 의외의 웃음이었지만 호의적인 것이라는 건 알 수가 있었다.

"상대하게 된다면 분명히 재미있는 상대가 될 거라고 생각하고 있지."

"아."

레사는 딱 한 마디 내뱉고 입을 다물었다가 슬그머니 말했다.

"전 당신과 싸우지 않기를 바라는데요."

"나도."

이든은 짤막하게 대답했다. 레사가 웃으며 말했다.

"제가 질 것 같거든요."

"정면으로 싸운다면 그렇겠지."

"오."

다시 레사는 짤막하게 말하고 입을 다물었다. 이든이 슬그머니 그를 떠보았다.

"아닌가?"

"아뇨, 맞아요."

레사가 희미하게 웃어 보였다. 사람을 죽인 사람만이, 아니 거기에 익숙해진 사람만이 지을 수 있는 미소였다. 이든이 그 웃음을 보며 말했다.

"승패의 문제뿐만 아니라, 너와 싸우고 싶지가 않아."

레사는 그의 말뜻을 눈치챘다. 개 두 마리가 싸우는 것은, 개 주인이 싸움을 시킬 때뿐일 것이다. 애버릿과 프레이스가 싸우게 되면, 자신들도 싸우게 되겠지.

"저도 그래요."

형제라는 것을 잘 모르기는 하지만, 애버릿은 나빠 보이지 않았고—

'뭐, 암살자를 보냈다고 생각하면 겉모습뿐인 건가?'

"건들지 않으면, 제 주인님은 싸우시지 않을 겁니다."

"마찬가지."

그 말에 레사는 눈을 살짝 내리깔며 "그런가요." 하며 작게 중얼거렸다. 이든은 약간의 초조함마저 느꼈다.

자신도 애버릿이 암살자를 보낸 것이라고 오해했으니, 프레이스도 그렇게 생각하고 있을지도 모른다. 하지만 애버릿은 그러지 않았다. 그것을 어떻게든 전하고 싶었다.

"어디까지나 정당한 경쟁만을 하는 거지."

"줄이 그어진 경기장 안에서 말이죠."

레사는 그렇게 말하고 웃었다. 그 웃음에 이든은 안도감을 느꼈다. 제대로 이야기가 전달되었다는 생각이 들었다.

"일 황자님은 예민하실 때가 있으시지만, 좋은 분이시거든."

"그건 이 황자님도 마찬가지입니다."

둘은 마주 보고, 황자의 호위로서 묘한 동질감을 느꼈다. 여기서 희미한 동료 의식이 싹트려는 순간 문이 열렸다. 레사와 이든을 얼른 시선을 정면으로 돌리며 무표정으로 돌아왔다. 애버릿이 기지개를 켜며 나왔다.

"대화 즐거웠어."

"……."

프레이스는 대답하지 않았다. 문이 닫히자 도로 드르륵 하는 소리가 들리고 부조가 원래대로 돌아오며 열쇠가 툭 튀어나왔다. 프레이스는 열쇠를 챙기고 걷기 시작했고 레사는 애버릿에게 눈인사를 한 후에 그 뒤를 따랐다.

프레이스는 기분이 좋지 않은 듯 걸음이 빨랐다. 레사는 종종 종종 그 뒤를 따라갔다. 계단을 내려와 긴 회랑 입구에 들어서야 프레이스는 멈춰 섰다. 창을 통해 들어오는 겨울 햇살이 눈을 찔렀다.

레사는 그의 금발이 반짝이는 걸 멍하니 바라보았다.

'겨울이 잘 어울리는 남자로군.'

처음 봤을 때도, 멀리 북쪽 왕국에서 온 기사 같다는 느낌이었지. 프레이스는 레사의 시선을 눈치채고 창에서 레사에게로 시선을 돌렸다. 차가웠던 그의 얼굴에 희미하게 미소가 어린다.

"왜?"

프레이스의 물음에 저도 모르게 레사는 획 시선을 피했다가 얼른 다시 돌리며 말했다.

"안은 어떻던가요?"

"음?"

"그, 보물전 말입니다."

"아, 좀 이상했어. 거울 같은 통로도 있고, 이상한 구슬도 있고."

"그렇군요."

레사는 상상하기를 포기한 후에 말했다.

"검을 찾을 수 있으면 좋겠군요."

"그걸 찾으면 내가 바로 황태자가 되겠지."

그 말에 레사는 의아해졌다.

"정말입니까?"

"그래."

"검인데요?"

"그냥 검이 아냐. 황권의 상징이지. 옥쇄와 마찬가지, 아니 그보다 더한 권위를 지닌 물건이지. 그게 없어졌으니 난리가 난거야. 황가의 위신을 위해서 비밀로 하고 있지만, 이게 얼마나 갈까? 이미 고위 귀족들 사이에서는 알음알음 퍼진 지 오래야."

"그렇군요."

그렇게 대단한 물건이었구나.

레사는 코코의 말을 떠올렸다. 만약에 코코가 그 마법사를 잡아서 검을 찾으면, 나에게 달라고 말을 해 볼까? 혹시 모르잖아? 의외로 순순히 넘겨줄지도.

황제 같은 건 와 닿지도 않지만, 프레이스가 되고 싶은 거라면 이루어주고 싶었다. 레사가 생각에 잠긴 사이 프레이스가 창가로 다가갔다.

창틀에 낀 서리가 햇살에 아름다운 빛을 튕겨 내고 있었다.

"레사."

"네."

"무도회 말인데."

"네."

"아카데미 무도회와 기간이 겹쳐."

"아……."

그 '아.'는 무슨 뜻인 걸까? 프레이스는 레사를 돌아보아 표정을 확인하고 싶은 걸 참았다. 레사가 그때 휴가를 청한다면 참기 힘들 것 같았다.

아니, 무도회는 기니까 잠깐 하루 이틀 빠지는 거야 괜찮을지도 모른다. 하지만 괜찮지 않았다. 그의 시간을 온전히 자신이 독점하고 싶었다. 모르는 장소에서 미나와 춤을 추는 레사를 상상하고 싶지도 않았다.

'그러는 나는 다른 여자와 출 거면서.'

프레이스는 비소를 머금으며 창틀의 서리를 손끝으로 눌렀다.

레사는 잠시 그런 프레이스의 뒷모습을 바라보았다. 왜 저런 말을 하는 건지 알 수가 없지만…… 아니, 알 수 없다고 생각하고 싶은 건지도 모르겠다.

하지만 봄이 오기 전에 여기를 떠날 테니까. 처음이자 마지막인 겨울 무도회다. 계속 함께 보내고 싶다고 해도, 미나는 이해해 줄 것이다. 미나와는 아직 많은 시간이 남아 있으니까.

"호위하느라 바쁘겠네요."

레사의 대답에 프레이스가 휙 레사를 돌아보았다.

"어?"

"무도회는 사람이 많을 테니까 말입니다. 그렇게 사람이 많은 곳에서 하는 호위는 조금 지치겠지만, 걱정하지 마십시오."

"안 갈 거야?"

조심스러운 물음.

"어딜 말인가요?"

태연한 대답.

"아카데미."

되물음.

"일이 먼저지요."

여전히 태연한 대답.

프레이스는 입술을 깨물었다. 아니면 웃을 것 같았다. 그는 자꾸 입꼬리가 좌우로 올라가려는 걸 꾹 눌렀다. 일이라고 해도, 그렇다고 해도 기뻤다.

여기서는 관대한 주인을 연출해야 할지도 모른다. "하루 이틀 정도는 괜찮아." 하고 말하는 그런 고용주. 하지만 그렇게 말하면 넌 "감사합니다." 하며 사양하지 않고 가버릴 테니까. 그런 말은 하지 않을 거야.

"그런가."

대신 프레이스는 그렇게 대답하고 창밖으로 다시 시선을 돌렸다. 침묵이 오래 지나고, 프레이스가 진정이 되었을 때쯤 레사가 물었다.

"그림이 많군요."

"어? 아아― 위대한 선황들의 초상이지."

비꼬는 건지 아닌지 모를 어조로 프레이스가 말했다.

"어느 쪽이 마지막입니까?"

"저쪽."

프레이스가 복도의 바깥쪽을 가리키고 걷기 시작했다. 11개의 초상화를 지나서 마지막 초상화에 도착하자 레사가 빤히 그것을 바라보았다. 화려한 황제의 홀을 들고 관을 쓴 백발의 남자였다.

"프레이스 님과 닮은 것 같기는 한데요."

"아버지가 아냐."

"그럼?"

"내 조부님이시지. 죽은 후에야 이곳에 걸릴 수가 있거든."

"아."

레사는 고개를 끄덕이고 초상화가 걸릴 쪽과, 앞으로 걸릴 쪽을 바라보았다.

"매우 길게 공간을 비워뒀군요."

"다 채울 수는 없을걸."

프레이스의 냉소적인 말에 레사는 고개를 끄덕였다.

"이 회랑을 다 채우려면 제국이 천 년은 더 있어야 할 것 같네요."

그 말에 프레이스는 픽 웃었다. 그는 자기 조상들의 초상을 보았다. 모두가 똑같은 황제의 관을 쓰고 홀을 들고 있었다.

300년의 전통

300년의 왕조

무겁고 겹겹이 쌓여진 의식과 규율들. 갈수록 옷차림이 화려해지는 것은 부귀 때문일까, 안정기에 들어섰기 때문일까. 아니면 굳이 그걸로 치장해야지만 위엄이 나오게 되었기 때문일까?

초대 황제의 사자같이 날카로운 인상은 조부 대에 이르러서는 흔적을 찾아보기가 힘들었다.

"그러고 보니."

"네."

"너도 빨간 눈이네."

"……?"

"저쪽, 초대 황제 폐하도 붉은 눈이거든."

"그렇군요."

"고대인들은 붉은 눈이 많았다고 하지."

"저도 그러면 그쪽 혈통일까요?"

"그럴지도."

말하고 프레이스는 희미한 아이디어가 떠오르는 것을 느꼈다. 아직 구체화가 되지는 않았지만, 적당한 시기에 써먹을 수 있을지도 모른다.

'황족이라.'

레사는 자신이 황족이라면 어떨지 생각을 해 보았다가 고개를 저었다. 적성에 영 맞지 않을 것 같았다.

프레이스는 화려한 조부의 옷차림을 보다가 히죽 웃었다. 저 사람들은 어떤 생각으로 관을 받았을까? 아버지의 놀란 얼굴이, 굳은 표정이 보고 싶어서 황제의 자리를 원하는 것은 자신 혼자뿐인지도 모른다.

그 생각은 유쾌하게까지 느껴졌다. 300년 왕조의 황위를 원하는 이유가 이런 어린애 같은 이유라는 것이.

"나가자."

프레이스는 그렇게 말하고 회랑을 빠져나왔다. 문을 나서자 차가운 겨울바람이 몰려들었다. 그 공기를 가득 빨아들이자 기도와 폐에 찬 기운이 들이차면서 정신이 명징해지는 것 같았다.

"우스워."

"뭐가 말입니까?"

"애버릿이 폐하가 별로라고 하더군."

"흠."

부자 사이가 그쪽도 좋지는 않은가?

"나도 별로야."

"알고 있습니다."

레사의 대답에 프레이스는 그녀를 돌아보고 싱긋 웃었다. 회랑을 나오자 방금까지 느꼈던 보관도 홀도, 그 무게감이나 전통 같은 것들이 다 곰팡이 냄새가 나는 것처럼 느껴졌다.

'죽은 자의 무덤.'

옥쇄나 다름없는 보물전의 입구를 지키는 것이 죽은 자들의 초상이라.

프레이스는 입꼬리를 비틀어 웃었다. 그 옥좌를 원하는 것은 거기로 기어들어 가는 짓인지도 모른다. 텅 비고 고요하고, 결국 아무것도 없는 그 회랑으로.

"프레이스."

레사의 부름에 프레이스는 퍼뜩 그녀를 돌아보았다.

"어?"

"그 차림으로 바람을 맞으시면 감기 걸리실 겁니다. 옷을 가져오라고 할까요?"

"아니, 그냥 들어가자."

프레이스는 고개를 젓고 걷기 시작했다. 보물전은 동쪽 궁과는 한참을 떨어져 있었으므로 둘은 한참을 걸어야 했다.

"그러고 보니, 춤추실 상대는 정하셨습니까?"

레사의 질문에 프레이스는 마치 장화 속에 물고기가 들어간 사람처럼 움찔했다가 말했다.

"애슐리 도프 백작 영애와 출 것 같군."

"아, 에릭의 누나분 말이죠."

"본 적 있나?"

슬쩍 레사를 보며 묻자 그녀는 고개를 저었다.

"아뇨, 하지만 좋은 분이실 것 같습니다."

"그래?"

"에릭의 누나니까요."

"시원시원한 사람이지."

프레이스의 말에 레사는 가슴 한쪽이 찌릿하고 아파졌다. 자신이 애슐리에 대해서 좋은 평가를 하는 건 상관없었는데, 프레이스의 입에서 그 말을 듣는 건 아팠다.

"그렇군요. 그분과 결혼하실 생각인가요?"

프레이스는 발 속에 들어와 있던 물고기가 위 속으로 들어온 것 같았다. 위 안에서 펄떡펄떡 물고기가 살아서 뛰는 것 같은 기분이 들었다.

한참을 대답을 하지 않고 있다가 프레이스는 간신히 입을 열었다.

"모르겠어."

프레이스는 대답하며 다시 레사의 표정을 살폈다. 레사는 생각에 잠긴 것처럼 보였다. 조금이라도 그 얼굴에 괴로움이나 질투의 흔적이 나타날까 하고 프레이스는 긴장했다. 하지만 나타난다고 해서 어쩌겠는가?

"좋은 분이시겠죠."

다시 레사는 같은 대사를 반복했다. 프레이스는 시선을 돌렸다.

"그런가."

그는 모호한 대답을 하고 걸음을 옮겼다. 바람이 점점 더 차가워지고 있었다. 프레이스는 자신이 언제까지 참을 수 있을지 모르겠다고 생각했다. 뭘 참는지조차 알 수가 없었지만 말이다.

# 3장
# 테사 알반

어둠이 침실을 메우고 있었다.

매끄러운 이불에 둘러싸여 프레이스는 괘종시계의 똑딱이는 소리를 들었다. 동쪽 궁은 항상 고요했고, 그는 그 고요함을 사랑했다. 보통의 사람이라면 고요하다기보다는 그것을 적막이라고 했을 것이다. 프레이스는 적막감 역시 사랑했다.

아무도— 누구도, 어떤 인간도 주위에 없다는 판단이 들 때만 그는 휴식을 취할 수 있었다. 할 수만 있다면 그는 산이나, 아주 먼 사막에서 홀로 살고 싶었다.

하지만 동시에 지독하게 외로웠다. 아니, 외롭다는 것도 모르고 있었다. 레사 알반이 나타나기 전까지는.

레사는 지금 휴일이라 자리에 없었고, 프레이스는 외로웠다.

'아니, 요즘은 같이 있어도 외롭지.'

어째서인지는 모르겠지만, 함께 있어도 요즘은 마음이 허전했다. 그는 한숨을 길게 내쉬었다.

'레사.'

이름마저 버터를 듬뿍 바른 빵처럼 매끄러웠다. 요즘 프레이스의 머릿속은 온통 그에 대한 생각뿐이었다.

언젠가는 터질 거라고, 그는 생각했다. 터질 거라고. 더 이상 담아두는 것은 할 수 없으니 말이다.

"자나?"

갑작스럽게 들려온 목소리에 프레이스는 스프링처럼 퉁, 몸을 일으키며 침대 기둥에 걸어둔 검을 붙잡았다.

"안 자는군."

프레이스는 검을 붙잡고 침대 앞 허공에 떠 있는 남자를 바라보았다. 긴 검은 후드가 바닥에 닿아 있지만, 남자는 양다리를 접고 야만족처럼 앉아 있었다. 허공에.

"사실은 깨어 있는 것도 알고 있었어."

남자의 목소리는 경쾌하고 아주 젊었다. 프레이스는 마법사에 대한 자신의 편견을 바꿔야겠다고 생각하며 물었다.

"누구냐."

"알면서 묻는 거야? 모르면서 묻는 거야? 보시다시피, 마법사지."

"꺼져."

프레이스의 말에 후드 아래 얼굴이 희미하게 웃는 것이 보였다. 이렇게 어두운데 상대의 얼굴이 선명하다니. 프레이스는 이 현상이 말도 안 되는 것처럼 느껴졌다. 마법사는 물었다.

"원하는 걸 말해 봐."

"뭐?"

"사람은 누구나 소원이 있지. 안 그래? 원하는 걸 말해 봐. 대가에 대해서는 너도 잘 알고 있겠지."

"방패."

프레이스의 대답에 마법사는 다시 웃었다.

"그래, 방패. 이제 하나 남은 드래곤 슬레이어. 네 소원을 말하고, 내게 대가를 지불해라."

프레이스는 눈을 가늘게 떴다. 마법사는— 떨어지는 새벽별은 턱을 괴었다.

"소원, 간절한 소원 앞에서는 도덕도 윤리도 명예도 생명도 다 실추되는 것이지. 넌 그렇게 간절하게 소망하는 게 없나?"

간절하게 소망하는 것.

프레이스는 저도 모르게 입을 열었다. 하지만 목소리는 나오지 않았고 떨어지는 새벽별은 연극을 하는 듯 귀에다가 손을 가져다 댔다.

"뭐라고?"

"꺼져."

"하고 싶은 말은 그게 아니었던 것 같은데? 응? 그깟 방패가 없다고 제국이 무너지는 건 아니지. 아니 오히려 양쪽 다 없어지는 것이 둘러대기 좋지 않나? 적당히 다른 걸 만들어 내도 알게 뭐람?"

"꺼져."

프레이스는 아까보다 더 단호한 목소리로 말할 수 있었다.

마법사의 얼굴에서 웃음이 사라졌다. 그는 잠시 그 자리에 있다가 느리게 말했다.

"좋겠지. 하지만 거래는 언제든지 가능하다는 걸 알아줬으면 좋겠군. 누구나 반하게 만드는 아름다운 황자여."

그 말에 프레이스는 검을 뽑았고 순식간에 마법사의 모습은 사라졌다. 프레이스는 검을 뽑아 들고 한참을 침대 위에 서 있었다. 그리고 그는 침대를 내려와 문을 열고 밖을 살폈다. 아무도 없었다.

프레이스는 다시 침실로 돌아와 침대에 앉았다. 그는 양손으로 얼굴을 가렸다. 작은 웃음소리가 그의 입에서 흘러나오다가 격렬한 웃음이 되었다.

그는 자신이 울 거라고 생각했는데 웃음이 나오자 그것마저 우습게 느껴졌다.

"맙소사—"

킬킬거리며 프레이스는 계속 웃었다.

원했던 건 황제의 자리가 아니었다. 심지어 마법사가 그 말을 할 때까지 자신의 체질을 고쳐달라는 소원도 잊고 있었다.

간절한 소망. 그걸 들었을 때 떠오른 단 한 가지는……

레사가 날 사랑하기를.

이 단 한 문장이었다.

"세상에—"

꺽꺽거리며 프레이스는 숨도 못 쉬게 웃었다. 자괴감이 그를 감쌌다.

'어머니와 똑같은 수준이로군.'

탈진할 때까지 웃고 나서야 프레이스는 숨을 헐떡이며 침대에 털썩 상체를 눕혔다. 한심했다. 한심하고도 한심했다.

'마법사의 제안이라.'

결코 우호적인 제안은 아니었다. 프레이스는 '레사가 없는 때를 고른 건가?' 하고 멍하니 천장을 보다가 깨달았다.

'레사에게는 마법이 통하지 않으니, 마법사는 내 소원을 이뤄줄 수 없잖아?'

마법으로 그녀를 반하게 할 수 있다면, 자신에게 진즉 반했겠지.

생각하니 머릿속이 순식간에 냉정해졌다. 프레이스는 침대 위로 다리를 올리고 꼬았다.

'애버릿에게도 제의가 가려나?'

그는 자신의 이복형을 떠올렸다. 가녀린 외모를 가지고 있지만, 속은 결코 그렇지 않다. 프레이스는 애버릿이 했던 '아버지가 마음에 안 든다.'라는 말을 믿을 수가 없었다.

아버지의 사랑을 그렇게 받았으면서 어째서?

애버릿의 그 말이 사치스러운 소리라는 생각마저 들었다.

'하지만……'

프레이스는 묘하게 애버릿이 자신을 죽이려고 들지 않았을 거라는 생각이 들었다. 감이라고 해도 좋고, 뭐라고 해도 좋았다.

'애버릿은 그 마법사에게 넘어가지 않을 거야.'

하지만 자신이 그에 대해서 뭐든지 안다고 할 수 있을까? 황제가 되겠다는 소원은 빌지 않을지도 모르지만, 그 역시 그 마음속에 간절히 원하는 것이 있거나 하지 않을까?

'아냐, 그래도 방패를 넘기지 않을 거야.'

프레이스는 얼굴을 문질렀다.

'……내 소원은 마법사가 들어줄 수 없는 것이니까.'

아쉬워하는 정도는 괜찮지 않을까?

프레이스는 그렇게 생각하며 눈을 감았다. 마법사가 자신의 소원을 들어줄 수 없다는 것을 아쉬워하면서.

*　　*　　*

레사는 삐걱거리는 침대에서 몸을 일으켰다. 이제 슬슬 이 침대가 불편해지고 있었다.

'몸이 쓸데없는 사치에 길들여지고 있군.'

편함에 길들기란 쉽다. 그런데 어째서 도로 불편한 걸로 돌아
가기는 어려운 걸까?

'예를 들면, 와이어가 말이야.'

레사는 자신의 팔찌를 보았다. 예전에는 수동으로 돌려서 잡
아당겨 와이어를 빼게 되어 있었는데 이제는 스프링을 이용해서
버튼 하나만 누르면 와이어가 튀어나온다. 여기에 길들고 나니
수동은 영 못 쓰겠는 것이다.

아랫배가 묵직하기는 했지만, 하루 종일 집안에 틀어박혀 있
는 쪽이 더 몸에 안 좋은 것 같았다. 레사는 하품을 하고 옷을 챙
겨 입었다. 낡은 코트를 입은 그녀는 숨을 내쉬었다. 숨은 새하
얀 김이 되어 번졌다.

'따뜻한 곳에 있다가 나오는 것도 고역이군.'

황궁의 활활 타오르는 벽난로를 떠올리며 그녀는 방을 나섰
다.

'뭔가 뜨거운 거라도 먹으러 갈까?'

어깨를 움츠리며 이리저리 머릿속을 굴리는데 그런 그녀의 시
야에 의외의 인물이 들어왔다.

"노알?"

"어, 레사. 오랜만이네."

"오랜만이야. 어쩐 일이야?"

"어쩐 일이긴. 집에 돌아온 거지."

노알의 말에 레사는 "그래?" 하고 중얼거렸다가 얼굴이 확 밝

아졌다. 노알이 그 밝아진 얼굴을 미심쩍게 보자, 그녀가 얼른 말했다.

"잘 돌아왔어."

"뭐야? 뭔데?"

"미나 말이야. 아카데미에서 무도회가 열리는데, 외부 인사를 초대할 수 있다나 봐. 네가 가서 미나 에스코트해 주면 되겠네."

"아, 그래?"

"그래. 너도 얼굴은 괜찮으니까. 내가 옷 사 줄게."

레사의 말에 노알은 피식 웃었다. 레사는 노알의 웃는 얼굴을 바라보았다. 삼십 대 초중반쯤 되어 보이는 노알의 얼굴은 처음 만났을 때와 별반 다를 것이 없어 보였다. 미나는 저렇게 쑥 자랐는데 말이다.

그러나 곧 레사는 그의 눈가에 묻은 피곤한 기운을 읽어 낼 수 있었다.

"노알, 무슨 일 있어?"

"응? 왜?"

"피곤해 보여."

레사의 말에 노알은 피곤을 닦아낼 수 있다는 듯 양손으로 얼굴을 벅벅 문지르고 말했다.

"좀 일이 많아서."

"그 일이 돈벌이가 되는 일이면 좋겠는데."

"전혀 그런 거랑은 관계없는 일이야."

"아, 그러면 쓰레기 같은 일이네."

레사가 사정을 봐주지 않는 통렬한 말을 하자 노알은 눈을 찌푸렸다가 힘없이 어깨를 늘어트렸다. 그의 입가에 자조적인 웃음이 서렸다.

"그래, 진짜 웃기는 일이지. 게다가 끝나지도 않는 일이라는 게 더 웃겨. 명예도 빛이 바랬고 의무감만 남아 억지로 골조만을 유지하면서 그 긴 시간 동안……."

웃음과 함께 말하기 시작했지만, 웃음기는 점점 사라졌다. 마지막 말을 그가 쥐어짜듯 던졌다.

"난 뭘 하고 있는 걸까?"

한겨울의 훈김과 같은 허무감이 그의 말투를 감돌았다. 레사는 놀라 노알을 보았다. 그가 이렇게까지 침통해하는 것은 본 적이 없었다.

아, 유지니아의 장례식 때만 빼고. 하지만 그건 침통이라기보다는 거대한 절망에 먹힌 것 같은 모습이었고.

그걸 빼면 이런 얼굴은 처음이라 레사는 저도 모르게 위로하듯 노알의 팔을 툭 치며 물었다.

"괜찮은 거야?"

레사의 물음에 노알은 정신을 차린 듯 고개를 들고 씩 웃었다.

"괜찮아."

"한잔할래?"

"그거 좋지."

"좋아."

레사는 고개를 끄덕이고 걷다가 "아." 하고 노알을 돌아보았다.

"잠깐 코코에게 좀 들렀다가."

그 말에 노알은 노골적으로 싫은 표정을 지었다가 짧게 고개를 끄덕였다. 레사는 계속 궁금했던 것을 물었다.

"어째서 코코를 그렇게 안 좋아하는 거야?"

"그 여자도 날 싫어할걸."

"그러니까 왜?"

호기심이 가득 담긴 레사의 말에 노알은 어떻게 설명해야 할까 하다가 자신의 검을 툭툭 두들기며 말했다.

"그냥 예전부터 그랬어."

흐음, 하고 레사는 대답이 되지 않는 대답에 눈을 가늘게 떴지만 더 추궁하지는 않았다. 노알이 자신의 과거를 속속들이 캐묻지 않아 주니까. 이게 서로 공평한 거겠지.

"하지만 코코는 좋은 사람인데."

레사가 변명하듯 하는 말에 노알은 코웃음을 쳤다.

"좋아? 그게? 레사, 그런 건 좋다고 하는 게 아냐."

노알답지 않은 신랄한 어조였다. 레사는 눈을 데굴 굴렸다.

'그런 게 뭔지 나에게 말 좀 해 줬으면 좋겠지만.'

코코의 약초상 앞에 도착하자 노알은 멈춰 섰다.

"난 못 들어가."

'안 들어간다는 게 아니라?' 하고 생각했지만 레사는 고개를 끄덕였다. 그래도 한 번 권유하는 것은 잊지 않았다.

"밖에서 기다리면 추울 거야."

노알은 말없이 팔짱을 꼈고 레사는 한쪽 어깨만 으쓱하고 약초상 안으로 들어갔다. 평소와 같은 약초 향과는 다른 들척지근한 냄새가 공기 중에 맴돌고 있었다.

딸랑딸랑 힘차게 울리는 도어벨 소리가 들리지 않았는지 인기척이 없었다.

"코코?"

레사가 목소리를 높여 부르자 안쪽에서 느릿하게 코코가 걸어 나왔다. 그녀 역시도 피로감이 가득한 얼굴이었다.

"안녕, 테레사."

코코가 자신의 양 관자놀이를 손가락으로 문지르며 말했다.

"내가 약초상이고 코코가 손님인 것 같은걸. 오늘은 다들 일진이 안 좋은 건가?"

"다들?"

"노알도 엄청 피곤해 보여서."

"아."

코코는 목을 이리저리 돌리며 작게 소리를 냈다.

'수호대 놈들이 떨어지는 새벽별의 존재를 알아챈 건가? 그가 검을 손에 넣었다는 것을 알았을까? 만약 수호대가 그에 대해서 찾아낸 거라면…….'

떨어지는 새벽별은 죽겠지. 하지만 자신들이 찾아낸다고 뭔가 달라질까?

'아냐, 아냐. 우리는 그를 죽이지 않을 거야.'

수도 적은 마법사의 숫자를 더 줄이기는 싫었다. 코코가 한숨과 함께 말했다.

"오래 사는 게 인간에게 꼭 좋은 건지 모르겠어."

갑자기 무슨 소리인가 하면서도 레사는 "그래?" 하고 충실하게 대꾸했다.

"그래, 만들어질 때의 규격 이상으로 오래 살면 기능에 이상이 생기는 건지도 몰라. 몸은 튼튼하게 해도, 거기에 담긴 정신은 결국 규격품이라는 거지."

"그럴까? 하지만 '좋다, 나쁘다'라는 건 없는 걸지도 몰라."

"음?"

"'좋고 나쁘고'라는 단어 말이야. 짧게 산다고 나쁜 건 아니고, 길게 산다고 좋은 건 아닌 거지. 그 반대도 마찬가지고. 결국은 자신의 삶을 어떻게 살았느냐의 문제가 아닐까? 기능보다는 만족과 불만족의 이야기일지도 몰라."

레사의 말에 코코는 살짝 입을 벌렸다가 웃으며 카운터에 몸을 기댔다.

"맞아, 네 말이 맞을지도 모르겠어. 한 방 먹었네. 이런."

결국 죽을 때 '아, 괜찮은 삶이었어.'라고 말할 수 있는 건 삶의 길이 문제는 아니겠지.

코코가 위아래로 레사를 쳐다보고 물었다.

"그래, 무슨 일이야? 어디가 아픈 것 같지는 않고."

"응? 아냐, 그 문제는 아니고. 전에 말했던 그 마법사 말이야. 잡았어?"

코코의 표정이 어두워졌고 레사는 그걸로 충분히 답을 알 수 있었다.

"아직이구나."

"응."

"잡으면 검을 회수할 거지?"

"왜?"

"그 검을 프레이스에게 돌려주고 싶어."

코코는 '황실'이 아니라 '프레이스'라는 명사를 콕 집어냈다.

"그에게?"

"응, 프레이스는 황제가 되고 싶어 하니까. 그 검이 있으면 될 수가 있다고 하더라고."

마치 어린애가 장난감을 조르니 가져다주겠다는 말 같은 어조였다. 코코는 웃음을 터트렸다.

"황제가 되고 싶어 한다고?"

"그래."

"아, 그 자리가 뭐가 좋을까."

"글쎄."

레사는 따뜻한 침실과 목욕, 그리고 삼시 세끼 맛있는 식사에 대해 생각해 보았다. 하지만 거기에 따라오는 히스테릭하기까지 한 보안과 정치, 혈족 간의 물고 뜯음이라…….

그녀는 그 자리가 그렇게 썩 좋다고는 생각하지 못하는 사람이었다.

"그래, 테레사 알반은 그 자리에 대해서 그렇게 평할 줄 알았어."

코코는 묘한 얼굴로 레사를 보았다가 고개를 흔들었다.

"바라는 게 꼭 그 사람이 원하는 거라고는 할 수 없잖아?"

"응?"

"죽기를 바란다고 입을 떠드는 사람들도 칼을 들이대면 살려고 하는 것처럼."

"그런 걸까?"

프레이스가 원하는 건 황제의 자리가 아닌, 다른 것인 걸까?

고민하는데 코코가 다시금 고개를 저었다.

"아니, 사람의 마음은 누구도 모르는 거지. 나도 현자처럼 떠들어 대고 있지만 결국은 두루뭉술하게 말하는 쓸데없이 나이만 많은―"

코코는 길게 숨을 내쉬고 고개를 들었다. 은색의 눈이 은화처럼 반짝거렸다.

"직접 만난다면 더 빠르겠지."

"아, 그것도 부탁해야지."

'중요한 걸 깜박하다니.' 하고 레사는 혀를 찼다.

"겨울 무도회에 와줬으면 좋겠어. 전에 보여 줬던 대로, 테사로 변장할 수 있는 거지?"

"그럼."

코코가 손 키스를 날렸다. 그러자 그녀의 모습이 일렁이더니 곧 레사와 똑같은 얼굴로 변했다. 레사는 그걸 보며 희미하게 미소 짓고 말했다.

"고마워, 코코."

"어디로 가면 돼? 언제?"

"에릭에게 미리 말해 둘게. 도프 백작가로 오면 될 것 같아. 에릭은 도프 백작가의 장남인데, 괜찮은 사람이야. 테사는 내가 몸이 좀 약하다고 말해 뒀으니까."

"알았어. 무도회는 나에게 맡겨둬."

"그, 무도회의 중반에 말이야. 나와 잠깐 바꿔줄 수 있어?"

"바꾼다고?"

"테사와 레사의 역할 말이야."

"해 줄 수는 있지만, 왜?"

"프레이스와 자려고."

"호?"

코코는 눈썹을 슥 추켜올렸다.

"나랑 자면 프레이스의 체질이 보통이 된다고 했잖아. 그러니까……."

"처음 보는 여자와 자는 타입의 남자인가?"

"그런 건 아니지만……."

레사는 슬쩍 코코의 눈치를 살피며 느리게 말했다.

"혹시 코코가 좀 도와줄 수 있다면……."

마법이라면 어떻게 뿅 하고 되지 않을까?

하지만 코코는 단호하게 말했다.

"범죄를 조장하게 하는 거라면 거절할게, 테레사 알반. 그런 곳에 쓰는 건 안 되거든."

"그렇겠지."

말하고 레사는 한숨을 내쉬었다.

'그럼 술을 마시게 한다든가…… 적당히 분위기를 어떻게 타서…….'

고민했으나 딱히 좋은 결론은 나오지 않았다.

결국 레사는 '정 안 되면 약을 쓰자.' 하는 무시무시한 결론까지 도달했다. 생각하고 나니 정말로 범죄자가 된 기분이라 레사는 입 안이 썼다.

'약을 먹고 잠자리라니. 진짜 범죄잖아. 그것도 프레이스가 가장 싫어하는.'

그를 떠나는 게 잘하는 것처럼 느껴졌다. 레사는 고개를 들고 코코에게 감사 인사를 했다.

"고마워, 코코."

"아냐."

"그럼 난 이만 가 볼게."

"그래. 검이 손에 들어오게 되면 연락할게."

코코의 말에 레사는 희미하게 웃고 약초상을 나왔다. 나오자마자 차가운 겨울바람이 그녀를 반겼다. 레사는 어깨를 움츠리며, 기다리고 있던 노알의 곁으로 얼른 뛰어 다가갔다.

"오래 기다렸지, 미안. 얼른 가자."

"그래."

노알은 손을 후 불고 걷기 시작했다. 레사는 거리가 평소보다 더 조용한 것을 느꼈다.

"오늘따라 조용하네."

"몰랐어? 이반이 죽은 거."

"아."

레사는 뭐라고 대답해야 할지 몰라 짤막하게 말했다. 노알의 눈이 대번에 의심으로 가득 찼다.

"너 설마, 네가 그런 거 아니지?"

마지막 말은 속삭임이었지만 레사는 알아들었다. 그녀는 고개를 저었다.

"아냐, 내가 그런 거 아냐."

하지만 무조건 내가 그런 게 아니라고 할 수 있느냐면, 또 그것도 아니지.

"그래?"

노알은 잠시 레사를 보다가 손을 뻗어 그의 머리카락을 마구 흐트러뜨렸다.

"노알?"

"그냥. 그래서 그 조직이 사분오열돼서 서로 싸우고 있거든. 그래서 조용한 거야."

"그랬군."

"밤이 되면 오히려 더 소란스러워지고."

노알의 말에 레사는 픽 웃었다.

"전부 다 없어져 버리면 좋겠어."

"없어질 수도 있지."

노알이 조용하게 대꾸했다.

"곧 새로운 놈들이 오겠지만."

노알의 말에 레사는 동의의 의미로 침묵을 지켰다. 둘이 암묵적으로 향한 양고기 집은 문을 닫았다. 레사는 이 일을 믿을 수가 없었다. 그러자 노알은 짧게 말했다.

"그 빌어먹을 사태의 여파로군."

"다른 곳을 가야겠네."

레사는 말하고도 미적미적하게 움직였다. 방금까지 뜨거운 양 갈비 스튜를 기대하고 왔다가 이 앞에서 돌아가려니 괴로웠다. 노알이 망토 자락을 여미며 말했다.

"내가 아는 데로 갈까?"

"그래."

레사는 고개를 끄덕였다. 노알은 곧 빠르게 걷기 시작하자 레사는 그 뒤를 따랐다. 노알이 레사를 안내한 곳은 9구역에 있는 깔끔한 선술집이었다.

항상 낡아 빠진 선술집만 보다가 이렇게 환하고 반짝이는 선술집을 보니 이상한 기분마저 들었다. 안으로 들어가자 훈기가 몸을 감쌌다. 적당한 테이블에 자리 잡고 레사가 메뉴판을 들여다보며 물었다.

"이런 곳은 어떻게 안 거야?"

"지나가다가 봤어."

그 말에 레사가 고개를 들자 노알이 픽 웃었다.

"들어와 보고 싶었는데 못 왔거든."

"그럼 적당한 때였네."

"그렇지."

달려온 명랑한 종업원에게 둘은 술과 안주를 시켰다. 시작부터 독한 술로 두 병이라 종업원은 놀란 듯했지만 주문을 받아 돌아갔다.

레사가 테이블을 툭툭 두들기다가 입을 열었다.

"노알."

"음."

"나 내년에 여기를 떠날 거야."

"뭐?"

"내년 봄쯤? 아냐, 봄이 되기 전에."

레사는 길게 한숨을 내쉬었다.

"물론 완전히 떠나는 건 아니고, 미나를 보러 돌아오기는 하겠지만…… 미나에게는 별문제가 생기지는 않을 거야. 그건 걱정하지 않아도 돼."

"걱정하는 건 그쪽이 아냐."

노알이 눈을 찡그렸다.

"뭘 계획하고 있는 거야?"

레사는 멍하니 노알을 보다가 삐뚜름하게 웃었다.

"범죄?"

"테레사."

노알은 그녀를 엄하게 부르지 않았다. 그의 목소리를 낮았고, 부드러웠고, 다정했다. 레사는 숨이 막혔다.

"난 널 딸처럼 생각하고 있어."

평소라면 웃었을 거다. 레사는 웃으려 했지만 웃음이 나오지 않았다. 노알은 진지했고, 농담을 하는 구석은 없었다. 목 안쪽에서 꽉 막힌 뭔가가 치밀어 올라왔다. 레사는 눈을 빠르게 두어 번 깜박이고 농담을 던졌다.

"무능한 아버지 밑에, 괜찮은 딸만 둘이라는 거지."

별로 재치 있지 못한, 미나와 주고받은 시답잖은 말을 꺼낸 것뿐이었지만 노알은 웃었다. 그제야 레사도 간신히 미소를 지을 수 있었다.

"뭐가 문제야? 말해 봐."

노알이 이어 물었다. 레사는 치밀어 오르는 것을 꿀꺽 삼켰다. 간신히 진정이 되고 나서야 그녀는 입을 열 수 있었다.

단 한 사람에게도 말할 수 없었던 고뇌들이, 생각들이, 감정들이, 둑을 터트린 강처럼 터져 나왔다. 레사는 자신이 횡설수설하는 것 같았다. 말에 논리와 정연함을 부여할 수가 없었다. 그녀는 정신없이 고해하는 죄수처럼 낱말들을 늘어놓았다.

노알은 그 모든 말에 귀를 기울였다. 결국 마지막 한 음절까지 털어놓은 레사는 허탈하게 웃으며 말했다.

"이루어질 수 없는 사랑에 빠지다니, 너무 바보 같지 않아?"

로맨스 소설의 주인공이 되고 싶었던 적은 한 번도 없는데.

레사가 덧붙인 말에 노알은 진지하게 말했다.

"아니, 전혀 안 그래. 나도 마찬가지거든."

"유지니아 말이야?"

"응."

"하긴 나도 궁금하기는 했어. 왜 유지니아가 노알과 결혼했는지 모르겠거든."

무례한 말일 수도 있는 말이었지만 노알은 대신 큰 소리로 웃었다.

"맞아, 나도 그래."

노알이 어깨를 으쓱했다.

"유지니아는 내가 없어도 살아갈 수 있었거든. 난, 난 아니었고. 그러니까— 동정심을 발휘한 게 아닐까?"

노알이 스스로를 후려치는 말을 내뱉자 레사는 고개를 저었다.

"그런 건 아니었을 거야. 유지니아가 그래서 결혼하는 여자는 아니거든."

"그래, 그건 그렇지."

노알은 미소를 지었다. 그건 특별한 미소였다. 사랑하는 사람을 회상하면서 지을 수 있는 그런 미소. 자신은 지을 수 없는 미소겠지. 프레이스를 되새길 때마다 죄책감이 먼저 솟아오를 테니까.

그래서 레사는 묻지 않을 수 없었다.

"사랑이 이뤄진다는 건 어떤 느낌이야?"

"세상을 다 가진 기분."

노알의 말에 레사는 그 기분을 생각해 보려고 노력하다가 그만두었다.

"좋은 기분일 것 같네."

"그 이상이지."

"그래."

레사는 고개를 끄덕였다. 노알은 그런 레사를 바라보며 말했다.

"테레사, 그렇게 너무 극단적으로 생각하지 마. 일이 잘 풀릴 수도 있잖아?"

그 말에 레사는 눈을 굴렸다.

"잘 풀려? 어떻게? 만약에 내 비밀을 프레이스가 용납해 준다고 하더라도…… 난 그냥 하잘것없는 평민이고, 프레이스는 황족이야. 황제가 될지도 모르지. 게다가 애슐리라는, 정치적인 파트너 같은 여자도 있단 말이야. 난, 난 뭘 해 줄 수 있겠어?"

"꼭 뭔가를 해 줘야 하는 건 아니잖아?"

"맞아. 그렇지. 그렇지만 난 안 돼, 난 못 해. 난 다른 사람과 프레이스를 나누거나 그러지는 못할 거야. 난—"

몇 번째 애첩? 그러다가 어느 순간 자신의 순서는 뒤로 줄줄 밀려나게 될 것이다. 그리고 프레이스는 자신을 잊겠지.

레사는 너무 쉽게 그 광경을 그려볼 수 있었다.

노알은 생각에 잠겼다. 레사는 그 얼굴을 물끄러미 보았다.

노알이 뭘 도와줄 수 있겠어? 그가 날 어딘가의 공주로 만들어 준다면 모를까.

생각하니 스스로도 어처구니가 없어 레사는 픽 웃었다.

"식사 나왔습니다!"

종업원이 명랑한 목소리로 말하며 착착 안주들을 내려놓기 시작했다. 그리고 커다란 술병 두 개를 이어 내려놓았다.

"맛있게 드세요."

둘은 말없이 술병을 따고 잔을 가득 채웠다. 그리고 잔을 빠르게 비워 나가기 시작했다.

\*　　\*　　\*

이제 해가 떠 있는 시간은 길지 않았다. 밤은 기세 좋게 추위와 함께 긴 시간 눌러앉았다.

첫눈이 예년보다 일찍 내렸다. 수도는 제국의 중앙이라기보다는 북쪽에 위치하고 있었기 때문에 매해 적설량은 상당한 편이었다.

첫눈이 오는 시기나 양을 보면서 내년 수확량을 가늠하는 것은 농사꾼들이나 하는 일이고, 농한기의 정치계는 다른 의미로 활발하게 움직이고 있었다.

겨울 무도회를 이틀 앞두고, 레사는 궁 전체가 반짝인다고 생각했다. 얼마 전에 안내받았던 겨울 궁전은 거대한 호수 위에 세워진 궁전이었다. 호수는 얼음으로 꽝꽝 얼어붙었고 그 새하얀 궁전은 얼음 위에 그 모습을 그림처럼 비추고 있었다. 물론 안은 온갖 장식과 촛불로 가득했고 말이다.

날이 다가올수록 한 사람도 빠짐없이 기대감에 가득한 얼굴을 하고 있었지만, 레사만은 그렇지 않았다. 무도회가 끝나면, 자신은 프레이스를 떠날 것이다.

그것도 이제 이틀 남았고 말이다.

프레이스의 집무실 안에는 화로가 두 개나 놓여 있었다. 벽난로 안은 그야말로 장작이 잔뜩 쌓여서 기세 좋게 타올랐다. 가까이 서 있다면 화상을 입기 딱 좋은 온도였다.

덕분에 집무실 안은 훈훈했고, 모두가 얇은 옷을 입고 업무를 보고 있었다.

"에릭이네요."

레사가 짤막하게 말하자 곧 문이 열리고 에릭이 들어왔다. 에릭은 "춥다." 하고 호들갑을 피우며 얼른 벽난로 앞으로 달려가 손을 내밀었다.

"레사, 오늘 아침에 테사가 우리 집에 도착했어."

그 말에 레사가 깜짝 놀랐다.

'테사? 무슨 테사?'

저도 모르게 얼빠진 목소리로 되묻게 되었다.

"오늘 아침에요?"

"그래."

에릭이 씩 웃으며 레사를 돌아보았다.

"딱 보자마자 알겠더라. 정말 똑같이 생겨서."

레사는 그제야 진정이 되었다.

'코코가 도착했구나.'

테사라고 말해서 정말로 놀란 레사였다. 그녀는 에릭에게 감사했다.

"고마워, 에릭."

"테사가 왔다고?"

윈스턴은 놀라 중얼거렸고 에릭은 고개를 끄덕였다.

"너도 보며 놀랄걸. 레사와 진짜 닮았거든."

'쌍둥이 자매인가.'

윈스턴을 눈을 가늘게 떴다. 프레이스는 흥미가 가득한 얼굴로 말했다.

"아슬아슬하게 도착했군. 난 소식이 없어서 결국 안 오거나, 못 오는 건가 했거든."

"이틀 전 도착이라니, 진짜 아슬아슬하기는 하지."

에릭이 씩 웃었다.

"어떤 분이야?"

프레이스는 호기심을 감추지 못하고 물었다. 에릭은 "어—" 하고 말을 끌더니 말했다.

"생김새만 빼면 레사랑 모든 게 다 달라."

레사는 그 말에 픽 웃었다.

그야 그렇겠지.

"에릭, 내가 여관을 알아보고 옮기라고 말할게."

그 말에 에릭이 눈을 찡그렸다.

"무슨 소리야. 네 가족은 내 가족이나 다름없어. 게다가 지금 여관이라고?"

에릭은 콧방귀를 뀌었다.

"온갖 귀족들이 수도로 다 몰려들었어. 여관에 빈자리가 있을 것 같아? 마구간도 다 찼을걸."

"정말?"

레사가 놀라 묻자 에릭이 "그래." 하고 고개를 끄덕였다. 윈스턴 역시 거기에는 동의했다.

"여관을 잡고 싶으면 한 달 전에는 예약을 했어야지."

"이 정도일 줄은 몰랐어……."

레사는 변명처럼 중얼거렸다.

"레사는 예전엔 이런 일과 상관이 없었으니까, 모르는 게 당연하지."

프레이스가 슬쩍 레사의 편을 들었다. 윈스턴의 눈이 가늘어졌고 에릭은 헛기침을 하며 말했다.

"하여간 오늘 만나러 올 거지?"

"음?"

"테사 말이야."

"아? 아, 그래야지."

레사가 고개를 끄덕이고 프레이스를 보았다.

"다녀와."

프레이스의 말에 레사는 "저녁만 먹고 돌아오겠습니다." 하고 답했다.

다녀와, 라는 건 오늘 안에 다시 돌아오라는 말이렸다.

그리고 레사도 프레이스와 멀리 떨어지고 싶지 않았다. 그의 곁에 있고 싶었다.

"나도 같이 가지."

윈스턴의 말에 그 방 안에 있던 사람들이 모두 놀라 윈스턴을 보았다. 윈스턴이 눈가를 꿈틀하며 물었다.

"뭔가 문제라도?"

"아니, 딱히 그런 건 아니지만……."

에릭이 힐끔 레사를 보았다. 레사는 잠시 고민하다가 고개를 끄덕였다.

"괜찮겠죠."

윈스턴은 테사를 눈으로 꼭 확인하고 싶었다. 점점 레사가 여자라는 걸 자신이 보고, 확인했던 것이 꿈이 아닐까 하는 생각마저 들었다.

'확인해 보고 싶어진다고 해야 하나.'

레사의 옷을 벗겨서, 정말로 그가— 그녀인지를 알아내고 싶었다. 하지만 자신의 기억은 멀쩡하고, 그건 환각이 아닐 터.

테사를 보고 확인해 보고 싶었다. 그리고 레사가 만약 여장을 한다면 어떤 느낌인가 궁금하기도 했고 말이다. 저질적인 호기심이라고 스스로도 생각했지만, 궁금한 건 궁금한 것이다.

프레이스가 침음을 흘렸다.

"나도 만나고 싶은데."

"곧 만나실 수 있을 겁니다."

레사의 말에 프레이스가 "무도회에서 말이지." 하고 중얼거렸다. 그 말에 레사가 살짝 어두운 표정으로 말했다.

"테사가 입고 갈 옷이 있을지는 모르겠지만 말입니다."

"그거라면 애슐리가 빌려줄 수 있을 거야. 걔 옷 많거든."

에릭의 말에 레사는 "그렇다면 감사하죠." 하고 대답했다. 그걸 본 윈스턴은 냉소를 지었다.

여성이 옷을 빌려주는 행위가 가지는 친밀도에 대해 생각하며 말이다.

테사를 만나고 온 레사는 옷 걱정을 덜었다. 테사는— 코코는 아름다운 드레스를 몇 벌 가지고 있었던 것이다.

'어디서 난 건지는 알 수 없지만.'

하여간 반가운 일이었다. 레사는 자신과 똑같은 얼굴이 살아 움직이는 걸 보는 게 기묘한 기분이었으나 금방 익숙해졌다. 코코는 레사가 너무 놀라자 다시 원래의 모습으로 돌아왔다가, 테사의 모습으로 돌아가기까지 해 보였다.

'눈으로 봐도 참 신기하단 말이야.'

레사는 고개를 저었다.

테사는—본질은 코코지만 하여간— 사교적이고, 대화에 능란했다.

심지어 레사마저 입을 헤 벌리고 테사의 이야기를 들을 정도였다. 이 정도면 무도회에서 걱정하지 않아도 될 정도였다.

'아니, 오히려 너무 무도회의 중심이 될까 봐 걱정을 해야 할지도.'

그 점에 있어서 따로 테사에게 이야기해 두자 테사는 걱정 말라며 눈을 찡긋했다. 레사는 테사에 대해서 미나에게도 따로 편지를 써서 보냈다. 두루뭉술하게 '너도 아는 내 쌍둥이 누이가' '무도회에서 함께하게 되어' '너도 무도회를 잘 보내렴.' 하는 이야기였다.

미나가 잘 대처해 주기를 바라면서 말이다.

'노알이 꼭 가 주면 좋겠는데.'

그 이야기를 테사에게 하자 테사가 콧방귀를 뀌며 말했다.

"그 옛날 제복을 입고 가라고 하는 게 어때?"

"옛날 제복?"

"예전에 기사였거든."

테사— 코코의 말에 레사는 아, 하고 놀랐다. 하지만 납득이 갔다. 노알이 소중히 하는 검은 분명히 그 기사 시절에 받은 거 겠지. 뒷골목에 어울리는 않는 장식과 화려함이 이해가 되었다.

그리고 레사는 애슐리를 만났다.

애슐리는 무도회에 참석하기 위해, 수도의 저택으로 올라와 있었던 것이다. 그녀를 보며 레사는 일종의 패배감을 느꼈다. 애슐리는 조금도 에릭과 닮지 않았다.

아니, 머리색과 눈 색은 닮았지만, 비슷한 것은 그것뿐이었다. 키는 레사의 턱에 닿을 만큼 아담했고 그 와중에도 몸매는 완벽했다. 도톰한 입술과 크림빛 피부, 사랑스러운 얼굴을 가진 그녀 는 한 번씩 돌아볼 만한 여성이었다. 게다가 성격조차도 좋아 보 였다.

그야말로 완벽한 여성.

프레이스와 나란히 있으면 키 차이는 좀 나지만, 그것마저 좋 아 보일 것 같았다.

"에릭의 새 친구라고 들었어요."

애슐리가 싱긋 웃으며 말해 레사는 고개를 숙였다.

"레사 알반이라고 합니다. 누이가 신세를 지게 돼서…… 죄송합니다."

"아니에요. 에릭의 친구면 가족이나 마찬가지죠."

그렇게 말하며 애슐리는 위아래로 레사를 살폈다. 레사는 어깨를 똑바로 펴고 섰다. 이 여자 앞에서는 조금도 주눅 든 모습을 보이고 싶지 않았다. 애슐리가 짓궂은 웃음을 지으며 말했다.

"에릭에게 이런 잘생긴 친구가 있는지는 몰랐는데요."

레사는 그 말에 뭐라고 대답해야 할지 몰라 망설이는데, 애슐리는 농담이었던 듯 말을 이었다.

"불민한 동생이지만 잘 부탁드릴게요."

"아닙니다. 에릭은 좋은 친구예요."

레사가 고개를 저으며 말했다. 애슐리는 활짝 웃으며,

"그렇게 말해 주니 마음이 놓이네요."

하고는 가볍게 인사를 하고 방을 나갔다. 레사는 잠시 빈 방에 서 있다가 한숨을 삼키고 나섰다.

\*        \*        \*

겨울 무도회는 그야말로 굉장했다.

레사는 '굉장하다'라는 말로는 이 장관을 다 담을 수 없을 거라고 생각했다.

반짝이는 연회장, 반짝이는 사람들, 반짝이는 장식들—

그야말로 사방이 다 반짝이고 있었다. 꼭 설탕 과자로 만들어 놓은 완벽한 세계 같았다. 색색에, 나쁜 점 따위는 하나 없고 달콤한 향기만 나는 완벽한 그런 것. 혹은 공들여서 만들어 놓은 인형들의 세계이거나.

홀에 들어선 사람들만 삼사백 명은 되어 보였다. 꽃잎처럼 각양각색의 색과 모양의 드레스를 입은 여인들은 봐도 봐도 질리지 않았다.

유리잔이 부딪치는 소리, 웃음소리, 경쾌한 구두 굽 소리.

오케스트라 단원들이 조율하는 소리와 떠드는 소음이 듣기 나쁘지 않은 조합을 이루었다.

프레이스와 애슐리는 그 사이를 가로질렀다.

그것도 일종의 장관이었다. 한 쌍의 커플이 미끄러지듯 나아가면 사람들이 스르르 비켜서며 정중한 인사를 건넨다. 레사는 그 뒤에 호위의 자격으로 붙어 서서 함께 걸었다.

'사람이 너무 많군.'

프레이스가 괜찮은 걸까? 걱정도 되었다.

물론 겉보기에는 완벽하게 멀쩡해 보인다. 인간을 싫어하거나, 무서워하는 기색은 조금도 보이지 않고 있었다. 그래도 이 많은 사람들 사이에 서 있는 것은 보통의 스트레스가 아닐 것이다.

레사는 한숨을 삼키고 기척을 곤두세웠다. 조금이라도 프레이스에게 해를 끼치는 사람이 없도록 말이다. 하지만 이렇게 사람이 많으면 아무리 레사라고 해도 전부의 움직임을 점검하는 건 무리였다. 최대한 프레이스 주변을 중심으로 한다고 해도 금방 지칠 것이다.

'호위에는 최악인 공간이군.'

레사는 살짝 눈을 찌푸렸다.

프레이스가 멈춰 서자 곧 인사를 하는 사람들의 줄줄이 이어졌다. 사람의 줄이나, 인사는 금방 끝날 기미가 보이지 않았다.

'언제까지 이러는 걸까?'

레사는 부동자세로 서서 무표정한 얼굴로 쭉 주변을 둘러보았다. 그때 익숙한 얼굴이 눈에 들어왔다.

'음?'

어디서 봤더라?

한참 생각한 후에야 레사는 누군지 깨달았다.

'아―! 오렌 백작.'

아들이 프레이스에게 죽임당한 그 사람이다. 오렌 백작은 갈망의 눈초리로 프레이스의 주변을 맴돌고 있었다. 이제 곧 인사하러 올 모양이었다.

"이 황자님."

오렌 백작이 만면에 미소를 띠며 깊이 허리를 숙였다. 프레이스 역시 그를 알아보고 싱긋 웃었다.

"오렌 백작. 오래간만이오."

"네, 무탈하신 황자님을 뵈니 참으로 기쁘옵니다."

"자네 같은 충신의 염려 덕분에 무탈하네."

오렌 백작은 웃었다. 웃는 그의 눈에 붉은색이 들어왔다.

프레이스 뒤에 선 호위의 귀에 달린 붉은색 귀걸이.

'저건⋯⋯!'

잊을 수 없는 물건이었다. 자신이 프레이스에게 진상한 것이니까. 저만한 귀물은 두 개를 찾아보기 힘들다.

자신이 선물한 귀걸이를 내려 받은 아름다운 호위.

오렌 백작은 위가 뒤틀리는 것 같았다. 그의 마음속에 검은 쐐기 같은 질투가 자라났다. 아들을 죽인 남자를 사랑하게 된 중년 남성의 결코 온건하지 않은 질투였다.

아니, 그건 질투라기보다는 증오리라.

그러나 오렌 백작은 웃었다.

"백작의 아들은 어쩌고 있소?"

"아아, 지금 다른 곳에 있습니다. 소개해드리고 싶지만, 아직 황자님 앞에 내보일 정도는 아닙니다."

"그렇군. 나중에 꼭 소개받고 싶소."

"네, 나중에 꼭."

부드럽게 말하고 오렌 백작은 물러났다. 레사는 미심쩍음을 느끼며 물러나는 오렌 백작을 바라보았다.

'방금 뭔가 있는 것 같았는데?'

자신을 바라본 그의 눈에 찰나의 순간, 뭔가가 지나갔다. 찜찜한 무언가였으나, 레사는 그게 뭔지 알 수가 없었다.

'경계도를 더 높여야겠군.'

레사는 그렇게 생각하며 고개를 치켜들었다. 슬슬 프레이스가 인사를 받는 것에 지칠 때쯤 타이밍 좋게 황제가 홀로 들어왔다.

"황제 폐하 납십니다!"

"릴리안 후궁마마 납십니다!"

이어진 외침에 모두가 단을 주목하며 자이안과 릴리안이 단 위에 오르는 동안 일사불란하게 절을 했다.

자이안은 단 위에서 자신에게 고개를 숙인 모든 귀족들을 내려다보았다. 자신의 아들도.

"고개를 들라."

자이안의 말에 모두가 조심스럽게 똑바로 섰다. 자이안이 말했다.

"내 몸이 불민하여 그동안 오랫동안 정사를 돌보지 못했음에도, 충실히 날 도운 아들에게 감사를 표하는 바이오."

아들.

아들들이 아니라 아들이라는 것을 귀족들은 쉽게 알아챘다.

"모두 한 해 동안 노고가 많았소. 마음껏 즐기다가 가시오."

"황공합니다, 황제 폐하."

맞춘 것처럼, 한목소리로 된 대답이 터져 나왔다. 자이안은 흐뭇하게 웃고 릴리안에게 손을 내밀었다. 그녀가 그 손을 잡자 둘은 단을 내려왔다. 고개를 숙인 귀족들이 좌우로 썰물처럼 빠지며 무도회장에 자리를 만들었다.

황제 부부가 자리를 잡자 지휘자가 지휘봉을 휘둘렀다.

곧 매끄럽게 음악이 시작되었고 동시에 황제와 릴리안은 춤을 추었다. 레사는 둘이 춤추는 것을 보며 손끝으로 툭툭 허벅지를 두들겨 박자를 맞추었다.

하나 둘 셋, 하나 둘 셋—

4소절 음악이 지나가자 애버릿과 그 파트너가 자리를 잡았다. 그 후 프레이스와 애슐리도 무도회장으로 미끄러지듯 들어왔다.

빙글빙글 돌며 춤을 추는 프레이스를 레사는 뚫어져라 바라보았다. 황동빛 드레스를 차려입은 애슐리는 빛나는 것처럼 아름다웠고, 성장을 한 프레이스는⋯⋯.

레사는 자신이 결코 가질 수 없는 것을 한참 바라보았다.

다시 4소절이 지나자 서 있던 귀족들이 플로어로 들어서며 춤을 추기 시작했다. 그 물결 가운데에서도 레사는 프레이스를 결코 놓치지 않았다. 그때 누군가가 재빠르게 자신의 팔짱을 꼈다.

"어때?"

돌아보고 레사는 웃었다. 코코—그러니까 테사였다. 자신과 키마저 똑같은 그녀는 몸에 꼭 맞는 은회색 드레스를 입고 있었다.

"예뻐. 그런데 나랑 얼굴이 똑같은데 예쁘다고 하니까 이상한 걸."

그 말에 테사가 명랑하게 웃고 레사의 팔을 잡아당겼다.

"한 곡 추자."

"하지만—"

"여기서 지켜보나, 플로어 안에서 보나 똑같잖아?"

그건 그렇지.

레사는 항복하고 테사의 손에 이끌려 플로어로 들어갔다. 잘 출 수 있을까 걱정했지만, 특훈 덕분에 춤을 추는 데에는 무리가 없었다.

빙글빙글 왈츠를 추며 레사는 어느새 플로어의 가운데, 프레이스의 근처까지 다가갔다.

프레이스는 춤추는 레사에게서 눈을 떼지 못했다. 빙글 돌 때에 자신과 눈 한 번 마주치지 않는 그가 야속하게까지 느껴졌다.

"뚫어지겠네요."

애슐리가 툭 던진 말에 프레이스는 그녀의 입술을 내려다보았다.

"나와 춤추는데 다른 사람을 그렇게 바라보는 건 실례죠."

에릭과 같은 눈동자가 추궁하듯 그를 보아 프레이스는 사과했다.

"미안."

"진심이 담겨 있지 않은걸요."

다시금 프레이스는 고개를 살짝 숙이기까지 하며 속삭였다.

"미안해."

"아까보다는 낫네요."

애슐리는 다시 턴 하며 프레이스가 보았던 쪽을 바라보았다. 애슐리는 눈을 가늘게 떴다가 다시 동그랗고 천연덕스럽게 뜨며 말했다.

"프레이스 님의 호위는 잘생겼군요."

"아."

프레이스의 대답은 짧았다. 그 대답에 애슐리는 다시 웃고 말했다.

"아직 젊고, 황자의 측근이니…… 괜찮은 상대를 생각해 두셨나요?"

"상대?"

"결혼 상대요."

프레이스는 그 말에 명치를 얻어맞은 듯 흠칫했다. 애슐리가 노래하듯 말했다.

"측근의 아내 쪽 가문 역시 주군에게는 힘이죠. 아내로 괜찮은 상대를 생각해 두셨다면─"

애슐리는 자신을 잡은 그의 손에 힘이 들어가는 것을 느꼈다.

"생각해 본 적 없어."

프레이스가 딱딱한 목소리로 대답했다. 애슐리가 태연하게 말했다.

"하긴, 아직 젊으니까요. 이 무도회장에서 괜찮은 아가씨를 만날지도 모르죠."

프레이스는 대답하지 않았다. 그의 굳은 턱을 바라보고 애슐리는 눈을 내리깔았다. 자신이 껴 있지 않았다면 이건 상당히 재미있는 상황이었으리라.

하지만 여기에는 자신이 당사자다.

그러다 보니 재미가 반감되어 버렸다.

"프레이스 님."

애슐리가 그를 부르자 프레이스는 그녀를 내려다보았다.

"전 결혼에 사랑이 필요하다고 생각하는 종류의 사람이 아니에요. 대다수의 귀족들이 그렇듯이요. 하지만 적어도 부부가 되려면 신뢰는 필요하다고 생각해요."

"그야 당연하지."

자신 역시 침대 안의 적은 싫다. 애슐리는 '그렇죠?' 하며 고개를 끄덕이고 힐끗 그의 눈을 보았다가 얼른 시선을 내리고 물었다.

"레사 알반을 사랑하시나요?"

프레이스는 흠칫하며 잡은 손에 힘을 주었다. 애슐리가 볼 수 있는 것은 잔뜩 힘이 들어간 턱뿐이었지만 그걸로도 충분했다. 그녀는 한숨을 내쉬며 말했다.

"그 반응을 보니 답이 필요 없겠지만, 그래도 전 확신을 원해요."

"그래, 맞아. 그렇게 다 보이나?"

"네."

"하지만 레사는 모르는 것 같던데."

쓰디쓴 기운이 배어나는 말에 애슐리는 춤추는 레사를 힐끗 보고 말했다.

"그런가요."

"한심하지?"

프레이스는 쓴웃음을 지었다.

"아뇨, 전 좋은 거라고 생각해요."

"좋은 거라고?"

"사람을 싫어하시던 분이, 사람을 사랑하게 되었으니까요. 고무적이죠."

그 말에 다시 프레이스는 비소를 머금었다. 애슐리가 이어 말했다.

"하지만 전 둘 사이에 끼고 싶지 않아요."

"넌 항상 똑 부러졌으니까."

"맞아요. 항상 그랬죠."

애슐리는 말하고 잠시 프레이스의 가슴 장식을 보고 말했다.

"당신도 그런 사람이라고 생각했는데요."

"사랑 앞에서는 아닌가 봐."

"어머나, 신파극에나 나올 법한 대사를."

애슐리가 신랄하게 말하자 프레이스는 신음을 내뱉었다. 왈츠가 끝나고 두 번째 곡이 이어서 시작되자 둘은 플로어를 빠져나왔다.

레사가 냉큼 프레이스에게 다가갔다.

"아직 소개해 드리지 않았지요?"

그제야 프레이스는 레사와 함께 춤을 춘 여자의 얼굴이 레사와 똑같다는 것을 깨달았다. 방금까지는 알아채지 못했던 사실이었다. 레사만 보느라 말이다.

"테사 알반이라고 합니다. 만나 뵈어 영광입니다."

테사가 우아하게 허리를 굽혀 인사했다. 눈을 마주치면 안 된다는 언질을 미리 받았는지 그녀는 조신하게 눈을 내리깔고 있었다.

"만나서 반갑네."

인사하고 프레이스는 빤히 테사를 바라보았다.

'정말 똑같이 생겼어.'

여자와 남자니까 쌍둥이라고 해도 골격이나, 키가 다를 줄 알았는데 전혀 그렇지 않았다. 굳이 말하자면 레사가 드레스를 입고 있는 것처럼 보였다.

"많이 닮았죠?"

프레이스의 시선에 테사가 싱긋 웃으며 말했고 그는 고개를 저었다.

"실례했네."

"아니에요. 남녀가 이렇게 똑같은 건 드무니까요."

테사가 그렇게 말하며 프레이스를 살폈다.

'마력이 느껴지네.'

그렇게 강력한 것은 아니었지만 끈질긴 주박과도 같은 마법의 흔적이었다. 오랜 세월 동안 차곡차곡 축적된 마법.

인간과 인간형의 몬스터를 유혹하는 현혹 마법이었다.

'저런 마법에 걸려서 잘도 멀쩡하게 살아 있군.'

테사— 코코는 감탄했다. 분명히 어렸을 때부터 실컷 인간들에게 시달렸을 텐데도 멀쩡하게 균형을 잡고 있다는 것이 놀라웠다.

프레이스는 다른 의미로 놀라워하고 있었다.

'같은데 완전히 다르군.'

표정, 어투, 말하는 방법, 제스처가 놀랍도록 사람을 달라 보이게 만들었다. 무표정함이 기본 표정인 레사와 달리 테사의 표정은 다채로웠고 끊임없이 웃었다.

에릭이 이리저리 고개를 기웃거렸다.

"찾으시는 분이라도?"

테사의 물음에 에릭이 말했다.

"아, 윈스턴이라고 제 친구를 소개시켜 드리려고 했는데……
분명히 왔을 텐데, 안 보이네요."

"윈스턴이라면 근처에 있을 법한데."

"으, 그 집 식구들 사이에 껴서 또 한 소리 듣고 있는 거 아냐?"

에릭이 눈을 찌푸렸다. 레사가 의아해져서 물었다.

"한 소리?"

"아, 찾았다. 역시 둘러싸여 있군. 구하러 다녀올게."

말하고 성큼성큼 에릭은 사람들 사이를 뚫고 지나갔다.

"너 좀 더 검을 연마해야 하는 거 아냐?"

"맞아. 여전히 비실비실하군. 탁 치면 부러질 것 같아."

윈스턴의 두 형들은 에릭만큼 덩치가 컸다.

"싸울 일은 없으니 염려 마시죠."

그 말에 큰 형이 윈스턴의 팔을 퍽 하고 때렸다. 친근감의 표시인지 폭력인지 알 수 없는 강도였다.

"야, 아무리 그래도 그렇지. 검도 안 들고 다니는 게 말이 되냐."

"맞아, 아버지가 한심해하실 거다."

윈스턴은 꿈쩍도 하지 않았다.

"우리 비실이가 황자의 측근이 된 건 좋기는 한데― 그게 펜대나 잡는 일이라니."

고개를 절레절레 흔들며 하는 말에 윈스턴이 입을 여는 순간 에릭이 끼어들었다.

"이야, 형님들 오랜만입니다."

"어어― 에릭."

"오랜만이다."

세 사람은 서로 손을 잡고 어깨를 부딪치며 유별난 우정을 과시해 보였다. 그사이 윈스턴의 표정은 완전히 차게 식었다.

"어깨가 아니라 머리끼리라도 부딪치는 게 어떨까요? 쓸 일이 없으니, 단단함이라도 자랑하는 게 좋을 것 같네요."

그리고 윈스턴은 휙 몸을 돌려 사람들 사이로 사라졌다.

"저 자식이—"

"완전히 먹물 들어서 못 쓰게 됐다니까. 내가 옛날부터 저럴 줄 알았어."

두 형들은 혀를 차며 고개를 흔들었다. 에릭이 그런 두 사람을 힐끗 보고 말했다.

"그래도 결국 출세한 건 윈스턴이죠."

그 말에 두 사람이 눈을 찌푸리는데 에릭 역시 윈스턴을 따라 샥 사람들 사이로 사라졌다.

"윈스턴."

"왜? 그 멍청한 칼의 강도에 대한 이야기나 더 하지그래?"

"그런 거 아니거든. 가자, 테사 소개시켜 줄게."

그 말에 윈스턴은 멈춰 서서 에릭을 돌아보았다.

"좋아."

에릭은 씩 웃고 돌아서서 앞장서 걷기 시작했다. 그의 덩치로 길이 수월하게 뚫려서 윈스턴은 약간의 우울함을 가지고 에릭을 바라보았다.

베렛가 역시 무가라, 어렸을 때부터 검에 재능이 없었던 윈스턴은 집안의 애물단지였다. 아버지는 검술을 잘하는 것을 최고라고 여겼고, 거기에 부응하려고 자신도 힘썼다. 하지만 돌아오는 것은 실망한 아버지의 한숨뿐이었다.

공부로 그 모든 것을 벌충하려고 노력했지만, 뭐든지 형의 검술대회나 검을 사러 가는 일이 우선이었다.

펜대 잡는 비실이들.

그건 베렛 가문에서 큰 욕설이었다. 그리고 아버지는 자신의 셋째 아들이 그렇게 된 것을 용납하지 못했다.

이제는 일일이 그 편애에 반응하는 것도 지겹지만, 어렸을 때의 상처는 지금도 까끌까끌하게 남아서 자신을 괴롭히는 것이었다. 저렇게 두 마리 원숭이처럼 멍청한 형들을 보면 더욱더.

"레이디 알반, 이쪽에 제 친구인 윈스턴 베렛입니다."

어느새 일행 사이에 도착한 에릭이 윈스턴을 테사에게 소개했다.

"베렛 경."

테사가 흠잡을 곳 없이 인사했다. 윈스턴은 놀람을 감추고 마주 인사했다.

'진짜 똑같군.'

쌍둥이라고 해도 이렇게까지 똑같은 건가?

윈스턴은 빤히 테사를 바라보았다. 테사가 민망하다는 듯 고개를 돌리자 윈스턴은 아차 하며 사과했다.

"죄송합니다. 레이디 알반."

"아니에요. 쌍둥이란 그런 시선을 많이 받기 마련이죠."

춤곡이 바뀌자 테사가 윈스턴에게 손을 내밀었다.

"한 곡 추시겠어요?"

"물론입니다."

윈스턴은 사양하지 않고 그녀의 손을 잡았다. 춤추는 동안은 은밀한 대화를 할 수 있으니, 그는 레사에 대해서 떠볼 참이었다.

둘이 플로어로 들어가는 걸 보며 에릭이 작게 휘파람을 불었다.

"의외의 커플이 탄생하는 거 아냐?"

"설마요."

레사가 일축하자 에릭이 그를 돌아보며 킬킬 웃었다.

"누나라고 벌써부터?"

"그런 거 아닙니다."

"아니긴."

에릭이 쿡 하고 레사의 옆구리를 찔렀다. 옆에 서 있던 애슐리가 레사를 돌아보며 말했다.

"저희도 한 곡 출까요?"

의외의 권유였던지라 레사는 놀랐다. 저도 모르게 프레이스를 흘끗 살피자 애슐리가 레사의 손을 잡아끌며 말했다.

"걱정 말아요, 내가 없어도 프레이스의 춤 상대는 줄이 길게 서 있으니까."

그 말에 레사는 반쯤 끌려 애슐리와 함께 플로어에 섰다.

"멋진 남자 둘과 연속으로 춤을 추는 건 꽤 기분 좋은걸요."

애슐리의 말에 레사는 희미하게 미소 지으며 말했다.

"그렇게 멋진 남자는 아닙니다만."

"아니에요, 충분히 멋지다고요. 아까부터 당신을 바라보는 여자들의 시선이 느껴지지 않아요?"

애슐리가 레사에게 소곤거리자 레사는 다시 웃었다.

"그렇게 봐주셔서 감사합니다."

"알반 경은 좋아하는 사람이 있나요?"

느닷없이 날아온 질문에 레사는 답을 하지 못했다. 그 멈칫함을 보고 애슐리가 고개를 끄덕였다.

"있군요."

"그게……."

"미나라는 귀여운 레이디인가요?"

"아뇨, 미나는 제 소중한 사람이기는 하지만 아닙니다."

"그럼 다른 사람?"

추궁하는 애슐리의 말에 레사가 표정을 짐짓 심각하게 하며 말했다.

"비밀입니다."

"그렇군요. 흐음— 비밀 사랑이라."

턴을 하자 애슐리의 머리 장식이 무지갯빛을 반사하며 반짝였다. 레사는 아름다운 머리꽂이를 잠시 바라보다가 다시 애슐리에게로 시선을 돌렸다. 애슐리 역시 심각한 얼굴로 말했다.

"난 계산적인 여자예요."

"좋군요."

"어머?"

애슐리가 웃었다. 아까와는 달리 진짜 웃음이었다.

"그런 소리는 처음 들어 봐요."

"계산하지 않고 시작하는 사람은 바보지요."

"흐음—?"

계속해 봐요, 하는 눈초리로 애슐리가 턱짓을 했다.

"사람이 어떤 일을 할 때는 계산이 항상 필요해요. 계산을 하지 않고 시작한다면, 일을 제대로 끝내지 못하겠죠. 돈이 부족해서 마지막 지붕을 씌우지 못하는 집이라든가, 시간이 부족해서 완성되지 못한 책처럼 말이죠. 그러면 사람들이 뭐라고 말하겠습니까?"

"바보라고 하겠죠."

"그겁니다."

애슐리가 다시 웃고 고개를 끄덕였다.

"맞아요. 그렇겠죠."

그녀는 레사의 어깨너머로 프레이스와 눈이 마주쳐 싱긋 웃어 보였다.

불쾌.

프레이스는 목구멍 깊숙이서부터— 저 밑바닥 어딘가에서부터 찝득한 불쾌감이 밀려오는 것을 느꼈다. 그는 와인을 한 잔 더 마셨다.

'결혼이라고?'

나보고 레사의 중매를 서란 말인가?

'그래, 미담이 될 만한 훈훈한 일이 되겠지.'

주군이 신하를 아리따운 아가씨와 맺어주는 일은 흔한 이야기 소재니까. 하지만 그걸 생각만 해도 참을 수가 없었다. 레사가 여자와 춤을 추는 것만 봐도—

프레이스는 또 한 잔, 와인을 비웠다.

'뭐가 저렇게 즐거운 거야?'

애슐리는 연신 웃음을 터트렸고 레사 역시 희미한 미소를 띠고 뭔가를 말하고 있었다. 둘이 매우 친밀해 보였다. 에릭이 눈을 껌벅이더니 작게 말했다.

"프레이스, 너 너무 많이 마시는 거 아냐?"

"상관하지 마."

"어떻게 상관을 안 해? 너 취하면 어쩌려고 그래?"

"취할 정신도 아냐."

에릭은 눈을 찌푸리며 애슐리와 레사가 춤추는 걸 보았다가 다시 프레이스를 보았다.

"그렇게 바라보는 것도 그만해 둬."

"뭐가."

"아내가 바람피우는 걸 보는 남자 같은 얼굴이야."

프레이스는 신음을 삼키며 이번에는 샴페인을 비웠다.

"섞어서 마시는 것도 하지 마. 너 진짜."

에릭이 다시금 프레이스를 저지했지만 그는 "상관 마." 하고 대답하며 연신 잔을 들이켤 뿐이었다. 레사가 춤을 끝내고 돌아왔지만 프레이스가 술 마시는 속도는 좀처럼 줄어들지 않았다.

평소보다도 더 높은 텐션으로 사람들과 이야기를 하며 웃고 떠드는 사이, 이젠 레사마저 걱정할 정도로 프레이스는 술을 마셨다.

결국 보다 못한 윈스턴이 프레이스의 손에서 잔을 빼앗듯 들며 말했다.

"가서 바람이라도 쐬시는 게 좋겠습니다."

프레이스는 그 말에 윈스턴이 빼앗은 잔으로 손을 뻗다가 헛손질을 하고는 무안해져 손을 접었다.

"어, 그래. 바람 좀 쐬는 게 좋을 것 같네."

"제가 모셔다드리죠."

레사가 조심스럽게 앞장섰다. 프레이스는 약간 흔들리기는 했지만 그래도 마신 양에 비하면 꼿꼿한 걸음걸이로 연회장을 빠져나갔다.

"이쪽으로."

레사는 근처의 적당한 빈방을 찾아 들어갔다. 사람이 보이지 않는 곳에 오자 긴장이 풀렸는지 프레이스의 무릎이 휘청거렸고 레사는 그를 부축해 침대에 앉혔다.

레사는 얼른 돌아가 방문을 닫고 창문은 활짝 열어서 신선한 공기가 들어오게 만들었다.

"왜 이렇게 무리해서 드셨습니까?"

레사가 한숨을 내쉬며 침대에 앉은 채로 흔들리는 프레이스의 눈앞에 몇 번 손가락을 튕겼다. 그 모습을 보고 프레이스가 히죽 웃었다.

"뭐 하는 거야?"

"제정신이신가 확인하는 겁니다."

"정신은 멀쩡해."

"멀쩡해 보이지 않는데요."

무도회의 피크가 살짝 지난 시점이었다. 프레이스가 중얼거렸다.

"테사, 너랑 닮았더라."

"쌍둥이니까요."

"응, 그렇지. 그래서……."

널 대신할 수 있을까 생각했는데 아니었어.

역시 안 됐어.

그리고 난 네게 아내가 생긴다는 그 생각만으로도 이렇게 돼 버리고……

레사는 잠시 프레이스를 바라보다가 허리를 폈다.

"가서 찬물을 가져올게요."

"괜찮은데."

"안 괜찮습니다. 기다리고 계세요."

레사는 재빨리 방을 빠져나왔다.

'지금이야.'

지금이 테사로 변장할 때다. 레사는 마른침을 삼키고 다시 무도회장으로 돌아갔다. 일행에게 프레이스가 잠깐 쉬어야 할 것 같다고 말하고 레사는 테사에게 눈짓했다. 이어 찬물을 가득 담아 들고 무도회장을 빠져나왔다.

약간의 텀을 두고 테사가 뒤를 이어 나왔다.

"레사."

"아, 테사, 그 저기. 옷을……."

코코는 잠시 레사를 바라보다가 고개를 끄덕였다. 둘은 근처의 빈 휴게실로 들어갔다. 코코가 가지고 있는 옷은 환상이 아니라 진짜였다. 단지 벗는 것에 코코는 마법을 써서 순식간에 모든 옷을 다 벗었다. 그리고 마법과 손을 함께 서서 그녀는 레사에게 옷을 입혀 주었다. 마지막으로 챙겨온 가발까지 씌우자 감쪽같았다.

물론 화장이 약간 차이가 있기는 하지만, 어두우니 그 정도는 모르고 넘어갈 것이다.

"테레사, 진짜 이걸로 괜찮겠어?"

코코가 진지한 얼굴로 물었다. 레사는 자신의 옷자락을 정리하며 고개를 끄덕였다.

"하지만……."

"괜찮아."

다시금 레사가 말했다. 자신에게 하는 건지, 코코에게 하는 건지 모를 끊어내는 듯한 단호함이었다. 레사는 물 잔을 들었다.

"기다려 줄래?"

"알았어."

테사는 레사의 옷을 입고 고개를 끄덕였다. 레사는 심호흡을 하고 휴게실에서 나왔다. 바로 근처에 프레이스가 쉬고 있는 방이 있었다. 그 방문 앞에서 다시 긴장을 풀기 위해 심호흡과 함께 목을 한 바퀴 돌리고 레사는 안으로 들어갔다.

프레이스는 그사이를 못 참고 상체만이지만 침대에 누워 있었다.

"황자님."

"응—"

"물을 가져 왔어요."

레사가 침대에 앉으며 말했다. 프레이스가 눈을 떴다.

깜박깜박—

"······레사······?"

"테사예요."

"레이디 알반······?"

프레이스는 이 상황이 무슨 상황인지 파악하기 위해 애썼다. 알코올로 느려진 머리가 제대로 작동하지 않았다.

테사— 레사는 협탁 위에 물 잔을 내려놓고 프레이스에게로 상체를 숙였다.

"황자님."

레사는 자신의 손이 떨리고 있다는 게 프레이스에게 들키지 않기를 빌었다. 그녀의 숨결이 가까워지자 프레이스는 번쩍 정

신이 드는 것 같았다. 그가 레사의 어깨를 잡고 밀어내며 말했
다.

"이게 무슨, 어떻게—"

"레사가 들어가 보라고 하던걸요."

테사다운 웃음을 지으며 그녀가 말했다. 그리고 그 말은 상상
과는 전혀 다른 여파를 프레이스에게 미쳤다.

"레사가?"

그의 얼굴에서 이미 술기운은 사라지고 없었다. 레사는 당황
해 입을 벌렸다. 프레이스가 으르렁거리듯 그녀의 양어깨를 꽉
붙잡으며 말했다.

"레사가 나에게 이렇게 하라고 했다고?"

"황자님……."

"레사 알반이—!"

"흑—"

프레이스가 그녀를 침대에 내려치듯이 눕혔다. 레사는 헉하
고 숨을 들이켰다. 프레이스의 눈이 분노로 이글거리고 있었다.

"하, 레사가. 자기 누이를 내 침실에 밀어 넣었단 말이지."

그 말을 하며 프레이스는 얼굴을 일그러트렸다. 상처 받은 듯
한 표정이 그의 얼굴에 지나갔다. 프레이스는 눈을 꽉 감았다.
그가 잠시 후 손을 놓으며 이 사이로 내뱉듯 말했다.

"가서 레사 보고 오라고 하지. 이 일은 없었던 걸로 하겠어."

"하지만—"

"빨리!"

프레이스가 휙 고개를 들며 소리쳐 레사는 자리에서 후다닥 일어났다. 그녀는 방 밖으로 나와서야 약을 써야 했다고 생각했다. 그리고 스스로의 생각에 구역질이 나는 것 같았다.

난 프레이스를 강제로 범했던 사람들과 뭐가 다른 걸까.

사랑해서 한다는 것까지.

레사는 한숨과 함께 고개를 들고 옆 휴게실로 들어갔다. 기다리고 있던 코코는 레사의 얼굴을 보고 아무 말도 없이 옷을 갈아입는 걸 도와주었다.

"고마워, 코코."

"아냐."

코코는 작게 대답했다. 옷을 갈아입고, 레사는 후다닥 다시 프레이스가 기다리는 방으로 들어갔다.

"이리 와."

프레이스의 목소리를 낮았다. 레사는 조심스럽게 그에게로 다가갔다.

"프레―"

촤악―

말이 끝나기도 전에 얼굴에 찬물이 부어졌다. 레사는 뚝뚝 물을 흘리며 멍하니 프레이스를 바라보았다.

"너, 나를 대체 뭐라고 생각하는 거야?"

"프레―"

"닥쳐. 내 이름 부르지 마."

레사는 입을 다물었다.

"그래, 한번 묻자. 네 누나를 내 침대에 넣은 이유가 뭐야? 응? 레사 알반."

프레이스의 손가락이 천천히 레사의 얼굴을 훑기 시작했다.

"누나를 총희로 한 번 만들어 보려고? 응? 대체 뭔데?"

손가락이 광대를, 뺨을 지났다. 그의 입술을 엄지로 지그시 누르며 프레이스가 낮고, 낮은 목소리로 물었다.

"넌 날 뭐라고 생각해? 너에게 난 어떤 존재야? 난, 난 우리가 통했다고 생각했어. 그 지하에서. 적어도 한 명의, 최소한의 이해자를 얻었다고."

그의 엄지손가락이 레사의 입 안으로 밀고 들어와 가볍게 아랫니를 눌렀다가 빠져나갔다. 하지만 그의 손은 떨어지지 않았다. 그의 손가락이 레사의 가느다란 목을 감싸 쥘 듯 두들기며 말했다.

"내 착각이었나? 너에게는 내가 안 보여? 아니면 다 알고 그러는 거야? 알면서, 응?"

프레이스이 손이 그녀의 목을 감쌌다. 레사는 무방비하게 프레이스를 올려다보다가 그냥 눈을 감았다.

차라리 자신에게 그저 화를 내면 좋을 것이다. 하지만 프레이스의 눈은, 얼굴은, 상처받았다고 외치고 있었다.

"눈 떠."

"……."

"눈 뜨라고! 레사 알반! 눈 뜨고 날 봐! 그리고 제대로 말하란 말이야!"

"……뭘 말입니까?"

레사는 눈을 뜨고 물었다. 프레이스는 하ㅡ 하고 웃었다.

"정말로 몰라? 정말로 넌 단 한 번도ㅡ"

쥔 손에 힘이 들어가기 시작했다. 하지만 곧 손에 힘이 풀렸다. 레사가 멍하니 그를 바라보는데 다음 순간 획 멱살이 끌려갔다.

프레이스는 레사에게 키스했다.

레사는 눈을 휘둥그레 떴다.

'제기랄, 제기랄, 제기랄ㅡ!'

프레이스는 속으로 욕을 내뱉었다. 자신은 화났고, 상처받았으며 레사 알반에게 죽을 만큼 상처 주고 싶었다. 하지만 키스는 달콤했다. 지금까지 했던 어떤 키스보다 이 반강제로 하는 키스가, 희미하게 느껴지는 레몬수의 맛이 꼭 감미료 같았다.

잠시 후, 프레이스는 레사를 자신에게서 밀치듯 떼어 놓았다. 그렇지 않으면 영원히 키스를 하고 있을 것이다.

거친 숨소리만 방 안을 가득 메웠다.

레사가 자신을 멍하니 바라보고 있는 건 알 수 있었다. 하지만 얼굴을 볼 수는 없었다. 그는 자신의 얼굴을 감쌌다.

'똑같아.'

나에게 이 모든 짓을 했던 사람들과—

"이제 알았겠지."

프레이스는 자신의 목소리가 아주 먼 데서 들려오는 것 같다고 생각했다.

"나가."

그는 명령했다. 하지만 레사가 꼼짝도 않고 거기에 서 있다는 걸 알 수 있었다. 침묵 후 프레이스가 빈정거리기 시작했다.

"왜? 누이 대신 내 침대에 들어오려고? 좋지, 너라면 대환영이야. 사생아 염려도 없고, 안 그래?"

레사도, 자신도, 난도질해 버리고 싶었다.

작은 발소리가 들렸다. 자신의 앞에 레사가 와서 서 있다. 서늘한 손이 프레이스의 손목을 잡아 내렸다. 프레이스는 눈을 감았다가 떴다.

"왜? 할 말 있으면 해."

마주 본 레사의 눈은 고요했다.

레사 알반은 생각했다.

'이건 바보 같은 짓이야.'

하지만 거부할 수가 없었다. 그녀는 가볍게 발꿈치를 들고 프레이스에게 키스했다. 닿았다가 떨어지는 부드러운 키스였다. 프레이스는 날카롭게 숨을 삼켰다. 그의 눈이 레사를 응시했다.

레사는 그를 마주 보다가 살짝 눈을 내리깔았다. 그게 뭘 말하는 건지, 프레이스는 도대체 이해할 수가 없었다. 프레이스는 머뭇머뭇 천천히 허리를 숙였다.

살피듯 그의 눈이 빤히 레사를 바라보았다.

착각이었다면, 자, 어서 도망가.

그런 눈빛과 행동이었다. 레사는 몸에서 힘을 뺐다. 도망갈 수는 없다. 아니, 당장에라도 그를 밀고 도망갈 수도 있겠지. 있겠지만, 할 수 없었다.

레사는 눈을 감았다.

두 번째로 입술이 와 닿았다. 부드럽게 닿은 입술은 곧 격렬한 키스로 변했다. 프레이스는 레사를 끌어안고 깊게 키스했다. 그의 혀가 그녀의 입술 사이로 살짝 들어왔다.

'열어줘.'라고 상냥하게 부탁하는 듯이.

레사는 살짝 입을 벌렸고 뜨거운 그의 혀가 미끄러지듯 들어왔다. 뻣뻣하게 굳어 있는 레사의 안쪽에 있는 혀를 찾아내어 프레이스는 혀를 엉켰다.

포도주 맛이 났다. 아니, 샴페인의 맛인가?

레사는 아랫배가 찌릿해졌다. 손끝까지 전기가 통하는 것 같았다. 프레이스는 끈질겼다. 결국 호흡이 곤란하다고 느꼈을 때쯤 프레이스는 떨어졌다. 프레이스의 손이 자꾸 아래를 보려는 레사의 양 얼굴을 들어 올려 자신을 보게 만들었다.

뜨거운 손에 레사는 뺨을 누르며 숨을 할딱였다.

"사랑해."

프레이스가 속삭였다. 레사는 작살을 맞은 고기처럼 부르르 떨었다.

"사랑해, 레사. 네가 남자든 뭐든 그런 거 상관없어. 레사 알반, 널 사랑해."

행복감과 죄책감이 동시에 소용돌이치며 레사의 가슴속을 때렸다. 아무런 대답도 할 수가 없었다. 말을 꺼내면 울 것 같았다. 프레이스가 다시 몸을 숙여와 아무런 말도 할 수 없게 된 것을 레사는 다행으로 생각했다.

아까보다 더 느린, 맛을 음미하는 듯한 농밀한 키스였다.

레사는 프레이스의 어깨에 손끝을 세웠다. 다리가 후들거렸다. 그의 혀가 입 안을 휘저을 때마다 눈앞이 번쩍이는 것 같았다.

프레이스는 레사를 놓아주었다.

"술 다 깼다."

프레이스의 말에 레사는 어색한 미소를 걸쳤다. 하지만 프레이스는 세상이 황홀하게만 보였기 때문에 레사의 그런 기색을 눈치채지 못했다.

"다시 찬물을 가져오겠습니다."

레사의 말에 프레이스는 "아." 하고 손을 뻗어 축축해진 레사의 머리와 뺨을 어루만졌다.

"미안."

"아뇨."

고개를 젓고 레사는 빠르게 방을 빠져나갔다. 멍하니 그가 나간 방문을 보다가 프레이스는 자신의 양손을 내려다보았다. 손끝이 덜덜 떨리고 있었다. 프레이스는 그 양손을 꽉 맞잡고 볼 안을 깨물어 터져 나오는 웃음을 눌러 참았다.

행복감이 몸 안을 휘어 감았다. 뭐든지 할 수 있을 것 같았다. 뭐든지. 온 세상을 레사의 발 앞에 가져다 놓을 수도 있을 것이다. 아니면 달이나 해를 따다 줄 수도 있겠지.

'살아 있기를 잘했어.'

잘했어, 잘했어.

살아서 다행이야.

포기하지 않아서 다행이야.

프레이스는 몇 번이나 그렇게 생각했다.

레사는 방을 나와 약간 걷다가 휘청거리며 벽에 기댔다. 차가운 벽이 몸의 열기를 식혀 주었다.

'대체 뭘 한 거야, 테레사 알반.'

할 수만 있다면 시간을 돌리고 싶었다. 그 키스를 하면 안 됐다. 안 됐어.

하지만—

레사는 양손으로 얼굴을 감쌌다. 흐느낌이 아니면 발작적인 웃음이 터져 나올 것 같았다.

다시 돌아간다고 해도, 안 할 수 있을까?

그를 거절할 수 있을까?

사랑, 사랑, 사랑, 사랑해요.

레사는 그 말을 입 안으로 씹어 삼켰다. 이 말까지 할 수는 없다. 프레이스를 속이고 있으면서, 이 말까지 해서는 안 된다. 안되지.

부르르 전신이 떨렸다.

"레사?"

들려온 목소리에 퍼뜩 고개를 들자 테사가 걱정스럽게 자신을 보고 있었다.

"괜찮아?"

레사는 웃으려고 했지만 얼굴이 일그러지는 것을 막을 수가 없었다.

"실패했어."

실패했다.

레사는 팔을 늘어트렸다. 그녀가 웃었다.

"근데 기뻐. 기뻐, 기쁘다고. 기쁘면 안 되는데, 이건, 아—"

레사는 이를 악물었다. 숨을 천천히 고르며 레사가 말했다.

"가서 찬물을 가져와야 해. 와줘서 고마워, 그리고 미안해."

"아냐."

테사는 고개를 저었다. 레사는 허리를 쭉 펴고 옷매무새를 정돈한 뒤 빠른 걸음으로 복도를 걸어 나갔다.


*　　*　　*

미나는 한숨을 삼키며 홀의 가운데에 달린 거대한 샹들리에를 바라보았다. 촛불이 크리스털을 통과해 여러 빛깔로 반짝였다. 모처럼 외부에 열린 아카데미는 사람들로 가득 차 있었다.

평소의 강당이 아닌 것 같았다. 화려한 장식과 교묘하게 달린 테피스트리가 예전의 모습을 감추고 있었다.

미나는 자신의 옷을 바라보았다. 자잘한 수정 조각이 달린 드레스는 단연 아름다웠다. 달빛 아래 이슬 같은 드레스.

미나는 이리저리 몸을 흔들어 보았다. 그때마다 작은 잘그락 소리를 내며 수정이 빛을 발했다. 미나는 슬쩍 입구를 바라보았다.

'오지 않겠지.'

레사는 호위가 바빠서 오지 못한다고 했으니까, 안 올 것이다.

'보여 주고 싶었는데.'

미나는 한숨을 내쉬었다.

"미나—!"

툭 하고 누가 어깨를 쳐서 돌아보니 제니가 싱글싱글 웃으며 서 있었다.

"왜 이렇게 우울한 얼굴이야? 오늘 네가 얼음 장미가 될 거라는 소문이 자자하던데."

"그런 거 별로 상관없는데."

"그런 태도가 적을 불러들이는 겁니다."

"그래서 적이 생긴다면, 호들갑 떨며 기뻐해도 생길걸."

"그건 그래."

제니가 시원하게 인정하고 고개를 끄덕였다. 그러며 은근슬쩍 물었다.

"알반 경이 오지 않아서 그래?"

"으으응, 일이 바쁘니까……."

"오지 않아서 실망한 건 너 하나뿐이 아닌 것 같더라. 사감 선생이 치장한 거 봤어?"

"에이—"

"진짜라니까?"

말하고 제니가 웃으며 손을 뻗어 미나의 부채— 댄스 카드를 뒤집어 보았다.

"와, 춤출 상대 봐라. 오, 여기 알테즈는 설마 삼 학년의 그 알테즈인가요? 이야, 죽이는데?"

"제니."

"아, 미안. 오빠들이 이런 어투를 쓰니까 익어버려서. 큰언니라면 이런 실수를 안 하겠지만 말이야."

제니가 다시금 씩 웃었다. 미나가 부채를 차르륵 접으며 말했다.

"밖에 바람 좀 쐬러 나가자. 여기 너무 답답해."

"그래."

제니는 고개를 끄덕였다. 강당에는 테라스라고 할 만한 것이 없었으므로, 둘은 정문을 통해서 나와, 한갓진 정원으로 향했다.

"살 것 같아."

미나가 한숨을 내쉬며 말했다. 겨울밤 정원은 고요했다. 멀리서 들리는 무도회장의 소음도 적막을 깰 수는 없었다. 제니가 물었다.

"난 인기 많으면 좋을 것 같은데."

미나는 그 말에 제니를 보고 미간을 찌푸리며 말했다.

"싫다는 건 아닌데, 그래도 피곤해."

"사치스러운 소리를."

"제니, 너도 인기 좋잖아."

"그거야 내가 도프 백작 영애이기 때문이지."

"그리고 성격도 좋으니까. 게다가 내가 인기가 많은 것도 음, 얼굴이 예쁘기 때문인 거잖아? 둘 다 조건 때문이니까 같은 거라고."

"그런가?"

"그런 거지."

미나의 말에 제니가 납득해 고개를 끄덕였다. 그때 저쪽에서 작은 웃음소리가 들려왔다. 제니가 재빨리 미나의 앞을 가로막으며 외쳤다.

"누구세요?!"

무가의 딸다운 날렵함과 용감함이었다.

"이거 실례합니다. 너무 재미있는 얘기를 나누시기에."

정원의 그늘에서 슬그머니 남자가 모습을 드러냈다. 제니는 눈을 동그랗게 떴다. 상급생일까? 이렇게 잘생긴 남자라면 봤을 법한데.

"엿들을 생각은 아니었습니다. 제가 먼저 여기 와 있었으니까요."

그 말에 미나가 붉어진 얼굴로 말했다.

"인기척을 내주셨으면 좋았을 텐데요."

"내기도 전에 이야기를 먼저 시작하셔서. 죄송합니다, 레이디."

남자가 다시 싱긋 웃었다. 제니는 슬쩍 미나와 남자를 번갈아 바라보았다.

'흐음?'

제니가 헛기침을 하고 말했다.

"어, 난 잠깐 뜨거운 와인 좀 가지고 올게."

"하지만—"

"강당은 여기서 멀잖아?" 하는 미나의 말을 무시하고 제니가 빠르게 걸음을 옮겨 사라졌다. 단련된 다리의 소유자다웠다.

"재미있는 친구를 두셨군요."

남자의 말에 미나는 한숨을 삼키며 말했다.

"죄송합니다. 그, 저도 이만 가 보겠어요."

"이런, 이름도 소개하지 않고 가실 건가요?"

"아— 저, 1학년인 미나 리스키라고 합니다."

미나가 고개를 숙이며 가볍게 인사하자 남자가 웃었다.

"친구가 먼저 가 버려서 잘됐네요."

"네?"

"도프 백작 영애는 역시 좀 성가시죠."

미나는 등에 소름이 돋았다.

보통의 영애라면 그냥 친구 험담이구나, 할지도 모르지만 12 구역에서 자란 미나는 달랐다. 그 한마디가 그녀 안의 경종을 건 드렸다. 촉이 뭔가가 잘못되었다고 소리치고 있었다. 미나는 제 니가 떠난 쪽을 곁눈질하며 침착하게 말했다.

"저도 이만 가 봐야 할 것 같은데요."

남자는 아무런 반응도 하지 않았다. 미나는 한 걸음 물러섰 다.

"그럼 저, 전 이만."

돌아서는데 남자가 다가와 미나를 붙잡았다. 비명을 지르려 입을 벌리자 손수건이 코와 입을 틀어막았다.

기분 나쁜 달콤한 냄새가 났다. 몇 번 숨을 쉬지도 않았는데 팔다리가 납덩어리처럼 무거워지고 그걸로 기억은 끝이었다.


"흐음, 흠흠……."

귓가에 익숙한 노래가 들려왔다. 미나는 신음을 흘리며 말했 다.

"아빠……."

"응?"

"음치야……."

"너무하네."

투덜거리는 목소리에 미나는 저도 모르게 웃었다. 웃었다가 눈을 번쩍 떴다.

"어?!"

"안녕? 잘 잤어, 공주님?"

미나는 자신이 아빠의 품에 안겨 있다는 것을 알았다. 주변은 완전히 낯선 곳이었다. 당황해 일어나려는 미나의 이마를 노알이 눌렀다.

"아직 누워 있어. 일어나면 어지러울 거야."

"여기가…… 어디야? 이게 무슨……? 어떻게 된 거야? 나, 난 분명히……."

아카데미에 있었다가 남자와 이야기를 하고, 그 남자가—

"제니?! 제니는? 웬 남자가 날—"

"알아, 알아. 도프 양은 무사하고, 너도 무사해. 괜찮아. 다 무사히 끝났거든."

멍하니 아빠의 얼굴을 보다가 미나는 곧 여기가 마차 안이라는 것을 깨달았다. 왜 일어났을 때 바로 깨닫지 못했는지 이상할 정도였다.

'그리고 피 냄새가 나…….'

노알의 품에서 서늘한 피 냄새가 났다. 미나는 손을 뻗어 아빠의 목을 감싸고 어깨에 얼굴을 묻었다. 노알이 그녀를 끌어안았다.

"우리 딸, 많이 놀랐구나?"

"어, 어떻게 된 거예요? 여기는 어디예요?"

노알은 한숨을 내쉬며 말했다.

"웬 이상한 놈이 널 납치했고, 내가 혼내 준 다음 널 되찾아서 다시 아카데미로 돌아가는 중이지."

"이상한 놈……?"

"내 생각에는 테레사와 얽힌 일 같아."

그 말에 퍼뜩 미나가 고개를 들었다.

"그럼 레사는?"

"스스로 몸을 지킬 수 있는 애야."

"그러네요."

"그런데 아빠."

"응?"

"면도했네요."

"응."

미나는 매끄러운 노알의 얼굴을 바라보았다. 노알은 멋쩍은 얼굴을 했다. 그녀는 아빠의 옷 역시도 처음 보는 옷이라는 걸 알았다.

푸른색과 은색이 섞인…… 제복 같은 옷…… 달려 있는 은 단추가 마차 안의 희미한 촛불에 반사되었다.

'게다가 망토도 뭔가 매끈매끈한 천이야.'

"아빠…… 옷 샀어?"

미나의 물음에 노알은 웃었다.

"아냐, 원래 가지고 있던 옷이야."

"원래?"

"그래."

"하지만…….''

옷이 너무 좋아 보이는걸. 미나는 망토를 만지작거리며 생각
에 잠겼다.

"옛날에, 아빠가 기사였을 때 입었던 옷이야."

노알의 말에 미나는 눈을 동그랗게 떴다.

"기사?!"

"응."

"언제?!"

"아주 옛날."

그렇게 말하고 노알은 미나의 귓가에 소곤거렸다.

"지금 마차를 모는 사람도 아빠의 옛 동료란다."

"그런 거야? 그럼, 근데 왜 그만둔 거야?"

"그만두지 않았어."

노알이 조용히 말했다. 그가 딸의 이마에 입 맞추고 속삭였
다.

"그냥 나라가 사라진 것뿐이란다."

그 말에 미나는 멍하니 노알을 바라보았다. 최근에 사라진 나라가 있었나? 하지만 머리를 굴려 봐도 떠오르는 나라는 없었다.

노알은 열심히 고민하는 딸의 얼굴을 보고 미소 지었다.

그래, 옛날에 사라졌다.

하지만 명령은 아직 건재하고, 의무도 건재해서— 마치 골조만 남은 건물 밑에 들어와 있는 기분이었다.

미나는 생각하기를 그만뒀다. 어차피 12구역에는 수상쩍은 과거를 가진 사람이 너무 많고, 그걸 일일이 파헤치는 건 금기시되는 일이었다.

"그럼 우리는 어디로 가는 거야?"

"아카데미로 돌아가지?"

"하, 하지만."

괜찮은 거야?

미나는 눈으로 물음을 던졌고 노알은 고개를 끄덕였다.

"괜찮아, 아빠가 있잖아. 미나가 위기에 빠지면 언제든지 구하러 달려옵니다."

그 말에 미나는 잠시 노알을 바라보았다가 "응." 하고 작게 대답하며 매달렸다. 그녀가 숨죽이고 웃었다.

"왜 웃어?"

"엄마가—"

"응."

"엄마가 똑같은 이야기를 했거든. 네 아빠는 참 타이밍이 좋다고. 위기에 처하면 날아온다고."

그 말에 노알은 바람 빠지듯 웃었다.

"그랬어?"

"응, 근데 진짜구나."

말하며 미나는 웃었다. 안도감이 가득 차올랐다. 조금도, 조금도 무섭지 않았다. 정말로 아빠는 자신을 구하러 올 것이다. 언제든, 어디서든.

절대적인 안도감.

"근데 누가 날 납치하려고 했을까요? 레사랑 친하다는 이유로?"

"음, 귀족인 것 같은데— 자세한 건 레사와 이야기해 봐야 할 것 같아."

"귀족이요?"

"응."

"애버릿 황자 쪽 사람일까요?"

"글쎄다."

노알은 천장을 보며 중얼거렸다. 마차가 천천히 부드럽게 멈춰 섰다. 노알이 미나에게 물었다.

"도착했나 보다. 일어설 수 있겠어?"

"응."

미나는 고개를 끄덕이고 조심스럽게 발을 마차 바닥에 디뎠다. 다리가 후들후들 떨리거나 그렇지 않았다. 노알이 먼저 마차 문을 열고 내리고 미나를 가볍게 잡아 내려 주었다.

"가자."

미나는 마부석의 남자를 보려고 했지만 후드를 쓰고 있어서 얼굴이 잘 보이지 않았다.

"고마워."

노알의 말에 남자는 고개만 까닥해 버리고는 다시 채찍을 휘둘러 말을 출발시켰다. 노알은 미나에게 팔을 내밀었고 그녀는 얼른 팔 위에 손을 얹었다. 정확하게 아카데미 100m 전에 마차가 멈춰 섰기 때문에 둘은 걸어서 아카데미로 들어갔다.

"아빠랑 아카데미 들어가니까 이상하다."

"그래? 음, 우리 미나 진짜 다 컸는걸. 예쁘다."

노알이 활짝 웃으며 말했다.

"네 엄마를 쏙 빼닮았어. 날 안 닮아서 다행이야."

그 말에 미나가 고개를 흔들며 말했다.

"아냐, 아빠 얼굴은 닮아도 괜찮다고 엄마가 그랬어."

"아, 유지니아답네."

노알이 다시 웃었다. 둘은 무도회가 한창인 강당으로 들어갔다. 환한 곳으로 들어가자 그제야 미나는 제대로 노알의 옷을 볼 수 있었다.

구식 제복같이 생겼지만, 멋진 옷이었다. 특히 망토를 고정하고 있는 용 모양의 브로치가 살아 있는 것처럼 보였다. 만약 삼백 년 전이었다면, 모두 이 제복을 입은 노알을 선망의 눈으로 보며 조용히 고개를 숙였겠지만, 지금은 아니다.

노알은 그편이 더 좋다고 생각하며 미나에게 손을 내밀었다.

"한 곡 추시겠어요, 레이디?"

"기꺼이요."

미나는 환하게 웃으며 노알의 손을 마주 잡았다.

# 4장

## 고백

프레이스는 눈을 반짝 떠졌다. 그가 침대에서 휙 몸을 일으켰다.

"좋은 아침입니다."

어디 있나 찾을 필요도 없이, 레사가 언제나처럼 아침 인사를 건네 왔다.

"어, 레사도."

프레이스는 침대에서 일어나며 레사의 허리를 안고 가볍게 이마에 키스했다. 프레이스가 창문을 열며 말했다.

"날씨도 좋네."

"하늘이 뿌연데요."

"공기도 상쾌하고."

"그 차림으로 겨울 공기 마시시면 감기 걸리십니다."

연이은 레사의 말에 프레이스가 입을 내밀며 창문을 닫고 말했다.

"레사는 기쁘지 않아?"

"네?"

"나 혼자만 너무 들뜬 것 같잖아."

프레이스가 슬그머니 레사의 손을 잡으며 말했다. 레사는 그 손을 마주 잡으며 말했다.

"기쁘지 않다면 거짓말이겠죠."

한 점의 거짓도 섞이지 않은 말이었다. 단지 그 기쁨을 순수하게 즐길 수가 없다는 것이 문제였다.

"프레이스."

"음?"

프레이스는 레사의 손가락을 만지작거리며 작게 대답했다. 손가락도 어쩜 이렇게 예쁠까? 흉터가 나고 휘어진 것은 마음이 아팠지만, 그조차도 사랑스러웠다. 마디마디 전부 입 맞춰 주고 싶다고 생각을 하는데, 레사로부터 다음 말이 들려오지 않았다.

"왜?"

손가락에서 시선을 돌려 바라보니 레사는 뭔가 말하려는 듯 그를 바라보았다가 고개를 저었다.

"아뇨, 아무것도 아닙니다."

내가 여자라고 말한다면, 당신은 어떻게 반응할까?

이걸 숨긴 채로, 여기까지 오면 안 되었다. 선을 넘으면 안 됐다.

그건 달콤함 속에 숨겨진 독처럼 레사의 마음을 자꾸 찔러 댔다. 프레이스가 자신을 볼 때, 웃을 때, 행복감 속에 떠밀려서 현실을 잊어버리다가도 누가 쿡쿡 찌르듯 다시금 정신이 드는 것이었다.

"그렇게 걱정하지 않아도 괜찮아."

프레이스가 힘주어 손을 잡으며 말해 레사는 놀라 고개를 들었다. 프레이스가 씁쓸하게 웃으며 말했다.

"알아, 남자끼리 이러는 거— 음, 이상하다고 생각될 거고…… 특히 너는…… 그래도 걱정하지 않아도 괜찮아. 내가 지켜 줄게."

"그런 게 아닙니다……."

레사는 작게 중얼거렸고 프레이스는 "그럼?" 하고 되물었다. 레사는 웃고 고개를 저었다.

"아뇨, 괜찮습니다. 프레이스, 전 괜찮아요."

"……."

프레이스는 아무 말도 하지 않고 레사를 내려다보았다.

지금에 와서 후회라도 하는 거야?

있었던 일들을 없애고 싶어?

충동적인, 술에 의한 결정이었습니다, 같은 거야?

어두운 먹구름이 마음 위에 짙게 드리워졌다. 레사가 잡힌 손을 빼며 말했다.

"씻으십시오."

"어, 응."

하지만 그래도 상관없어.

순간적인 충동이었다고 해도 좋아.

네가 내 발톱에 걸린 이상, 널 놓아주지 않을 거야.

내 발톱은 휘어 있고, 날카로워서, 빠져나가려면 갈기갈기 찢어지는 수밖에 없어.

프레이스는 속으로 그렇게 낮게 레사에게 속삭였다.


레사를 전령으로 내보내고 프레이스가 진지한 얼굴을 했다.

"두 사람에게 말해 둘 것이 있어."

윈스턴과 에릭이 고개를 들었다. 프레이스가 히죽 웃으며 말했다.

"레사랑 나랑 음, 크흠, 그러니까, 그렇게 됐다."

"아? 역시?"

"설마 했습니다만……."

"어? 알았어?"

"프레이스, 너 너무 들떠 보여서 말이야."

"레사는 멀쩡해 보여서 혹시나 했습니다만."

말하면서도 윈스턴은 마음속에 사실이 계속 걸렸다.

'여자라는 걸 밝히고 사귀고 있는 건가? 아니면…….'

여기까지 와서 속였다고 하면, 프레이스는 절대로 레사를 용

서하지 않을 것이다.

지금은 레사를 좋아해서 저렇게 변했지만 윈스턴은 원래의 그를 잘 알고 있었다. 냉정하고 잔혹한 그런 사람이다.

사랑에 대해서는 잘 모르지만 그 사랑이란 것이 한 순간에 증오로 변한다는 것도 윈스턴은 잘 알고 있었다. 그러니까 레사가…….

'제발 밝히고 사귀는 것이길…….'

윈스턴은 속으로 간절하게 빌었다.

"어떻게 사귀게 된 거야? 그때? 무도회? 응?"

"응, 첫날에."

"아, 왠지 그때부터 계속 기분 좋아 보이더만."

에릭이 히죽히죽 웃으며 프레이스를 놀렸다.

"그래서? 고백한 거야?"

"응."

프레이스는 고개를 끄덕였다.

"내가 음, 억지로 키스하고…… 근데 키스를 되돌려줘서…….."

왜인지 부끄러워서 머뭇머뭇 말하자 에릭이 휘파람을 휘익 불었다.

"와, 레사 적극적인데?"

그 말에 프레이스가 뺨을 붉적이고 고개를 끄덕였다가 말했다.

"그런데 걱정이 돼."

"뭐가?"

"난 엄청 기쁜데, 레사는 전혀 기뻐 보이지가 않아서…… 말로는 괜찮다고 하기는 하는데─ 역시 남자끼리 사귀는 건─"

"문제지."

에릭이 냉정하게 말했다.

"그리고 넌 어차피 여자와 결혼도 해야 해. 후계자가 필요하고. 레사에게─ 직위도 내리지 않는 게 좋겠지. 그리고 너무 티 내지도 말고. 해 봐야 네 이미지만 안 좋아져."

에릭의 말에 프레이스는 갑자기 현실이라는 찬물이 끼얹어진 기분이었다. 그가 입술을 잘근 물었다.

'어떻게 저런 생각을 하나도 못 할 수가 있지?'

그저 사랑하는 사람과─ 레사와 함께한다는 것만이 기뻐서 그런 생각은 하지도 못했다. 그와 사귀는 것이 세상의 전부처럼 행복했으니까.

하지만 레사는 여러 가지 생각을 했을 거다…….

프레이스는 이마를 문질렀다.

'멍청이같이. 그런 건 전혀 말하지도 않고, 생각도 못 하고, 헤실거리고만 있으니 레사가 당연히 안심을 못 하지.'

프레이스가 그런 생각으로 끙끙거리는 동안 윈스턴은 위가 얼어붙는다는 말을 체험했다. 뱃속이 뒤틀리는 것 같았다.

'모르는 건가?'

레사가 여자라는 걸 황자님은 모르고 계신 건가?

'대체…… 어떻게 하려고?'

저도 모르게 손에 힘이 들어가 펜촉이 구부러졌다.

"아……."

윈스턴은 잉크가 번진 서류를 바라보고 신음을 내뱉었다. 에릭이 물었다.

"괜찮아?"

"그래."

대답하고 윈스턴은 거칠게 서류를 구겨서 휴지통에 던져 넣었다. 그리고 결심했다.

'추궁해야겠어.'

그 머릿속에 뭐가 들었는지 알아내야겠다고, 그는 생각했다. 윈스턴은 자리에서 일어났다. 에릭이 "어디 가?" 하고 물어 왔다.

"화장실."

짧게 답하고 윈스턴은 집무실을 나갔다. 그가 나가자 프레이스가 얼른 에릭에게 물었다.

"어떻게 하지?"

"뭘?"

"나, 레사에게 해 줄 수 있는 게 아무것도 없어."

"어쩔 수 없지."

에릭이 무심하게 대답해 프레이스가 인상을 썼다.

"어쩔 수 없기는― 다른 사람들은 어떻게 했을까?"

"뭐어, 내가 찾아보니까 그런 얘기는 있더라. 각각 아내도 있고, 그런데 전쟁터에서나 어디서나 연인 관계인 게 의심되는 우정이라든가……."

"아내?!"

프레이스는 저절로 목소리가 높아졌다.

"그야— 그럼 너 레사는 독수공방 시키려고? 음, 뭐 상관이야 없다만……."

그러면 네 총애가 사라졌을 때 레사가 너무 불쌍하지 않나.

에릭은 그렇게 생각하며 고개를 갸웃했다. 프레이스는 토할 것 같았다.

'이제 시작이잖아.'

이제 사귄 지 일주일도 채 되지 않았다. 보통이라면 꽃밭을 걸어도 될 것이다. 하지만 그 상황에서 레사의 아내를 생각하자니 프레이스는 어지러웠다.

'그럼, 그럼 어떻게 하지.'

나는 결혼하면서 레사에게는 결혼하지 말라고 하는 건가?

그걸 당연하게 요구할 수도 있다. 보통의 황족이라면 그럴 것이다. 자신은 황족이니까. 황족인 자신에게 총애받는 것만으로도 황공하게 생각하라고 하면서.

하지만 프레이스의 감각은 보통의 황족이 아니었다. 그리고 레사는, 아무것도 없는 암흑 속 폭풍의 바다에 떠오른 북극성 같은 존재였다.

존재하는지도 몰랐던, 찬란하고 창백한 빛을 발하는 아름다운 별.

프레이스는 레사를 사랑했다. 동시에 너무나도 그가 소중했다. 처음으로 불이라는 것을 얻어서 애지중지하는 원시인처럼 말이다. 하지만 벌써부터 먹구름들이 그 빛을 가리고 있었다.

프레이스는 머리를 부여잡고 다시 신음했다.

"에릭."

"응?"

"내가…… 내가 황제가 되지 않겠다고 하면, 넌 나를 경멸할까?"

에릭은 입을 헤 벌리고 프레이스를 바라보았다.

집무실 안에서 그런 소리 없는 경악이 지나는 동안, 윈스턴은 복도에 서서 레사가 돌아오기를 기다렸다.

잠시 후 복도를 돌아온 레사가 윈스턴을 보고 의아한 얼굴을 했다.

"윈스턴?"

윈스턴이 손가락을 까닥하며 옆방 문을 열었다.

"얘기 좀 하지."

"어, 응."

레사는 고개를 끄덕였다. 불안감이 슬그머니 그녀의 뱃속에 똬리를 틀었다. 아니, 이건 항상 가지고 있던 불안감이다. 그것이 이제 고개를 치켜들었을 뿐.

프레이스와의 관계에 대해서 추궁을 당하겠거니 하고 레사는 그를 따라 방 안으로 들어갔다. 윈스턴은 방문이 잠긴 것을 확인하고 안쪽으로 레사를 끌고 갔다.

"윈스턴?"

방의 모서리에 레사를 밀어붙이고 윈스턴은 한참 침묵했다. 하지만 그의 눈초리만은 흔들림 없이 냉정해서 레사는 자신이 뭔가 잘못한 게 있는지 맹렬하게 머릿속을 굴렸다.

"윈스턴…… 무슨 일입니까?"

윈스턴이 노크하듯 툭 레사의 프로텍터를 두들겼다. 레사는 숨을 삼켰다.

"왜 남자인 척하고 있는 거지?"

순간 번개가 친 것처럼 전율이 레사의 몸을 훑고 지나갔다.

"남자인 척이라니…… 무슨 소리를 하시는 건지?"

하지만 대답은 태연히 나왔다. 윈스턴은 웃었다. 자신이 보지 않았으면 여기서 확신이 흔들렸을 만한 태연한 얼굴, 태연한 어조.

"그렇게 거짓말을 잘하는 것도 징그러운데."

이 말은 제대로 레사를 찔렀다. 움찔하는 레사를 보고 윈스턴이 말했다.

"전에 네가 마차 사고를 당했을 때 내가 그 프로텍터를 열어 봤다."

"……!!"

레사의 눈에 경악이 지나가는 것을 윈스턴은 보았다. 그가 허리를 숙여 속삭였다.

"그러니, 레사 알반. 말해 봐. 여자라는 것을 속이고 황자님과 교제하고, 이제 더 뭘 꾸미는 거지? 응?"

레사는 혀가 딱 붙어 버린 것처럼 말이 나오지 않았다. 좀 더 잘 속여 넘길 수도 있다. 여기서 윈스턴을 공격해서 기절시키고, 환상초의 연기를 맡게 해서 기억을 조작하고……

레사는 입술을 깨물었다.

'하지만 그럴 수 없어.'

윈스턴에게, 프레이스의 친구에게 그럴 수는 없다.

레사는 자신이 너무 연약해진 것처럼 느껴졌다. 단단한 겉껍질을 벗겨내면 결국 민달팽이처럼 세상의 모든 것이 날카로운 것이다. 레사는 어깨의 힘을 빼고 눈을 감았다. 차라리 이게 나은 건지도 모른다.

"여자 맞습니다."

레사는 고개를 들었다.

"어떻게 하시겠습니까?"

레사가 그렇게 나오자 오히려 당황한 것은 윈스턴이었다. 그가, 아니, 그녀가 당황했을 때는 잡았구나 싶었다. 하지만 이렇게 '잡아 잡수쇼.' 하는 듯이 나오니 대처를 어찌해야 하나 싶은 그였다.

"대체 왜— 왜 속인 거야?"

"처음에는 삼 일만 일할 거였으니까요."

"……그랬지."

윈스턴은 인정했다.

"그다음에는 삼 개월 안에 그만두게 될 거라고 그랬고―"

"아, 그래."

"그다음에는 삼 년이라고 계약이 되어 있습니다. 그러니까⋯⋯."

"삼 년만 속이면 끝날 줄 안건가?"

"네, 미나의 아카데미도 그때쯤이면 끝나니까요."

"그럼 왜 황자님과?"

레사는 이를 악물고 윈스턴을 보았다.

"그야―!"

그 얼굴을 보고 윈스턴은 깨달았다. 깨달아 그는 짜증과 더불어 연민을 느끼며 말했다.

"너도 사랑하는구나."

"⋯⋯그렇지 않았다면, 그렇지 않았으면⋯⋯ 일이 이렇게 되지도 않았을 겁니다."

프레이스를 사랑하지 않았으면.

프레이스가 날 외로움에서 구해 주지 않았다면, 그렇게 눈부신 사람이 아니었다면, 만약에, 만약에, 만약에⋯⋯.

그 수많은 생각들이 올라왔다가 가라앉았다.

아냐. 만나서 기뻤어. 후회하지 않을 거야. 사랑한 걸 후회하지는 않을 거야.

"너무 걱정하지 않으셔도 전 곧 그분을 떠날 겁니다."

레사는 눈을 내리깔며 담담히 말했다.

"뭐?"

윈스턴이 의아한 표정을 짓자 레사가 쓸쓸하게 웃었다. 자신의 이기심을 고백했을 때 이 황자의 측근은 뭐라고 말할까.

"저와 자면 프레이스 님의 그 체질이 사라진다고 하더군요."

그 말에 윈스턴은 숨을 삼켰다. 하지만 그의 눈은 곧 의심스러움으로 차올랐다.

"어떻게 알았지?"

"그게—"

레사는 어디까지 이야기해야 하나 망설였다. 하지만 출처가 정확하지 않은 이야기를 윈스턴은 믿지 않을 것이다. 하지만 자신은 출처를 정확하게 말해 줄 수가 없다. 그건 코코를 배신하는 일이 될 테니 말이다.

"마법사에게 들었습니다."

"······뭐?"

그 말에 윈스턴은 작게 되물었다. 레사가 눈을 들어 윈스턴을 보고 말했다.

"어떻게 어디서 만났는지는 말씀드릴 수 없습니다. 하지만 전 만났고, 그게 프레이스 님의 체질을 바꾸는, 마법을 깨는 방법이라는 걸 들었습니다. 그리고 전 프레이스 님의 마법만 풀리면 떠날 겁니다."

"어떻게?"

"네?"

"어떻게 여자라는 걸 속이고 자려고?"

"그게…… 그 최면을 쉽게 걸 수 있는 약초 같은 것이 있어서…….."

윈스턴은 신음을 내뱉었다. 약물이라고? 약물?

레사가 황급히 덧붙였다.

"인체에는 아무런 해도 끼치지 않습니다. 괜찮아요."

"네가 그렇게 사라지고 나면 황자님은 괜찮지 않으실 텐데."

"그야 처음에는 그러시겠지만, 그분에게는 당신도 있고 에릭도 있죠. 그리고 체질만 개선되면 분명 나아지실 겁니다."

애슐리 같은, 신분 높고 아름다운 여자들을 만나겠지.

"지금이야 선택지가 저밖에 없으니까, 절 사랑하신다고 하시겠죠. 하지만 그 저주가 풀리고 나면 더 좋은 분들이 많이 생길 테니까요."

레사의 말에 윈스턴은 한숨을 내쉬었다.

"맞아, 그렇겠지."

간단한 긍정이었지만 레사는 움찔할 수밖에 없었다. 자신이 자조적으로 말하는 것과 남이 그걸 긍정하는 것은 완전히 다르다. 쓰게 웃는 레사를 보고 윈스턴은 다시 한숨을 내쉬었다. 레사가 필사적으로 말했다.

"그러니까, 그때까지 아주 잠깐만. 잠깐만 시간을 보내고 싶은 것뿐입니다. 봄이 되기 전까지는 떠날 거예요."

그 말에 윈스턴은 잠깐 허공을 보았다가 레사를 보고 고개를 끄덕였다.

"알았어."

레사가 웃었다. 하지만 환한 웃음은 아니었다.

"감사합니다."

"감사할 필요는 없는 것 같군."

윈스턴은 그렇게 말하고는 몸을 돌려 방을 나갔다. 그가 문가에서 잠깐 멈추고 말했다.

"그리고 그 존대도 이제 그만두지그래?"

이어 윈스턴은 대답을 듣지 않고 사라졌다. 레사는 길게 숨을 내쉬고 양손으로 얼굴을 가렸다.

이제 돌이킬 수 없다. 봄이 되기 전에, 떠나야 하는 것이다.

'아니, 원래도 그런 거였지만.'

가슴속 한구석에는 미룰 생각도 하고 있었나, 하고 레사는 씁쓸하게 미소 지었다.

\*　　　\*　　　\*

클리프랜드 공작은 흑단목 책상을 내려쳤다.

"그 꼬맹이를 놓쳤다고?!"

부하는 송구스러운 듯 고개를 더욱 숙였다. 공작은 자리에서 벌떡 일어나 책상 앞을 이리저리 오가기 시작했다.

"대체 어떻게 된 거지?"

"그게…… 납치하러 갔던 인원이 전부 사망했습니다."

"사망했다?"

클리프랜드 공작의 눈이 날카로워졌다.

"네, 미나 리스키를 납치한 뒤 만나기로 한 중간 지점에 오지 않아 찾아보니…… 전부 죽은 채로 발견되었습니다."

"인원수를 적게 보낸 게 아닐 텐데."

"네, 네 명이 한 팀으로 움직였습니다."

조그만 여자애를 잡아오기에는 너무 많이 보낸다고 생각했지만, 신중을 기하기 위해서 인원수를 확보했던 것이었다.

그런데 그 인원이 전부 죽었다?

"상대가 누군지는 알아냈나?"

"아뇨, 알아내지 못했습니다. 한데……."

"질질 끌지 말고 말하게."

"저희가 납치를 시도했던 그날 다시 미나 리스키가 아카데미에 모습을 드러냈습니다. 아버지와 춤을 췄다고 하더군요."

"아버지와?"

"네."

"그 아버지라는 놈이 미나를 구했다는 건가?"

"그건 저희도 모르겠습니다."

"그놈에 대해서도 조사를 했겠지."

"별로 조사할 것도 없었습니다. 뒷골목 백수건달 같은 사람이

더군요. 특정한 직업도 없이, 오랫동안 마을에 돌아오지 않기도 한다고 합니다."

"그런 놈에게 내 부하들이 당했다?"

"그건 아닐 겁니다. 그래도 정예를 보냈으니까요."

부하의 말에 공작은 턱을 문지르며 고개를 끄덕였다. 그런 시정잡배 한 놈에게 당하지는 않았을 것이다.

그렇다면……

'프레이스가 미리 손을 뻗어 놓은 건가?'

레사를 흔들기 위해 미나를 잡으려 했던 것이다. 그러니 프레이스가 미나에게까지 보호의 손길을 뻗어 놓았다면, 레사의 위치가 생각보다 훨씬 더 높은 것이 된다.

'레사 알반…….'

공작은 생각에 잠겼다.

다시 미나 리스키를 납치하는 것은 너무 큰 모험이었다. 외부와 차단된 아카데미가 열리는 것은 겨울 무도회뿐. 이제 그 기간이 끝났으니 다시 폐쇄된 공간이다.

'할 수 없군.'

공작은 모험을 깔끔하게 포기했다. 같은 높이의 위험도를 감수한다면, 레사 알반에게 직접 손을 뻗치는 게 나았다.

'부귀영화 앞에서 꺾이지 않는 놈은 드물지. 게다가 그놈처럼 뒷골목 출신이면…….'

돈주머니를 몇 번 흔들어주면 넘어올 것이다. 만약 그러지 않는다면 독을 사용한다든가 하는 방법이 있었다.

매주, 매달 해독제를 먹어야 하는 독을 먹인 후에 프레이스를 협박하거나, 레사를 흔들거나 하는 것이다.

에릭과 윈스턴에게는 이 방식을 쓸 수 없었다. 둘 다 훌륭한 귀족 가문의 인물들이니까. 하지만 레사는 다르다.

"확신이 필요해……."

공작의 중얼거림에 부하는 반문하지 않았다.

이제 승리자가— 황태자가 되는 것이 누구인지 발표가 나는 것이 얼마 남지 않았다는 것을 느낄 수 있었다. 이미 시간이 흘렀고, 더 이상 발표를 미룰 수는 없을 것이다. 파벌은 완벽하게 나뉘었으며, 중립인 놈들이 딱히 넘어올 기미는 없다.

그리고 당연히 자신이 승리자가 되어야 했다.

애버릿의 세력이 어쩌니저쩌니해도, 결국은 귀족들의 지지가 필요하다. 그리고 귀족파인 자신은 그 지지를 확실히 해 줄 수 있었다. 큰 변수가 생기지 않는 한, 승리자는 프레이스가— 그리고 자신이 될 것이다.

하지만…….

'프레이스에게 재갈을 물려야지.'

자신이 그 말을 조종해야 했다. 멋대로 주인에게 입질하게 둘 수는 없었다. 누가 위인지, 누구 덕에 황제가 되었는지 확실히 해 둬야 했다.

클리프랜드 공작은 다시 자리에 앉아 깊게 몸을 묻었다. 주인이 생각에 잠긴 것을 알고 부하는 조용히 대기했다. 다음 명령을 기다리며.

레사는 방 밖에 얌전히 대기하고 있었다.

그녀의 마음은 예전보다 훨씬 가벼워져 있었다. 윈스턴에게 사실을 털어놓은 것이 조금이나마 마음을 가볍게 하는 효과가 있었던 것이다. 죄책감과 비밀을 동시에 가져가는 것은 너무 무거운 법이다.

자신의 잘못을 알고 있고, 지켜보는 눈이 있다는 것이 처음에는 괴로웠지만, 지금은 마음이 놓이는 측면도 있었다. 자신이 선을 넘으려고 하면, 윈스턴은 분명 자신을 고발할 것이다.

그게 기쁘다면 이상하겠지만, 하여간 그랬다.

"레사."

방 안에서 목소리가 들려와 레사는 기대고 있던 벽에서 몸을 뗐다.

"네."

"이제 들어와도 돼."

"네."

레사는 뭘까? 하고 궁금해하며 방문을 열고 안으로 들어갔다. 침실의 소파 위에 프레이스가 앉아 있었다. 잠시 방 밖에서 기다려보라고 말해서 궁금증과 함께 기다렸던 것이다.

"이리 와."

프레이스가 자신의 옆자리를 툭툭 두들겨 레사는 그 옆에 앉았다.

그의 옆에 가까이 앉을 수 있는 것만으로도 행복감이 찰랑찰랑 마음을 채웠다.

'아냐.'

프레이스와 서로 마음을 확인하고 곁에 있기 때문에 이렇게 행복한 것이다. 혼자만의 마음을 품고 있을 때와는 행복감의 질도 양도 달랐다. 그를 보기만 해도, 그의 옆에 앉기만 해도, 행복했다.

프레이스가 손안에 들고 있던 상자를 레사의 허벅지에 올렸다.

"……?"

레사가 상자를 들고 프레이스를 보자 그가 재촉했다.

"열어 봐."

레사는 조심스럽게 작은 상자를 열었다.

"아!"

저도 모르게 탄성이 터져 나왔다. 안에 든 것은 은색 팔찌였다. 나뭇잎과 줄기가 정교하게 세공이 되어 있어서 꼭 가는 줄기를 엮어서 만든 것 같은 생동감이 있었다. 은색이지만 은은 아니었다. 가느다란 가지들인데도, 레사가 손을 살짝 눌렀을 때 강도가 굳건했던 것이다.

한눈에도 보통 물건이 아니라는 걸 알 수 있었다.

"이렇게 비싼 건 받을 수 없습니다."

"나에게는 안 비싼데?"

프레이스의 대꾸에 레사는 할 말을 잃었다. 프레이스가 레사의 눈치를 살피고 상자 안에서 팔찌를 꺼내며 말했다.

"봐 봐, 여기를 이렇게 하면."

가장 큰 잎이 매달린 곳을 누르자 달칵하는 소리와 함께 팔찌에서 주욱 하고 와이어가 빠져나왔다. 레사는 눈을 휘둥그레 떴다. 그녀의 놀란 얼굴을 보고 프레이스는 의기양양해져서 말했다.

"특별히 널 위해서 주문한 거야. 이 줄도 보통 줄은 아니고, 강도와 재질이 특제품이야. 이걸 줄 톱처럼 써서 쇠도 자를 수 있어. 저번에 그 반지로 자르느라 고생 좀 했거든. 내가 그 반지를 망가트렸으니까 이걸 받아줘."

"프레이스……."

"마음에 안 들어?"

조심스럽게 표정을 살피며 물어와 레사는 고개를 저었다.

"아닙니다. 매우 마음에 들어요."

"그럼 받아."

프레이스가 레사의 손목을 잡고 기존의 흑색 팔찌를 빼고 자신의 팔찌를 끼워 넣었다. 레사의 가는 손목에 팔찌는 딱 들어맞았다. 레사가 자신의 선물을 끼고 있는 모습을 보자 프레이스는 만족감이 차오르는 걸 느꼈다.

'왜 남자들이 연인에게 액세서리를 선물하는지 알겠어.'

"감사합니다."

레사의 대답에 프레이스는 히죽 웃었다.

"아냐, 내가 감사하지."

네가 내 선물을 착용한 걸 보는 것만으로도 이렇게 기쁘니까.

이렇게 간단한 일로 기뻐지는 게 가능하다니.

프레이스는 의아한 얼굴을 한 레사를 보고 다시 웃었다. 그리고 자신의 손 안에 들어온 레사의 손을 만지작거렸다. 여전히 서늘한 손가락이 기분 좋다.

"레사."

"네."

"나중에…… 나중에 말이야."

"네."

"반지를 선물해 줘도 될까?"

"─!"

레사는 멈칫하며 숨을 삼켰다. 그게 뭘 의미하는지는 레사도 충분히 알 수 있었다. 단순히 장신구를 선물해 준다는 건 아니겠지.

"물론 공개적인 결혼식 같은 건 못 하겠지. 그래도 우리 둘이서, 음─ 아는 사람 조금씩 불러서 하면 되잖아?"

이어진 말은 레사의 상상을 뛰어넘는 말이었다. 레사는 혀가 얼어붙어 간신히 말을 꺼낼 수 있었다.

"전 괜찮습니다."

"내가 안 괜찮아. 그리고─"

프레이스가 진지하게 레사를 바라보았다.

"난 다른 여자랑 결혼하지 않을 거야."

"프레이스!"

그 말에는 레사도 소리를 치지 않을 수가 없었다.

"네 고민을 쉽게 생각하고 무시하는 게 아냐. 요즘 네 얼굴이 어두웠던 것도 다 그런 거 때문이었겠지. 그래서 나도 생각해 봤어. 충분히 생각해서 결정한 거야."

"말도 안 됩니다! 아내를 맞이하셔야죠!"

프레이스가 빤히 레사를 보며 물었다.

"그거 진심이야?"

"네?"

"나에게 아내가 생겼으면 좋겠어? 내가 다른 여자와 결혼했으면 좋겠어?"

레사의 얼굴이 일그러졌다. 그걸 보고 프레이스는 안도하며 웃었다.

"나도 레사가 다른 여자랑 결혼하는 건 싫어."

"그런 일은 없을 겁니다."

"나도 그래. 나도 결혼하지 않을 거야. 황제가 된다면 반드시 결혼을 해야 해. 후를 맞이해서 후사를 남기는 것 역시 황제의 의무니까."

"그러니─"

"하지만 황제가 되지 않으면 상관없는 거잖아."

레사는 더 이상 말이 나오지 않았다. 숨을 헐떡이며 레사가 간신히 속삭였다.

"그건, 그건 말도 안 됩니다."

"왜 말이 안 돼? 즉흥적인 결정이 아냐. 그게 아니라, 애버릿과 그때 보물전에서 이야기를 하고 나서, 생각해 봤어. 아니 원래도 알고 있었던 거야. 난 아버지에게 작은 복수를 하고 싶어. 그래서 황제가 되고 싶은 거야. 이 제국의 미래 따위 그런 거 상관없다고. 그리고 더 깊이 들어가면⋯⋯."

프레이스는 고개를 기울였다.

"난 아버지에게 인정받고 사랑받고 싶었던 거야. 하지만 레사, 네가 나타났어. 그리고 난 더 이상 공허함 속에 서 있는 어린애가 아냐. 그런 거 어찌 됐든 상관없어졌어. 너만 있으면 돼."

"에릭과 윈스턴— 당신을 따르는 수많은 사람들을 어쩌려고 그러십니까?"

"내가 황제가 되지 못하면 그들은 애버릿에게 흡수될 거야. 거기에 흡수되지 못하면 내가 데리고 가면 돼. 어쨌든 난 황족이고, 황제가 되지 못한다면 적어도 후작 이상의 작위와 영지를 받을 테니까."

프레이스가 어깨를 으쓱하며 말했다. 레사는 고개를 저었다.

"그건, 그건 안 됩니다. 황제가 되는 것이 꿈이지 않았습니까? 제가 그 꿈을 어찌—"

"이제 네가 내 꿈이야."

"지금은 그렇게 생각하실 수도 있을 겁니다."

레사는 조용히 말했다.

"하지만 시간이 지나면 후회하시게 될 겁니다."

지금 잠깐이 지나고, 자신의 본질을 알게 되면, 프레이스는 분명히 후회하게 될 것이다.

'넌 괴물이 아냐.'

그 말은 기뻤다. 정말로 기뻐서— 그 말 한마디에 당신이 내 세계의 중심이 될 정도로 기뻤다. 하지만 그렇다고 해서 내가 괴물이 아니라는 것은 아니다.

레사는 자기 자신을 잘 알고 있었다.

프레이스는 레사의 말에 멈칫했다가 웃었다.

"아냐, 그렇지 않을 거야."

그 확신이 눈부셔서 레사는 항의하고 싶을 정도였다.

"사람의 마음은 변하는 겁니다. 어떻게 그렇게 확신하실 수 있습니까?"

프레이스는 레사의 항의가 오히려 즐거웠다. 그가 불안감을 혼자서 떠안고 있는 것보다는 자신에게 말해 주는 편이 더 좋았으니까.

"맞아. 사람의 마음은 쉽게 변하지."

프레이스가 고개를 끄덕이며 말하자 레사의 얼굴이 흐려졌다. 프레이스가 레사의 손가락을 어루만지며 이어 말했다.

"하지만 바뀌지 않는 것도 있는 거야. 그리고 내 마음은 바뀌지 않을 거야. 왜냐면 변덕 같은 게 아니거든. 이건 변화야. 네가 날 변화시켰어, 레사 알반."

레사는 울고 싶었다. 자신은 그렇게 대단하지 않은데. 오히려 프레이스 쪽이 자신을 변화시켰다.

변한 건 나다. 나에게 살아갈 힘을 준 게 프레이스다. 혼자서도 살아갈 수 있다고 보여 준 게 너고, 어떤 삶이라도 살아갈 가치가 있다고 말해 준 게 당신이니까.

"나와 함께하는 게 싫어?"

프레이스가 물어서 레사는 세차게 고개를 저었다.

싫으냐고? 아니 오히려 할 수만 있다면 영원히 함께하고 싶었다.

난 죽을 때까지 널 사랑하겠지, 아니 죽은 후에도 사랑을 할 거야. 하지만 내 사랑에 가치가 있냐고 묻는다면…….

프레이스가 고개를 숙인 레사의 이마에 키스하고 말했다.

"그럼 반지를 받아줘. 뭐, 난장판이 정리된 후의 일이니까 좀 오래 걸리겠지만."

레사는 울지 않으려고 웃었다. 그 반지를 받기 전에 자신은 떠날 것이다. 그 반지는 프레이스의 곁에 있을 가치가 있을 만한 사람에게 갈 거고.

그러니까, 그전까지만. 잠깐 사이에는 마음껏 사랑해도 되지 않을까?

레사는 고개를 들어 프레이스에게 키스했다. 그가 먼저 키스를 해 주는 것은 처음이라 프레이스는 심장이 세차게 뛰는 것을 느꼈다. 거듭 키스를 반복하며 프레이스는 잡은 손에 힘을 주었다.

프레이스의 반대편 손이 머뭇머뭇 느리게 레사의 등을 타고 올라갔다. 레사가 움찔하고 굳는 것이 느껴졌다. 손바닥 밑에 딱딱한 프로텍터의 감촉을 느껴졌다. 프레이스가 몸을 숙여 레사의 목덜미에 가볍게 키스하며 말했다.

"언젠가 네 등을 내게 보여줘."

손가락이 부드럽게 등을 훑었다.

"얼마든지 기다릴 수 있어, 괜찮아. 마음의 준비가 되면 그때 말해 줘."

레사가 두려워하는 일은 하고 싶지 않았다. 프레이스는 떠오른 생각을 머뭇거리며 말했다.

"음, 그리고 만약에 말이야."

프레이스가 키스를 멈추고 레사를 보았다. 레사의 얼굴을 발그레해져 있었다. 그게 사랑스러워서 프레이스는 웃고, 헛기침을 한 뒤에 작게 말했다.

"어어— 그러니까 만약에 네 쪽에서 넣고 싶다고 하면, 큼, 그것도 각오는 되어 있어."

그 말에 레사는 눈을 휘둥그레 떴다가 저도 모르게 웃음을 터트렸다.

프레이스는 쑥스러워 시선을 내리면서도 빠르게 덧붙였다.

"너도 남자니까, 그— 그런 욕구가 있을지도 모르고."

레사는 손을 뻗어 프레이스를 마주 꽉 끌어안았다. 높은 체온. 그리고 두근거리는 심장 소리가 기분 좋게 느껴졌다.

"아니에요, 만약에 하게 된다면—"

프레이스가 긴장해서 다음 말을 기다리고 있는 게 느껴졌다.

"프레이스가 안아주는 편이 좋아요."

그 말이 끝나자 프레이스가 안은 팔에 힘이 꽉 들어갔다. 프레이스는 솔직한 안도의 한숨을 내쉬었고 레사는 다시 웃으며 그의 어깨에 뺨을 기댔다.

'나 진짜 이기적이구나.'

레사는 생각했다.

'프레이스는 날 이렇게 생각해 주고 있는데…….'

매일매일 마음속의 꽃이 햇빛을 받아 풍성하게 피어나듯 달콤한 것들이 몸 안에 차오른다. 이렇게 많이 받고 있는데, 내가 그에게 해 줄 수 있는 건 뭐가 있을까?

'저주를 풀어 주는 것.'

그거 하나뿐인데도, 이렇게 미루고 있네.

'좀 더 다른 뭔가를 해 주고 싶어. 물질적인 거라도…….'

물론 프레이스가 못 구하는 걸 자신이 구해 줄 수는 없지만. 그렇다고 해도 뭔가 해 주고 싶었다. 조금이라도 그의 웃는 얼굴을 보고 싶었다.

'윈스턴에게 물어봐야겠다.'

그러면 프레이스와 오래 알고 있었으니까, 취향을 잘 알지 않을까?

*　　*　　*

"황자님께 선물?"

"응, 뭔가 좋아하시는 거 없어?"

"좋아하는 거라……."

"취미라든가, 취향이라든가……?"

레사의 질문에 윈스턴은 잠깐 생각에 잠겼다가 말했다.

"이런 말 하는 건 싫지만, 요즘 황자님의 상태로 보아서는 네가 돌멩이를 선물해도 좋아하실 것 같은데."

말하며 윈스턴은 스스로 생각해도 오그라드는 것 같아서 기분이 나빴다. 하지만 그게 사실인지라 어쩔 수가 없다. 그 말에 레사는 웃었다가 고개를 흔들었다.

"그렇겠지만, 그게 아니라 조금이라도 프레이스에게 필요한 걸로 해 주고 싶어서."

자신에게 맞는 팔찌를 선물해 주었다. 그렇다면 자신 역시 프레이스가 좋아할 만한 것을 선물해 주고 싶었다.

"장갑은 어때?"

윈스턴이 툭 내뱉었다.

"장갑?"

"그래, 항상 끼고 계시니까."

"그거 괜찮겠다."

레사는 고개를 끄덕였다.

'뭔가 수를 놓아서 선물할까? 하지만 복잡한 자수는 무리인데. 이니셜 정도라면 가능하겠지만. 겨울이니까 털을 달아서…… 내가 직접 잡아서 만들까?'

머릿속에서 계획이 짜였다. 레사는 슬쩍 윈스턴을 바라보았다. 비밀을 공유한 덕에, 에릭보다는 그가 더 심리적으로 가깝게 느껴졌다. 그래서 이런 질문도 그에게 던지게 된 거고.

"왜?"

레사의 눈길이 길어지자 윈스턴이 퉁명하게 되물었다.

"윈스턴."

"뭐?"

"협조 좀 부탁해도 될까?"

"협조?"

그가 눈을 찌푸렸다.

"아니, 장갑 말이야. 직접 만들고 싶은데 재료라든가…… 프레이스 님에게는 비밀로 하고 만들고 싶으니까."

그 말에 윈스턴은 양 눈썹이 붙을 듯 미간을 더욱 찌푸렸다가 푹 한숨을 내쉬고 말했다.

"그러든가."

"고마워."

레사는 활짝 웃었다.


레사는 호위 일이 끝나고 프레이스에게 양해를 구한 뒤, 사냥을 나갔다. 겨울의 새하얀 사냥터에서 레사는 끈질김을 발휘한 결과 흰 담비를 여럿 잡을 수 있었다.

모피를 깨끗하게 손질하고 레사는 반짝거리며 눈처럼 빛나는 담비 가죽을 바라보았다.

'이걸로 장갑을 만들기에는 아까워.'

자신의 가죽을 다루는 솜씨를 믿을 수가 없었다. 장갑을 만들다가 모피를 망칠 것 같았다. 그래서 레사는 목도리로 생각을 돌렸다. 이 정도 양이면 괜찮은 목도리가 나올 것 같았다.

프레이스에게 비밀로 하기 위해서, 레사는 윈스턴의 방에 모피와 도구들을 가져다 놓고 저녁이 되면 몰래 윈스턴의 방으로 찾아가 작업을 진행했다.

서류 작업을 하던 윈스턴은 고개를 돌려 레사를 보았다.

커다란 촛대를 옆에 두고 레사는 엄청나게 진지한 얼굴로 모피에 바느질을 하고 있었다. 꼭 바느질이 잘못되면 세상 끝날 것 같다는 생각이 드는 얼굴이었다.

"레사."

"으응……?"

돌아오는 대답도 건성이기 짝이 없다.

"왜 떠나려는 건데?"

"······아얏!"

레사는 핏방울이 떨어질까 다른 손으로 화들짝 모피를 밀어
내고 찔린 손가락을 입 안에 넣었다. 윈스턴은 별로 미안하거나
걱정되지도 않는 표정으로 레사를 바라보았다.

"갑자기 왜? 내가 떠나기를 바라는 거 아니었어?"

"떠나기를 바란다기보다는······."

윈스턴은 잠시 말을 끌었다.

"거짓말을 하지 않기를 바라는 거지."

"그렇군."

레사는 히죽 웃었다. 그녀가 손가락을 들여다보았다. 송골송
골 핏방울이 계속 나오고 있었다. 레사는 셔츠 자락에 손가락을
누르며 말했다.

"사랑하는 사람에게는 최고의 것을 주고 싶지 않아?"

"······그렇겠지?"

윈스턴은 이제 턱을 괴고 레사의 이야기를 듣기 시작했다. 레
사는 고개를 들지 않고 손가락을 내려다만 보고 있었다.

"그러니까 난 안 돼. 신에게 기도하는 사람이 병든 소를 바치
지는 않잖아."

"그러니까 네가 병든 소다?"

"단순히 병든 것뿐 아니라. 눈멀고, 절름거리는 병든 소."

윈스턴은 잠시 침묵하다가 툭 내뱉었다.

"역겹다, 너."

그 말에 레사는 얻어맞은 듯 흠칫하고 윈스턴을 바라보았다.
윈스턴은 그 눈을 바라보았다.

'많이 보기 좋아졌는데.'

처음에는 무감정한 보석 같은 눈이라고 생각했는데, 이제는
여러 가지 감정과 생각을 볼 수 있다. 변한 건 레사뿐만 아니라
프레이스도 마찬가지였다. 그의 편집증적이고 비인간적인 구석
도 많이 누그러진 상태였다.

"그럼 황자님은 정신이 이상해서 그런 널 사랑한다는 건가?"

그 말에 레사의 얼굴이 확 달아올라 빨갛게 되었다.

"그, 그런 건 아니……."

"그런 얘기로밖에 안 들리는데. 그리고 난 그런 인간이랑 친구
하고 있는 거고? 자기 비하 작작해. 널 마음에 들어 하는 사람들
에게 지독한 실례니까."

윈스턴이 혀를 찼다. 저런 식의 자기 연민을 질색하는 그였다.

레사는 자신의 손가락을 보았다. 피가 멈춰 있었다. 다시 바
늘을 잡고 모피를 들었다가 레사가 그걸 내려놓고 말했다.

"고마워."

"뭐가?"

"그냥."

"쓸데없이."

윈스턴은 다시 서류로 시선을 내렸다. 레사는 그런 그를 보다

가 바느질을 다시 시작했다. 가슴이 이상하게 뛰었다.

어쩌면 괜찮은 건지도 모른다.

테레사 알반은 자신의 가치가 없다고 생각했다. 그 낮디낮은 자존감을 먼저 붙잡아 준 건, 유지니아였고 그다음은 미나였다. 그리고 프레이스를 만나서 자신도 사랑받을 수 있다는, 사랑받아도 된다는 그런 생각이 밑바닥에서 솟아났다. 하지만 기존의 두꺼운 껍질 때문에 알지 못하고 있었는데, 오늘 윈스턴이 사정없이 망치를 휘두른 것이다.

'어쩌면 사랑해도 괜찮은 건지도 몰라.'

마치 꽃이 핀 것처럼 마음속이 싱숭생숭해졌다. 이제까지와는 전혀 다른 기대감이 솟구쳐 올랐다.

'하지만……'

그러려면 먼저 여자라는 걸 고백해야겠지.

레사는 모피를 만지작거렸다. 새하얀 털이 손 아래서 풍성하고 매끄럽게 만져졌다. 프레이스의 머리카락을 쓰다듬는 것 같다고 레사는 잠시 생각했다.

'목도리가 완성되면……'

그때 다시 생각하자.

레사는 그렇게 마음먹었다.


프레이스는 눈을 떴다.

한밤에 일어나는 건 예전에, 불면증에 시달릴 때에는 자주 있었던 일이지만 레사가 있는 지금은 아니었다.

"……레사……?"

프레이스는 작게 연인의 이름을 불렀다. 대답이 돌아오지 않았다. 불안감이 훅 하고 치밀어 그는 벌떡 침대에서 일어났다.

"레사?"

다시 이름을 불렀지만 반응이 없다. 프레이스는 화급히 옆에 걸린 망토를 입었다.

사람은 자신이 좋아하는 사람에 대해 민감하다. 당연히 프레이스도 레사의 일거수일투족에 민감할 수밖에 없었다. 그리고 처음의 그 환희가 어느 정도 가라앉고 나자, 이제 레사의 모습이 똑바로 보였다.

'이상하지.'

단순히 신분 차이 같은 걸 고민하는 것이 아닌 것 같았다. 웃고, 키스하고, 떠들고, 끌어안지만 종종 알 수 없는 표정과 얼굴을 하는 것이었다. 그럴 때면 프레이스는 레사가 멀리 가버릴 것 같은 불안감이 치밀어 올랐다.

'자기 방으로 간 걸 수도 있지.'

더 이상 호위가 아니니까. 방에서 잠을 청하는 걸 수도 있다.

그렇게 애써 마음을 달래며 프레이스는 침실을 나왔다. 바로 옆에 있는 레사의 방문을 가볍게 두들겼지만 반응이 없었다.

"레사……?"

문손잡이를 잡고 미는 데 문은 수월하게 열렸다. 그가 안으로 들어가려는데, 어둡고 고요한 새벽의 복도에 웃음소리가 희미하게 울려 퍼졌다.

프레이스는 멈췄다.

누구의 웃음소리인지 볼 것도 없었다. 희미한 안도감과 의아함이 섞여 프레이스는 복도를 다시 걷기 시작했다.

윈스턴의 방이다. '어째서 여기에서 레사의 목소리가?' 하면서도 프레이스는 노크를 위해 손을 들었다.

"뭐?!"

안에서 고함 소리가 터져 나왔다. 프레이스는 멈칫했다.

"너 미쳤어?"

이러면 안 되는 줄 알면서도 프레이스는 유혹에 사로잡혀 방문에 귀를 대었다.

"하지만 언제까지 숨길 수는 없잖아."

"그렇다고 해서—"

"황자님을 보는 게 괴로워."

레사의 말에 프레이스는 숨을 삼켰다.

"그분을 속이고 있다는 게 괴로워. 프레이스는 더 좋은 대접을 받아도 되는 사람이야."

속여? 뭘? 뭘 속이고 있다는 거야?

윈스턴의 목소리가 짤막짤막하게 들려왔다.

"그럼 언제…… 하려고?"

"가까운 시일 내에."

"알면 널 가만두지 않으실 거야. 아니, 나도 마찬가지인가."

"윈스턴까지 말할 필요는 없어."

"어떻게 내가 말을 안 해?"

"괜찮아, 말하지 않으면 모를 거야."

"그럼 나도 황자님을 속이는 것이 되는데?"

"그런가? 하지만 윈스턴밖에 없으니까."

프레이스는 이 대화가 무슨 대화인지 알고 싶었다.

"윈스턴에게는 부탁할 일이 있어."

"뭔데?"

레사의 목소리가 급격히 작아져서 문을 사이에 두고는 들리지 않았다.

"너 나에게 그런—"

"할 수 있잖아."

"……."

침묵.

"알았어."

대답.

"고마워. 사랑해, 윈스턴."

그 한 마디에 프레이스는 명치를 얻어맞은 기분이었다. 그는 휘청거리며 방문에서 귀를 뗐다.

그럴 리가 없어. 레사와 윈스턴이…….

걱정과 불안감이 순식간에 틈을 벌려 절벽처럼 프레이스를 삼켰다.

레사와 윈스턴이 서로 사랑하고 있다.

이거라면 레사의 모호한 반응도 이해가 간다. 그러고 보니 묘하게 두 사람은 친했지. 특히 요즘 들어서 더욱.

당장 문을 열고 뛰어들어 가서 사실을 추궁하고 싶은 마음과 동시에 이대로 모른 척하고 돌아서고 싶은 마음이 존재했다.

프레이스는 돌아섰다. 그는 빠른 걸음으로 복도를 달리듯 걸어서 자신의 방으로 돌아왔다. 망토를 아무렇게나 벗어던지고 그는 침대에 몸을 던졌다.

머릿속이 텅 비어서 아무런 생각도 나지 않았다.

그래, 나 같은 괴물보다는 윈스턴 쪽이 더 좋겠지.

누구도 자신 같은 걸 사랑해 줄 리가 없다. 그런데 착각하고 있었다. 착각을…….

그 고백을 하면 안 됐던 걸까? 자신이 더럽다고 레사는 생각하는 걸까?

아냐. 아냐, 오해일 거야. 분명해.

프레이스는 숨을 들이켰다.

한참 후 민감해진 청각에 문이 열리고 닫히는 소리가 들려왔다. 레사가 돌아온 것이다. 그는 눈을 질끈 감았다.

자는 척을 했지만 잠이 오지 않아, 반쯤 뜬 눈으로 프레이스는 새벽을 맞이하고 말았다.

'이렇게 잠을 설친 건 오랜만인데.'

프레이스는 그렇게 생각하며 몸을 일으켰다. 머릿속이 여전히 멍하고 몸도 무거웠다. 예전에는 어떻게 불면증을 달고 살았던 걸까?

'그래서 더 날카로웠을지도.'

과거의 자신에 대해 합리적인 이유를 하나 더 추가하며 프레이스는 세면대로 나가갔다.

"일어나셨습니까?"

"어."

들려오는 목소리에 프레이스는 고개를 들었다.

서 있는 레사는 어딘지 개운한 얼굴이었다. 희미한 미소마저 머금고 있다. 그게 너무 예쁘고 사랑스러워서, 프레이스는 가슴이 저몄다.

레사에게서 시선을 떼며 프레이스가 물었다.

"레사."

"네."

"어제 어디 나갔었어?"

"네? 아, 네. 잠깐 제 방에."

레사의 말에 프레이스는 지그시 세면대를 잡은 손에 힘을 주었다. 그가 나에게 거짓말을 했다.

"프레이스?"

레사의 목소리에 의아함이 깔려 프레이스는 싱긋 웃으며 레사를 보았다.

"아니, 아무것도 아냐."

고개를 젓고 프레이스는 세면대에 물을 부어 세수를 했다. 딱 한 가지를 생각하면서.

'넌 나에게 사랑한다고 말한 적이 없구나.'


윈스턴은 꼴딱 밤을 샜다.

'미치겠군.'

그는 관자놀이를 문질렀다. 아무래도 오늘은 병가를 내고 집에 돌아가야지 싶었다. 어젯밤 나눴던 대화가 아직까지도 머릿속에서 계속 맴돌고 있었다.

드디어 레사가 목도리를 완성한 것이었다. 그게 그렇게 좋은지 혼자 깔깔거리고 웃더니 레사는 자신에게 돌아섰다.

"윈스턴."

"뭐?"

"나, 프레이스 님에게 여자인 사실을 알리려고."

"뭐?!"

저절로 목소리가 휙 올라갈 수밖에 없었다.

"너 미쳤어?"

하지만 레사의 얼굴은 각오를 굳힌 듯 미동이 없었다. 오히려 시원해 보였다.

"하지만 언제까지 숨길 수는 없잖아."

"그렇다고 해서—"

"황자님을 보는 게 괴로워."

윈스턴은 할 말이 없었다.

"그분을 속이고 있다는 게 괴로워. 프레이스는 더 좋은 대접을 받아도 되는 사람이야."

"그럼 언제 사실을 얘기하려고?"

"가까운 시일 내에."

"알면 널 가만두지 않으실 거야. 아니, 나도 마찬가지인가."

"윈스턴까지 말할 필요는 없어."

"어떻게 내가 말을 안 해?"

"괜찮아. 말하지 않으면 모를 거야."

"그럼 나도 황자님을 속이는 것이 되는데?"

"그런가? 하지만, 윈스턴밖에 없으니까."

윈스턴은 눈썹을 슥 추켜올렸다. 저런 말을 하는 사람은 꼭 뭔가를 부탁해 온다.

"윈스턴에게는 부탁할 일이 있어."

역시.

"뭔데?"

레사가 작고 낮고 빠르게 말했다.

"만약에 프레이스가 날 죽이려고 하면 말려줘."

기가 차서 한마디 하려는 것을 레사가 손을 들어 가로막았다.

"내가 죽으면 안 돼. 그러면 저주를 풀 수가 없으니까. 나와 자야 해. 그게 싫다고 해도, 프레이스는 실리를 취할 거야. 아니

면 네가 설득할 수 있잖아. 그러고 나면 날 베어 죽여도 상관없
어. 죽이기 전에 꼭 범하고 죽이라고 말해."

"너 나에게 그런—"

"할 수 있잖아."

빤히 바라보는 루비색 눈동자에 윈스턴은 대답하지 못하다가
짧게 내뱉었다.

"알았어."

그 말에 레사가 웃으며 덥석 손을 잡아 왔다.

"고마워. 사랑해, 윈스턴."

장난스러움으로 얼버무리는 듯한 그게 싫어 윈스턴이 그 손
을 뿌리치자 레사는 애매한 얼굴을 하며 고개를 숙였다.

"그리고 미안해."

"……."

윈스턴은 대답하지 않았다. 레사는 목도리에 수를 놓는다 어
쩐다 하고는 한참 후에 방을 나갔고 그때부터 자신은 한숨도 못
잔 것이다.

'왜 하필 이런 사실을 알아 가지고.'

그때 숨을 편하게 해 주겠다고 프로텍터를 풀었던 자신을 걷어
차 주고 싶었다. 할 수만 있다면 이미 여러 번 걷어찼을 것이다.

'안 돼. 오늘은 출근 못 하겠어.'

윈스턴은 그렇게 생각하며 자리에서 일어나 시종을 불렀다. 집
으로 돌아가는 마차를 준비하라고 하고 나서 그는 세수를 했다.

일부러 찬물로만 씻으니 눈이 번쩍 떠지는 것 같았다.

'일단 집에 가서 한숨 자고……'

그다음에 생각하자.

그리고 집으로 돌아간 윈스턴은 열이 나 그대로 앓아눕고 말
았다.


에릭은 따끔따끔하는 공기를 느낄 수 있었다. 그건 레사도 마
찬가지였다.

'무슨 일이야?'

에릭이 눈짓으로 레사에게 질문을 던졌지만 레사라고 해서
알 턱이 없었다. 어깨를 으쓱해 보이며 모르겠다는 표정을 지어
보이자 에릭은 끙 하고 프레이스를 살폈다.

"프레이스?"

대답이 돌아오지 않는다.

"프레이스?"

역시나 답이 없다. 에릭은 한 번 더 불러야 하나 마나 고민했다.

'윈스턴, 왜 이런 날 없는 거야.'

속으로 친우를 부르며 에릭은 눈물을 훔쳤다. 그리고 슬쩍 주
제를 던져보았다.

"윈스턴이 오늘은 안 나왔네."

"……"

"그 녀석이 무슨 일일까. 아프다고 하기는 했는데 어지간히

아파서는 나오지 않을 텐데."

"걱정이네."

"병문안이라도 가 볼까?"

혼자서 떠들어 보지만 프레이스는 여전히 반응이 없었다. 에릭이 레사에게 눈짓했다. 레사가 프레이스를 보았다가 에릭에게 말했다.

"많이 아프다고 해?"

"뭐, 곧 죽어도 기어서 나올 것 같은 녀석인데, 안 나오니까."

"그건 그러네. 많이 아픈 걸까……."

"걱정돼?"

느닷없이 뾰족한 목소리로 프레이스가 물었다.

"그야 당연히……."

"아, 그렇겠지."

프레이스는 비웃음 섞인 목소리로 말했다. 에릭이 결국 눈을 찌푸리고 물었다.

"너 왜 그래?"

"뭐가?"

"아까부터 뭐가 그렇게 마음에 안 드는데?"

"네 알 바 아냐."

"뭐?"

에릭이 더 한 소리를 하려고 했지만 프레이스가 자리에서 일어나는 바람에 꿀꺽 말을 삼켰다. 프레이스가 말했다.

"오늘은 나도 몸이 좀 안 좋은 것 같은데, 쉬지."

"어의라도 부를까?"

"필요 없어."

말하고 프레이스가 집무실을 휙 나가자 레사가 그 뒤를 따랐다. 문을 나가는 레사에게 에릭이 입 모양만으로 말했다.

"잘 부탁해."

레사는 보일 듯 말 듯 고개를 끄덕이고 프레이스를 따라 나갔다.

"프레이스, 몸이 안 좋으시다면……."

프레이스는 레사를 무시하고 복도를 걸었다. 레사는 입을 다물었다. 자신의 방 앞에 서서 프레이스가 문손잡이를 잡고 말했다.

"너도 가서 쉬든가."

"네?"

"윈스턴 병문안이나 가는 게 어때?"

"호위 업무가 있습니다."

"필요 없어. 네가 서성거리는 게 더 짜증 나."

레사는 숨을 삼켰다. 어떻게 반응해야 좋을지 알 수가 없었다.

차라리 예전처럼 단순한 고용인과 고용주였다면 프레이스의 말을 무시할 수 있었을 것이다. 아니면 '아? 정말? 쉬어도 된다고?' 하고 가서 느긋하게 쉬거나.

하지만 지금은 아니다. 그래서 레사는 떠날 수도, 떠나지 않을 수도 없었다.

프레이스는 안으로 들어간 뒤 요란하게 문을 닫았다. 레사는 그 문 앞에 한참을 서 있다가 자신의 방으로 발을 질질 끌듯이 들어갔다.

프레이스는 문을 닫고 자신의 침실로 들어갔다.

침대 위에 남자가 앉아 있었다.

'마법사······.'

프레이스는 신음을 내뱉었다. 밝은 낮에 보는 마법사는 참으로 비현실적이었다. 후드 아래 가지런한 이가 씩 웃는다.

마치 네가 날 부를 것을 알고 있었다는 듯이.

"이미 거절한 걸로 아는데."

프레이스는 목소리를 가다듬었다. 마법사는— 떨어지는 새벽별은 푹신한 침대 자락을 어루만지며 말했다.

"아직 소원을 생각하지 못했나?"

"······네가 들어 줄 수 없는 소원이지."

"말해 봐."

"안티매직인 사람이 날 사랑하는 것."

"안티매직?"

"그래."

프레이스의 대답에 떨어지는 새벽별의 가슴속에 환희가 부풀어 올랐다.

하—!

마법무효자가 있다고? 그게 있단 말이야?

그렇다면 이렇게 고생해서 방패를 찾을 필요가 없었다. 검만 가지고도 충분하다. 떨어지는 새벽별은 가슴 안쪽에서부터 승리에 가득 찬 포효가 나오려는 것을 참았다.

그가 허벅지를 두들기며 여유롭게 말했다.

"안티매직도 가능할 수도 있지. 안 그런가? 그래서 상대가 누구지?"

"……레사 알반. 내 호위."

프레이스는 말하면서도 자신이 말한다는 걸 믿을 수가 없었다. 떨어지는 새벽별은 생각했다.

'황궁에서 그 호위를 잡아내는 건 불편하지.'

여기서 그놈을 떼어낼 필요가 있었다.

프레이스는 이마를 눌렀다. 아니, 아니, 아무리 생각해도 이 선택은 아니다.

"나가."

프레이스의 말에 떨어지는 새벽별은 "흐음?" 하고 기묘한 소리를 냈다. 프레이스가 으르렁거렸다.

"나가. 너와는 어떤 거래도 하지 않겠어. 나가."

그 말에 떨어지는 새벽별은 킬킬 웃으며 몸을 일으켜 세웠다. 그의 손에 지팡이가 흔들렸다. 프레이스는 눈앞이 확 어두워지는 걸 느꼈다.

"무슨 짓을―!"

그가 사방을 둘러보는데 어디선가 달뜬 신음 소리가 들려왔다. 프레이스는 우뚝 멈춰 섰다. 소리가 나는 쪽을 시선을 돌리니 어둠 속에 방금까지 없었던 공간이 생각났다.

침대 안에 두 사람이 뭘 하고 있는지는 보지 않아도 뻔했다.

"아, 아……."

검은 머리카락이 땀에 젖어 있다. 새하얀 피부가 어둠 속에서 반짝인다.

레사와 윈스턴이었다.

프레이스는 이를 갈며 소리쳤다.

"꺼져!"

"사랑해요, 윈스턴."

"나도 사랑해."

작위적인 대사지만 프레이스에게는 유리 조각으로 가슴을 난도질당하는 기분이었다. 떨어지는 새벽별은 흥미롭게 환상을 보았다.

대상이 가장 두려워하는 것을 보여 주는 환상이었다. 그러니까 프레이스는 자기가 상상한 최악의 사태를 고스란히 눈앞에서 보는 것이었다.

"황자님을 사랑할 리가 없잖아요. 그분이 불쌍해요. 불쌍해요. 불쌍해요."

고장 난 태엽 인형처럼 레사가 반복하는 말이 들려왔고 프레이스는 귀를 막았다.

팟— 하고 사방이 다시 밝아졌다. 프레이스는 식은땀을 뚝뚝 흘리며 흐려진 눈을 들어 마법사를 보았다.

"그는 널 사랑하지 않아."

"⋯⋯."

"너도 깨닫고 있는 거 아닌가?"

"닥쳐."

"가엾어라. 부하와 연인에게 동시에 배신당하다니."

"⋯⋯꺼져."

프레이스는 낮게 말했다. 지친 그의 목소리에 떨어지는 새벽별은 크게 웃고 모습을 감췄다. 프레이스는 비틀거리며 침대 기둥에 기대섰다.

'아, 눈물도 나오지 않는군.'

그건 그냥 저 마법사가 보여 준 환상일 뿐이야. 사실이 아냐. 진짜가 아냐.

그걸 보고 난 뒤 프레이스는 절박한 심정이 되었다. 당장 레사를 확인해야 했다. 이런 마음으로 계속 있을 수는 없었다.

쾅쾅—!

노크 소리에 레사는 화들짝 놀라 자리에서 일어났다. 누군지는 금방 알 수 있었다.

"프레이스?"

허둥지둥 달려가 문을 여니 프레이스가 딱딱한 얼굴로 서 있었다. 그가 레사의 어깨를 붙잡고 밀치듯 안으로 들어왔다. 놀란 레사가 뒤로 물러섰다.

"윈스턴과 함께…… 날 속였어?"

그 물음에 레사의 얼굴이 창백해졌다.

"저, 전……."

"말해!"

프레이스의 고함에 레사는 입술을 깨물고 말했다.

"죄송합니다."

"하, 하―"

프레이스는 허탈해졌다.

"윈스턴은 아무런 잘못도 없―"

"닥쳐."

프레이스는 양손으로 얼굴을 감싸고 숨을 몰아쉬었다. 숨을 쉬기가 너무 힘들었다.

이거야?

이게 네가 내 사랑에 대한 보답으로 주는 거야?

이 배신이?

"날 속였어?"

"죄송합니다."

"죄송하다고 끝나는 일이야?!"

프레이스는 다시 소리쳤다. 그의 눈에 가득한 분노와 증오와 배신과 상처를 보고 레사는 얼굴을 일그러트렸다.

당신을 상처 주려는 게 아니었다.

상처 주려고 그랬던 게…….

"그리고 윈스턴과 함께 날 보면서 날 비웃었겠지. 응? 잘 속고 있다고 하면서ー"

"아닙니다! 아니에요! 결코 그런 일은……!"

레사의 필사적인 외침도 들킨 자의 변명으로밖에 생각되지 않았다. 프레이스는 마지막으로 한 가지 더 물었다.

"그…… 프로텍터 밑을…… 윈스턴은…… 봤나……?"

그의 목소리는 떨렸다. 레사는 멍하니 고개를 끄덕였고 프레이스는 더 이상 참을 수가 없었다.

픽!

예상치 못한 일격에 레사는 비틀거렸다. 입술이 터져서 피 맛이 났다.

"나가."

"하지만ー"

"당장 나가! 꺼져! 이 성에서 나가! 다시는 돌아오지 마! 내 눈에 보이기만 해 봐! 내장을 다 꺼내버릴 테니까! 나가!! 나가라고!!!"

악을 쓰며 고함을 지르는 프레이스를 멍하니 보다가 레사는 후다닥 방을 나왔다. 그녀는 멈추지 않았다. 멈출 수가 없었다. 황궁을 가로질러 레사는 계속 뛰었다. 심장이 터질 것 같았다. 차라리 터져서 죽으면 좋겠다고 레사는 생각했다.

프레이스는 정확하게 3초 뒤, 방을 뛰쳐나왔다. 하지만 레사는 이미 보이지 않았다. 멀어지는 발걸음 소리도 들리지 않는다.

"웃—"

프레이스는 양손으로 얼굴을 가렸다가 고개를 들었다. 아니, 이게 아니라—

가서 붙잡자.

가서 붙잡고 사랑해 달라고 애원하자. 제발, 사랑하지 않아도 좋으니까 곁에 있게만 해 달라고 빌자.

빌고, 또 빌어서—

한 걸음, 두 걸음, 무거운 걸음이 나가다가 멈춰 섰다. 아니, 그렇게는 못 하지. 내가 왜 그래야 하는데?

잡다가 가두고, 내 멋대로 해도 상관없잖아?

레사의 뒷배는 자신이니까. 윈스턴이 뭐라고 해도 상관없다. 누가 뭐라고 해도 상관없다. 어디에 감금해 버리고 독점하면 된다.

울든, 소리치든 상관없지.

하지만 그럴 수가 없었다.

그럴 수가 없어서. 그 정도로 그녀가 소중하고 사랑스러워서 프레이스는 헛웃음이 나왔다.

뛰쳐나간 레사는 3초 뒤에 멈춰 섰다.

'돌아가자.'

돌아가서 빌자. 빌고, 또 빌자.

도망치는 건 안 돼, 테레사. 상처 준 건 나니까. 그에게로 돌아가야 해.

곁에 있게 해 달라고─ 아니, 곁에 있지 않더라도 어떻게든…….

하지만 걸음이 떨어지지 않는다.

테레사 알반, 그 자신도 놀랄 정도였다.

내려다본 발이 딱 달라붙은 것처럼 움직이지가 않았다. 거절이 무서웠고, 상처 받는 게 무서웠고.

예전에 아무것도 느끼지 않을 때는 이렇지 않았는데. 어째서, 어째서, 어째서.

윈스턴에게는 그렇게 말했는데, 막상 죽으려니까 죽고 싶지 않은 건가?

당신과 함께 하고 싶다고, 내뱉고 싶어져서?

레사는 양손으로 얼굴을 감쌌다.

'아, 하지만 한 가지는 확실하지.'

레사는 웃었다.

프레이스는 돌아섰다.

그리고 둘은 생각했다.

'역시 괴물에게 사랑이란 사치였어.'


황궁의 문을 나서자마자, 레사는 벽에 기대어 토했다. 숨이 막히고 토할 때마다 숨이 멎는 것 같아서 기절할 것 같았다.

경비병이 레사를 못마땅한 눈으로 바라보았다. 레사는 비틀거리며 그 자리를 떠났다. 눈물이 비 오듯 흘러내렸다. 어두운

골목으로 들어가 레사는 더러운 바닥에 무릎을 꿇고 계속 흐느껴서 울었다.

유지니아의 장례식 때를 제외하고는 이렇게 우는 것은 처음이었다. 아니, 그때보다 더 괴로운 것 같다면 유지니아를 모욕하는 걸까?

탈진할 만큼 통곡하며 레사는 울었다. 그래서 그녀는 뒤에서 누군가가 다가오는 것도 눈치채지 못했다.

빠악!

뒤통수에 뭔가를 맞고 레사는 그대로 기절했다.

*　　*　　*

윈스턴은 칼을 들고 자신의 눈앞까지 쳐들어온 프레이스를 보며, 자신이 열이 나서 헛것을 보나 생각했다. 충실한 시종들이 미친 황자의 앞을 막으며 고함을 치고 있었다.

"이게 무슨 짓입니까?"

윈스턴의 목소리는 평소와 다를 바가 없었다. 프레이스가 검 끝으로 윈스턴을 가리키며 말했다.

"배신한 부하에 대한 징계를 하러 왔지."

검을 들고 쳐들어온 사람치고는 태연하고 평온한 어조였다. 그래서 윈스턴도 평온하게 대꾸했다.

"머리가 어떻게 되신 겁니까?"

윈스턴의 말에 시종들은 더욱더 창백해졌다.

"도련님, 도망가세요! 나가십시오!"

"아니, 나갈 건 너희지. 다 나가라."

윈스턴이 지끈거리는 관자놀이를 누르며 말했다. 시종들은 그 말에 주춤거렸지만 윈스턴이 "얼른." 하고 낮게 말하자 하나둘 프레이스에게서 떨어졌다. 윈스턴이 침대에서 다리를 내리며 물었다.

"그래서 무슨 일이십니까? 황자님."

"레사를 쫓아냈다."

그 말에 윈스턴은 눈을 찡그렸다.

내가 없는데 레사가 고백을 했단 말인가?

"레사가 사실을 말했다고요?"

"그래."

"그래서 쫓아내셨단 말입니까?"

"그래."

"레사가 다른 말은 안 했습니까?"

"네 잘못은 아니라는 말?"

"그야 그게 제 잘못은 아니죠. 그게 아니라 자신을 쫓아내면 안 된다든가…… 설마 죽이신 건 아니겠죠?"

"아니, 쫓아내기만 했어. 네 집으로 쪼르르 올 줄 알았더니 아닌 모양이네."

프레이스는 검을 도로 검집에 꽂아 넣었다. 그걸 멍하니 보다가 윈스턴이 말했다.

"그게 그렇게 큰 문제가 되었습니까?"

"뭐?"

프레이스는 어처구니가 없어서 윈스턴을 보았다. 이 상간남이 뭐라고 말하고 있는 거야?

"레사는 어쨌든 당신을 사랑했습니다. 당신의 검에 죽어도 좋다고 말할 정도로요. 물론 속인 거야 화가 나겠지만, 성별을 속인 건…… 그럴 만한 이유도 나름 있었고."

"……뭐?"

프레이스는 자신의 귀를 의심했다. 윈스턴이 고개를 들고 프레이스를 마주 보았다. 열 때문에 계속 정신이 몽롱하다.

"레사 알반이 여자라는 걸 황자님에게 고백했다고 하지 않았습니까?"

프레이스는 입을 벌렸다. 넋이 나간 그의 얼굴을 보고 윈스턴이 고개를 갸웃했다.

"아닙니까? 아니면 다른?"

"너랑……."

"저와?"

"너와 교제하고 있는 거……."

"무슨 말씀을?"

"어젯밤에 둘이 만났잖아!"

"그건 레사가 목도리를 만들겠다고 해서 만나 준 것뿐입니다.

그리고 안 그래도 어제 황자님에게 자신이 여자인 걸 고백하겠다고 그랬고요."

프레이스는 세상이 빙빙 도는 걸 느꼈다. 레사와의 대화를 되짚어 보았다. 확실히 오해의 소지가 있었다.

"맙소사."

프레이스는 숨을 헐떡였다. 윈스턴이 냉정하게 정리했다.

"그러니까 저와 레사가 부정을 지르고 있다고 생각해서 레사를 추궁하고 내쫓으셨다는 말이군요."

프레이스는 얼굴을 가렸다.

"저와 레사를 대체 뭐로 보시는 겁니까?"

"자신이…… 없었어……."

작게 고백하는 프레이스의 말에 윈스턴은 머리가 더 아파졌다.

'어째 이 커플은 똑같군.'

"어떻게 하지? 레사에게 다시는 나타나지 말라고 그랬는데? 내가 주먹으로 때렸어. 여자인데 맙소사."

"아마 저에게 다시 올 겁니다."

그 말에 프레이스의 눈이 날카로워졌다.

"왜?"

"황자님의 저주를 풀기 위해서요. 안티매직인 사람과 자면 그 체질이 개선된다는군요."

"뭐?"

윈스턴은 레사에게 전해 들은 이야기를 정리해서 프레이스에게 말해 주었다. 프레이스는 신음을 흘리며 근처 소파에 털썩 주저앉았다.

"난 최악의 인간이야."

"뭐, 교제가 처음이시니 그럴 수도 있죠."

"레사가 날 용서할까?"

"할 겁니다."

"어떻게 알아?"

"황자님에게 푹 빠져 있으니까요."

"……정말?"

슬그머니 묻는 그를 보고 윈스턴은 고개를 끄덕였다.

"저에게 듣기보다는 직접 들으십시오. 그게 더 나을 겁니다."

"……응…….."

대답하고 프레이스는 멍하니 생각했다.

'레사가 여자라고?'

레사가 여자라니. 여자? 여자란 말이야?

'세상에.'

프레이스는 입술을 깨물었다.

이제 와서야 그 단어가 제대로 머릿속에 입력이 되었다.

"레사가 여자라고?"

그가 소리 내어 되묻자 윈스턴이 고개를 끄덕였다. 프레이스는 그제야 그가— 아니, 그녀가 필사적으로 프로텍터를 사수하려고 했던 것이나, 가느다랗던 몸이나…… 생각해 보니 한 달에 사흘씩 꼭 휴가를 받았던 것까지—

'왜 몰랐던 거지?'

프레이스는 스스로가 너무 이상했다. 이제 와서 돌이켜 보면 조금만 의심해 봤어도 알 수 있었을 것이다.

'편견이라는 게 이렇게 무서운 거로군.'

다시금 고전적인 교훈을 되새기며 프레이스는 신음을 흘렸다.

'레사가 여자다.'

그가 여자다.

다시금 되새기며 프레이스는 허공을 바라보았다.

"레사가 여자……."

"네, 여자라고요."

윈스턴이 다시 못을 박자 프레이스는 저도 모르게 자신의 뺨을 꼬집었다.

"꿈은 아니군."

"무슨 한심하신 말씀을."

"너도 내가 한번 되어 봐."

프레이스는 '레사가 여자다.' 하는 말을 다시금 되새겼다.

가슴속 한구석부터 파도가 일렁이는 것처럼 감정이 물결쳤다. 확실한 것은, 배신감이나 그런 부정적인 것이 아니었다. 프레이스는 입술을 깨물었다.

안 그러면 입이 찢어져라 웃을 것 같았다. 물론 레사의 성별은 관계없었다. 하지만 그가 여자라면, 아내로 맞을 수 있다. 정당하게. 모두가 보는 가운데서. 그리고 아이를 가질 수도 있다.

프레이스는 이 사이로 웃음이 흘러나올 것 같아 억눌렀다.

"그럼 이제 아픈 제가 쉴 수 있게 좀 비켜주시겠습니까?"

"어……? 어, 응, 미안."

"이 빚을 나중에 꼭 받아 낼 겁니다. 절 모욕하시다니."

"미안. 하지만 너도 레사가 여자라는 걸 숨긴 거잖아. 퉁친다든가?"

그 짧은 사이에 다시 살아난 프레이스를 보자 윈스턴은 기가 찼다.

"마음대로 하십시오. 레사가 저에게 연락을 취하면 알려드리겠습니다."

"그래."

프레이스는 고개를 끄덕였다. 그가 문을 열고 나오자 복도에 가득한 시종들이 긴장한 얼굴로 자신을 기다리고 있었다.

"황자님을 배웅해 드리거라."

안에서 윈스턴의 목소리가 들리자 그제야 다들 안도하는 얼굴을 했다. 프레이스는 그들에게 살짝 미안함을 느꼈다.

프레이스가 나가는 소리에 윈스턴은 다시 털썩 침대에 누웠다.

'이제 좀 제대로 쉴 수 있을 것 같군.'

# 5장
# 별들의 연합

레사는 무거운 눈꺼풀을 들어 올렸다.

숨을 들이마시자 차갑고 습기가 가득한 지하 특유의 눅눅한 냄새가 났다. 손가락 끝부터 까닥까닥 움직여 보고 그녀는 전신을 다 움직일 수 있다는 걸 확인했다. 묶여 있지도 않았다.

레사는 천천히 상체를 일으켰다.

"윽―!"

머리가 욱신거렸다. 머리에 손을 대니 뭔가 다른 감촉이 느껴졌다.

'붕대?'

잘은 모르지만 기본적인 처치가 되어 있는 것 같았다. 레사는 가장 먼저 팔찌를 확인했다. 프레이스에게 받은 팔찌는 어둠 속에서도 희미하게 빛나고 있었다. 이어 그녀는 주변을 둘러보았다.

'강도를 당한 건가 했는데 그건 아닌가 보군.'

뒤치기를 당한 다음 지갑이랑 옷을 빼앗기고 하수구 같은 곳에 던졌나 했더니 그건 아닌 모양이었다. 그렇다면 대체 어떻게 된 일일까?

이리저리 몸을 뒤져보니 없어진 건 하나도 없었다.

'하긴 이 팔찌가 무사하니까…….'

소중하게 팔찌를 만지작거리다가 순식간에 가슴이 무거워졌다.

이제 프레이스의 웃는 얼굴을 다시는 볼 수 없을 것이다. 그래도 혹시나 하는 희망을 가지고 있었는데 그게 완전히 박살 났다.

'어차피 각오하고 있었잖아.'

다시 눈물이 흘러서 레사는 눈물을 훔쳤다. 울고 있을 때가 아니다. 그녀는 자리에서 천천히 일어나 여기가 어딘지 파악하려고 애썼다.

'천장이 높아…….'

희미하게 빛이 들어오고 있는 건가 했더니, 그게 아니라 빛나는 구슬 같은 것이 몇 개 박혀 있었다.

'마법 도구?'

의아해하며 레사는 희미한 빛에 의지해 주변을 둘러보았다. 무너진 돌벽과 뻗어 나온 나무뿌리.

'이건…….'

고대 유적 같은 느낌이었다. 레사는 출입구를 찾으려 벽 쪽으로 다가가 주변을 살피기 시작했다. 대체 왜 자신이 이런 곳에 들어와 있는 걸까?

분명히 누군가가 자신을 공격했고, 치료한 뒤에 여기에 던져 뒀다. 거기에는 이유가 있을 것이다.

'그리고 얼마나 지난 거지?'

목이 말랐다. 너무 울어도 탈수가 오는 걸까?

"벌써 일어났군."

들려온 목소리에 레사는 휙 돌아섰다. 후드를 뒤집어쓴 남자가 서 있었다. 레사는 눈을 가늘게 떴다.

"누구야? 왜 나를 여기에 데려온 거지?"

"떨어지는 새벽별이라고 하지. 물 마실래?"

남자가 물통을 들어 올리며 말했다. 레사는 미심쩍음이 가득한 눈으로 물통을 바라보았다. 떨어지는 새벽별은 물통을 열고 물을 마신 후에 레사에게 그것을 던졌다.

"널 해칠 생각은 없어. 단지 날 위해서 작은 일만 하나 해 주면 돼."

레사는 물통을 열고 한 모금 머금었다. 딱히 이상한 맛이 느껴지지는 않았다. 확인을 끝내자 레사는 허겁지겁 물을 마셨다. 물통을 전부 비울 때까지 물을 마시고 나서야 레사는 길게 숨을 내쉬었다.

"빵도?"

새벽별은 레사에게 주머니를 던졌다. 열어 보니 종이로 감싼 뭉치가 들어 있었다. 그 안에는 내용물이 꽤 충실한 샌드위치가 있었다. 레사는 망설이지 않고 샌드위치를 먹기 시작했다.

상당히 배가 고팠는지 순식간에 그녀는 큰 샌드위치 하나를 먹어치웠다. 무슨 일이든 힘이 있어야 한다. 그리고 힘은 식사에서 나온다.

종이에 손가락을 닦아서 버리고, 레사가 떨어지는 새벽별에게 물었다.

"그래서? 나에게 시키고 싶은 일이 뭔데?"

새벽별이 히죽 웃었다.

"드래곤을 죽이는 일."

"드래곤?"

'뭐래? 미친놈이.' 하고 말하기 전에 레사는 되물었다. 여기가 어디인지 속셈이 무엇인지 알아내야 했으니, 굳이 상대의 화를 돋울 필요가 없었다.

"그래, 드래곤. 고대 왕국의 멸망에 대해서는 알고 있겠지?"

"듣기는 했지."

레사는 무심하게 말했다. 떨어지는 새벽별은 낄낄 웃었다.

"원래 고대 왕국은 강력한 마법 왕국이었어. 마법으로 하늘을 나는 거대한 섬. 그래서 밑에 있는 대륙을 지배할 수 있었지. 이 세계에는 마력이 공기처럼 흘러넘쳤다고 하더군."

레사는 떨어지는 새벽별의 이야기를 흘러들으며 그와 자신의 간격을 재 보았다.

'잡을 수 있을까? 공격을 해 볼까?'

하지만 마법이라는 불특정 능력 때문에 망설여졌다. 물론 자신에게는 통하지 않지만, 자신에게 직접 마법을 쓰지 않을 수도 있다.

"풍요 속에서도 마법사들은 생각했지. 다른 세계의 문을 열어서 그곳의 마력 또한 가져오자. 그들이 가진 게 무엇인지도 몰랐던 거야."

레사는 발 근처의 돌멩이를 힐끗 보았다. 그걸 걷어차서 상대를 맞춰 보면 어떨까?

"하지만 그 문을 열고 나온 건 모든 마력을 빨아들이는 생명체였지. 드래곤이라고 우리가 부르는 그것. 마법사들은 드래곤을 잡으려고 했지만 마법을 쓸 수가 없었어. 왜냐고? 마력이 무시무시한 속도로 그것에 빨려 들어가고 있었으니까. 부유 마법이 없어진 섬은 서쪽 바다에 떨어졌고 드래곤은 마력을 먹으며 계속 성장했지."

레사는 돌을 걷어찼다. 정확히 새벽별을 겨냥했다. 하지만 파공성을 내며 날아간 돌은 벽에 부딪혔다. 그 순간 눈앞에 있던 떨어지는 새벽별이 사라지더니 건너편에 다시 나타나는 게 아닌가?

"얘기하는데 너무 하잖아?"

그는 투덜거렸고 레사는 어리둥절해졌다.

'이것도 마법인가?'

순간적으로 공간을 이동하는 마법이라……

레사는 일단 그와의 간격을 좁히기 전에는 공격하지 말자고 생각했다. 게다가 방금 공격을 피한 걸로 봐서 물리적인 공격이 통하는 거겠지.

그걸 확인한 것만으로도 안심이 되었다.

"중요한 얘기라고."

새벽별이 짜증 섞인 목소리로 말해 레사는 고개를 끄덕였다.

"그래, 계속 얘기해 봐."

"그래서 모든 마법사들이 모였지. 그 남자는 검과 방패를 들었고…… 마법사들은 드래곤에게 마법을 썼어. 한 번의 멈칫거림을 위해서 마법을 쓰고, 마력이 빨려 들어가 죽었지. 그렇게 마법사는 전부 죽어 나갔고, 결국 아주 적은 마법사만 남았을 때 드래곤을 봉인처 안으로 넣을 수 있었어."

"그래서 마법사도 마법도 사라진 거군."

"그래. 마법 도구 중에서 남아 있는 건 마력이 저장되어 있는 물건이지."

새벽별은 허공에 생겨난 자신의 지팡이에 기댔다. 꼿꼿하게 허공에 서 있는 지팡이에 어깨를 기댄 모습은 참 이상했다.

"그래서 이제 그 드래곤을 해방시킬 거야."

"세계를 멸망시키려고?"

"아니, 아니."

새벽별은 웃었다.

"드래곤을 죽이고, 마력을 회수할 거야. 다시 이 세계에 마력이 넘치게 만들 거야."

그의 눈이 어둠 속에서 번쩍 고양이 눈처럼 반사광에 빛난 듯 번득였다.

"그리고 네가 그 역할을 해 줘야겠어."

\* \* \*

코코는 눈을 번쩍 떴다.

"아—!"

그녀는 심장을 부여잡으며 몸을 웅크렸다.

"웃, 흐—"

쿵쿵쿵 심장이 빠르게 뛰면서 조여 왔다. 고통에 식은땀이 흘렀다. 다음 순간 고통이 사라졌다. 코코는 숨을 몰아쉬며 자리에서 일어났다. 얼굴은 창백했고 식은땀이 흘러내리고 있었다. 그녀가 지팡이로 손을 뻗었다.

그녀가 지팡이를 흔들기도 전에 상대방이 먼저 도착했다.

"은나무가시!"

정화하는 독이 후드를 휙 넘겼다. 이제 십 대 초반인 어린 소년의 얼굴이 드러났다. 그래도 나이는 은나무가시보다 더 많다.

"괜찮아? 나도 느꼈어. 흔들림이……."

그의 불안한 얼굴에 코코는 고개를 끄덕였다.

"깨졌어. 첫 번째 결계가."

"새벽별이군."

정화하는 독은 신음을 흘렀다. 그가 말했다.

"모두를 부르겠어."

에티알리에— 별들의 연합.

마법사 연합은 그들끼리 그렇게 불렀다. 코코는 고개를 끄덕였다. 정화하는 독이 그녀에게 말했다.

"붙잡힌 광기에게만 연락해 줘."

그 상황에서도 코코는 희미하게 웃었다.

"여전히 싫어?"

"싫어."

정화하는 독은 어린애처럼 입술을 비죽 내밀어 보이고는 사라졌다. 어린아이의 모습이기는 하지만 안에 들어 있는 건 삼백 년이 훌쩍 넘은 영혼이다. 코코가 재미있다고 생각하는 건 얼마나 나이를 먹든 결국은 겉모습을 따라간다는 것이었다.

육체가 인간에게 미치는 영향은 세월로도 벗어날 수 없는 것이다.

코코는 지팡이를 짚었다.

우지직 하는 소리와 함께 은색의 빛나는 나무가 바닥에서 솟아올랐다. 그 나무는 점차 모습을 바꾸며 직사각형의 커다란 틀을 가지로 엮어서 만들어 냈다. 코코가 그 빈 공간을 지팡이로

톡 치자 공기가 일렁거렸다. 곧 거친 목소리가 들려왔다.

"깨졌나?"

"응, 느껴졌어?"

"그래…… 그리고—"

코코는 숨을 삼켰다. 마력의 일렁임이 파도처럼 밀어닥쳤다가 사라졌다.

"두 번째도 깨졌군."

붙잡힌 광기의 말에 코코는 고개를 끄덕였다. 붙잡힌 광기가 초조하게 움직이는 듯 사슬 소리가 잘그락잘그락 들려왔다.

별들의 연합 구성원은 모두 여섯이다. 삼백 년 전, 그 싸움에서 살아남은 마법사는 고작 여섯이었다. 그래서 모두 여섯 개의 결계가 봉인을 둘러싸고 있었다.

새벽별은 그때 살아남았던 마법사는 아니지만, 유지를 이어받았으니 그가 여섯 개 중 결계 하나를 맡고 있었다. 그러니 실질적인 결계는 모두 다섯 개라고 할 수 있었다.

다섯 개의 결계 중에 벌써 두 개가 깨졌다.

"유적에서 보지."

붙잡힌 광기는 그 말만 남기고 연락을 끊었다. 코코는 눈을 질끈 감았다. 자신의 친구이자 자매 같았던 마법사를 떠올렸다.

반짝이는 지평선.

넌 왜 그랬던 거니?

어쩌면 답을 알고 있는 것인지도 모른다. 하지만 그 답이 틀렸다고 생각하고 싶었다. 코코는 몸을 빙글 돌리며 지팡이로 발아래 둥근 원을 그렸다. 그러자 아래서 빛이 솟구치며 코코를 감쌌다. 빛이 사라지자 그녀는 완벽하게 마법사의 복장을 하고 있었다. 코코는 지팡이를 내리치며 말했다.

"유적으로."

드래곤을 봉인한 유적은 왈라키아 제국의 북쪽에 위치하고 있다. 거대한 유적지라 학자들의 관심을 모았지만 그 후 철저하게 조사가 끝난 곳이라 아무도 신경을 쓰지 않는 곳이기도 했다. 그냥 옛날 사람이 살던 곳으로 판명이 난 곳이었다. 하지만 그 지하에는 지금도 살아 있는 유적이 잠들어 있다.

물론 그 입구로 그냥은 들어갈 수 없었다. 일반인의 눈에는 보이지도 않는다. 그리고 그 아래의 아래에 레사와 떨어지는 새벽별은 서 있었다.

"또야?"

레사가 투덜거리자 떨어지는 새벽별이 대꾸했다.

"아직도 세 개 더 남아 있어."

레사는 복잡하고 읽을 수 없는 문자와 함께 보석들이 박혀 있는 입구로 다가가 그 문자 위에 손을 얹었다. 레사의 손바닥에 낸 상처로 피가 흘렀다. 피가 문자로 흐르고 보석에 닿자 보석들이 발하던 빛이 몇 번 깜박거리더니 꺼졌다.

입구는 반쯤 무너져 있어서 좁았기에 레사는 기어서 그곳을

통과해야만 했다. 네발로 기어 좁은 굴을 통과하며 레사는 생각
했다.

'그 검이야.'

새벽별은 드래곤을 잡기 위한 검을 가지고 있다고 언급했었다.
그리고 프레이스는 예전에 마법사가 검을 가져갔다고 했었지.

분명히 그 검일 것이다. 국보인 검.

레사는 어떻게든 그 검을 가져가야겠다고 생각했다. 그러면
프레이스가 자신을 용서해 줄지도 모른다. 아니, 용서해 주지 않
더라도 조금이라도 웃는 얼굴이 보고 싶다.

그래서 레사는 별다른 반항 없이 자진해서 떨어지는 새벽별
을 따라온 것이었다. 레사는 굴을 빠져나와 옷을 털었다.

"드래곤을 죽이는 건 좋지만 조건이 있어."

"뭐든지. 원한다면 제국의 황제가 될 수도 있어."

새벽별의 말에 레사는 고개를 저었다.

"필요 없어."

"그러면 사랑하는 사람과 함께하게 해 준다든가?"

그 말에 레사는 휙 고개를 들어 떨어지는 새벽별을 보았다. 떨
어지는 새벽별은 소리 없이 웃고 있었다. 그 벌린 입이 징그럽다
고 생각하면서 레사는 대꾸했다.

"필요 없어."

"저런. 무뚝뚝하군. 나 같으면 좋아라 하고 덥석 잡을 텐데."

"사람의 마음을 마법으로 조종해 봐야 행복하지 않잖아."

그건 프레이스만 봐도 알 수 있었다.

"그거라도 절박하게 바라는 사람도 있는 거지."

레사의 입꼬리가 비뚤어졌다. 그녀는 그런 이야기를 프레이스에게 들은 적이 있었다. 그의 어머니의 절박함에 대해서, 그래서 무슨 짓을 했는지에 대해서도.

'정말로 행복했을까……?'

그 짧은 시간에 거짓으로 산 사랑을 받아서?

그 시간이 끝나면 더 비참해지지 않았을까? 마치 마약 기운이 떨어지면 안 했을 때보다 더 나락으로 박히는 것처럼.

"난 원하지 않아."

레사의 말에 떨어지는 새벽별은 "그런가." 하고 침묵했다. 빛나는 둥근 구체가 두 사람의 머리 위를 둥실둥실 따라와서 발밑을 헛디딜 염려는 없었다.

'대체 어디까지 내려가는 걸까?'

슬슬 걷는 것도 지루해질 만큼 긴 시간이었다. 중간에 레사는 두세 번 휴식을 취하고 식사를 했다.

네 번째, 다섯 번째 결계를 무효화시키고 레사는 안으로 계속 들어갔다. 그리고 마지막으로 좁은 곳을 또 기어서 나왔을 때, 그녀는 탄성을 터트렸다.

거대한 공동이었다.

그동안 내려왔던 만큼 천장이 높은 것 같았다. 고개를 들어 천장을 보았지만, 어둠 때문에 어디까지 천장이 높은 건지 보이지 않았다.

그 커다란 둥근 공동에는 다리가 하나 놓여 있었는데, 중간에서 끊어진 듯한 다리였다. 레사는 슬쩍 아래를 내려다보았다. 아래에 새까만 물이 일렁이는 게 보여 오싹 소름이 돋았다.

그러니 여기는 거대한 지하 호수인 셈이었다. 그리고 그 호수 가운데까지 가는 다리가 하나 있는 거고.

"물밑에 있다고 하더군."

바싹 붙어서 들리는 소리에 레사는 휙 뒤로 돌았다. 떨어지는 새벽별이 이크 하고 몸을 뒤로 빼며 히죽 웃었다. 그가 빛나는 구체를 호수 가운데까지 날렸다. 호수 가운데에 도착한 구체는 곧 환한 빛을 뿜어내기 시작했다. 눈을 찌푸릴 정도로 밝은 빛이었다.

덕분에 지하 공간이 밝혀졌고, 레사는 다시 호수 아래를 바라보았다.

"아."

투명한 물 아래 뭔가가 가라앉아 있었다. 새까만 몸체가 보였다.

'크다.'

맨 처음 든 생각은 그것이었다. 상당히 커다란 것이 물 아래 웅크리고 있었다.

"저걸 어떻게 죽인다는 거지? 물속으로 내려가야 하는 건가? 이 겨울에 물속으로 내려가면 죽을걸."

지하라서 그나마 온도는 나았지만, 그래도 여전히 공기는 차가웠다. 수온 역시 결코 따뜻해 보이지 않았다.

"그냥 죽이면 안 돼."

새벽별의 목소리는 잔뜩 들떠 있었다. 그의 가슴속은 기대와 환호로 가득 차 있었다.

"내가 마법을 펼칠 테니까, 그때 피를 물에 흘려 넣어서 결계를 깨."

"깨고 나면? 마법으로 드래곤을 죽이는 건가?"

"내가 붙잡을 테니까 그사이에 네가 검으로 드래곤을 찔러. 찌르기만 하면 그걸로 충분해."

그렇게 말하고 떨어지는 새벽별은 허리춤에서 천으로 둘둘 만 검을 레사에게 던져 주었다. 레사는 천 뭉치를 받고 재빠르게 천을 풀어 검을 확인했다.

"이게 드래곤 슬레이어인가?"

"그래."

새벽별은 들떠서 레사의 확인에도 별생각 없이 대답했다.

드디어! 드디어! 드디어!

여기까지 왔다. 수십 년에 걸친 계획이 드디어 결실을 맺은 것이다. 이것으로 이 세계에 마력이 다시 돌아오고, 다시 마법사의 시대가 열릴 것이다.

환희로 턱이 덜덜 떨려 왔다. 감격스러워 눈물이 나올 것 같은 걸 눌러 참고 떨어지는 새벽별은 빠르게 마법을 펼치기 시작했다.

수십, 수백, 아니 수천수만 번 머릿속으로 이 장면을 생각해 왔기에 마법을 펼치는 속도는 빨랐다. 허공에 천천히 거대한 금색 마법진이 그려지기 시작했다.

레사는 검을 살폈다.

'검집이 흰색인데…….'

검붉은 뭔가가 묻어 있었다. 꼭 피가 잔뜩 튄 것 같은…….

레사는 물 아래 드래곤을 보고 검을 보았다.

'설마……?'

드래곤의 피가 묻은 건가?

보통의 여자가 다루기에는 너무 크고 무거운 종류였지만 그녀는 어떻게든 다룰 수는 있었다. 모든 무기류는 대강이라도 다루도록 훈련받았던 것이다.

'그럼.'

레사는 허리띠를 풀어서 검을 등에 멜 수 있게 고정했다. 자신이 미쳤다고 여기서 저놈을 도와서 드래곤을 죽이고 있겠는가?

검을 손에 넣었으니 이제 튀어야지.

레사는 뒤도 돌아보지 않고 달리기 시작했다. 그녀가 좁은 입구로 몸을 재빠르게 던지듯 집어넣자 누군가가 발목을 잡았다.

"어딜 가는 거야!"

레사는 마구 발을 걷어차며 상대를 떼어 내려고 했다. 그러자 떨어지는 새벽별은 레사의 발을 놓쳤고 레사는 열심히 기었다.

우르릉─

통로가 울렸다. 레사는 쭈뼛하고 등에 소름이 돋았다. 울림은 점점 더 심해졌고, 돌들이 위에서 떨어지기 시작했다.

"미친—!"

레사는 욕설을 내뱉으며 들어왔던 속도보다 더 빨리 필사적으로 도로 뒤로 기어 나가기 시작했다. 앞쪽부터 돌무더기가 떨어지며 입구가 붕괴되기 시작했다. 다시 돌아 나가자 발목이 잡혀 쑥 하고 뽑혀 내동댕이쳐졌다. 레사는 낙법으로 데구루루 굴러 재빠르게 일어났다.

새벽별의 눈이 시뻘겋게 타오르고 있었다.

"감히—!"

"그럼 내가 드래곤인지 뭔지를 죽일 줄 알았어?"

레사는 빈정거리며 팔찌를 어루만졌다.

새벽별이 지팡이를 치켜들었다. 레사가 고양이처럼 바싹 긴장하는데 번쩍 하고 뭔가가 번쩍였다. 눈을 가늘게 뜨고 보니 떨어지는 새벽별은 이제 저쪽 허공으로 가서 떠 있고 그 주변에 다섯 사람이 나타나 있었다.

"네놈들……!"

"어떻게 결계를 깼나 했더니……."

코코가 레사를 힐끗 보고 중얼거렸다. 레사가 눈을 끔벅거렸다.

"코코?"

정화하는 독이 힐끗 레사를 보고 물었다.

"저 사람은?"

"안티매직."

코코의 말에 마법사들의 시선이 한 번에 레사에게 쏠렸다. 레사는 어색하게 손을 들어 인사했다.

"왜 나를 가로막는 거지."

음침한 떨어지는 새벽별의 목소리에 코코가 앞으로 나서며 말했다.

"봉인을 깨면 안 돼."

"그리고 우리는 서서히 죽어 가고? 왜 다시 마력을 찾으면 안 되는 거지? 이걸 봐! 이걸 통해서 드래곤에게서 다시 마력을 꺼낼 수 있어! 봉인만 깨고 붙잡으면 된다고."

붙잡힌 광기가 고개를 저었다.

"넌 직접 그 광경을 보지 못해서 몰라."

"이 마법진으로는 저걸 붙들 수 없어."

"포기해라."

다른 마법사들 역시 각기 말을 보탰다.

여섯이 실제로 다 모인 것은 정말로 오랜만이었다. 마법사들은 안 그래도 적은 자신들의 숫자를 줄이고 싶지 않았다.

붙잡힌 광기

은나무가시

정화하는 독

불타는 불꽃

황금물레

자신을 둘러싼 마법사들의 얼굴을 차례대로 훑어보던 떨어지는 새벽별은 지팡이를 꽉 움켜쥐며 말했다.

"포기하라고? 천천히 죽는 죽음을 받아들이라고? 아무것도 하지 않으면서 죽어 가는 화석 같은 놈들이!"

정화하는 독이 말했다.

"원래 모든 생명은 태어나면 죽는 거야. 우리는 그 흐름을 늦췄을 뿐이고, 죽음은 늦든 빠르든 오는 거지."

"그렇다면 왜 나를 마법사로 만들었어!"

새벽별이 고함을 질렀다. 코코는 "떨어지는 새벽별……." 하고 슬픈 기색이 가득한 목소리로 그를 불렀다. 짙은 녹색 후드를 쓰고 있던 마법사가 후드를 휙 벗었다. 새빨간 머리카락이 머리형이 드러날 만큼 짧게 잘려 있었다.

"반짝이는 지평선은 강하지 못했어."

"불타는 불꽃!"

코코가 소리 질렀다. 불꽃─ 불타는 불꽃은 코코를 힐끗 보았다가 다시 떨어지는 새벽별을 보았다. 로브를 걸쳤다는 것만 빼면 그녀는 용병 같은 차림을 하고 있었다.

"그녀는 느린 죽음을 받아들일 수 없었고, 그래서 너를 만나서 너에게 모든 마력을 주는 것으로 자살을 한 거지."

새벽별은 지팡이를 휘둘렀고 불꽃은 그것을 손으로 퉁겨냈다.

쾅─!

튕겨진 마법이 호수에 떨어지면서 요란한 소리와 함께 물기둥이 솟구쳤다가 가라앉았다. 레사는 흠뻑 젖어서 얼굴을 닦아 냈다. 공중에서 떠들고 있는 마법사들을 보니, 소설 한가운데라도 들어온 기분이었다.

"그럼 너희도 같이 끝내."

새벽별이 음침하게 말했다. 모든 마법사가 방어 자세를 취하는데 떨어지는 새벽별이 나타난 것은 레사의 옆이었다. 허를 찔린 레사가 움찔하는데 떨어지는 새벽별은 그녀를 안고 호수로 뛰어들었다.

'제길!'

레사는 혀를 찼다.

풍덩—

차가운 수온이 순식간에 체온을 떨어트렸다. 레사는 자신을 붙잡고 떨어지는 새벽별의 옆구리를 가차 없이 찔렀다. 새벽별이 움찔하며 숨을 토해 내고 떨어져 나갔다.

'이거 보통 물이 아니잖아?'

레사는 발버둥을 쳤다. 몸이 뜨지 않고 오히려 가라앉기만 한다. 부력이 존재하지 않는 물인 것 같았다. 손바닥이 따끔거렸다.

'상처……!'

레사는 자신의 손을 보았다. 손바닥에서 피가 흘러나오고 있었다.

'어쩌지?'

그녀가 당황해 주변을 둘러보는데 갑자기 둥근 눈이 생겨났다.

'어······?'

그것이 눈을 뜬 것이었다. 노란색의 눈이 몇 번 깜박였다. 거대한 눈을 보고 레사는 전신에 소름이 돋는 것 같았다. 길쭉한 동공이 좌우로 움직이다가 레사에게 고정되었다. 레사는 옴짝달싹도 할 수 없었다.

본능적인 공포가 밀려닥쳤다. 그때 누군가가 자신의 팔을 붙잡았다. 그리고 위로 올라가기 시작했다. 상대가 누군지 확인하자 레사는 얼이 빠질 것 같았다. 물에서 나오자 레사는 중얼거렸다.

"노알······?"

"안녕, 테레사."

노알은 씁쓸하게 웃으며 인사했다. 그의 허리에 끈이 매어져 있었고, 그 끈을 다른 사람들이 잡아 올리고 있었다.

물으로 올라오자 레사는 추위에 덜덜 떨기 시작했다. 누군가가 자신의 옷에 손을 대자 순식간에 옷이 뽀송하게 말랐다. 머리카락은 여전히 젖어 있었고, 몸도 젖어 있었지만.

"아, 고맙습니다."

대답하자 붙잡힌 광기는 레사를 들여다보았다가 "허." 하고 말했다.

"진짜로 안티매직이군. 게다가······."

"혈족이지."

불타는 불꽃이 속삭이듯 말했다. 레사는 의아해져서 눈을 이리저리 굴렸다.

"혈족이요……?"

정화하는 독이 레사의 빨간 눈을 보고 추억에 잠겨 웃었다.

"공주님—은 아니지만, 공녀님은 되겠군. 공작 부인이겠지. 어떻게 이걸 우리에게 말하지 않았어? 은나무가시?"

"나도 정확한 건 알 수 없었어. 내가 마법사가 된 건 왕국이 멸망하기 얼마 전이었잖아? 그리고 그녀가 평범한 삶을 살아가고 있는데 우리가 끼어드는 것도 이상하고."

코코가 비딱하게 노알을 보았다.

"수호대도 있는걸."

흠뻑 젖은 노알은 코코를 바라보고 낮게 말했다.

"어째서 알리지 않았지?"

"뭘?"

"마법사 중의 한 명이 봉인을 깨려고 하고 있다는 걸?"

"우리 힘으로 해결할 수 있을 거라고 생각했으니까. 그리고, 그리고…… 수호대에게 죽게 하고 싶지도 않아."

코코의 말에 노알은 혀를 찼다.

레사는 도대체 왜 노알이 여기에 있는 건지, 마법사들이 어떻게 된 건지, 두 사람이 무슨 관계인 건지 전혀 알 수 없었다. 하지만 중요한 건 알고 있었다.

레사가 자리에서 일어나며 말했다.

"저기, 무슨 일인지는 모르겠지만요."

그 말에 모두가 레사를 주목해서 레사는 눈을 끔벅거리다가 손가락으로 호수를 가리키며 말했다.

"안에 있는 게 눈을 뜬 것 같은데 괜찮은 거예요? 그, 제가 피가 나서."

레사가 자신의 손바닥을 들어 보이자 모두가 얼빠진 얼굴로 피에 흠뻑 젖은 손바닥을 보았다가 호수를 내려다보았다.

번쩍—!

그 순간 호수 전체가 빛에 휩싸였다.

"붙잡아!"

누군가가 소리쳤다. 마법사들이 모두 지팡이를 앞으로 내밀며 동시에 외쳤다.

"БГЖЙЧ"

붉은색 빛이 동시에 쏟아져 나가 수면 위에 수십 개의 동심원을 만들어 냈다. 그러자 거짓말처럼 수면의 일렁임이 멈췄다.

일행은 모두 숨을 죽이고 호수를 바라보았다. 물 떨어지는 소리가 울릴 정도로 사방은 고요했다.

쿵!

하지만 밑에서 뭔가가 수면을 후려갈기고 있는 소리가 공동에 울려 퍼졌다.

"제길!"

코코가 발을 구르며 욕을 내뱉었다. 노알의 얼굴 역시 심각해졌다. 레사가 등에 멘 검을 빼 들며 말했다.

"새벽별의 말에 의하면 내가 검으로 드래곤을 찌르면 죽을 거라고 하던데……."

노알의 시선이 검으로 향했다. 그가 신음처럼 내뱉었다.

"드래곤 슬레이어……."

수호대의 사람들이 수군거렸다.

"저걸 다시 보게 될 줄이야……."

"수호의 검."

레사는 머쓱해졌다. 정화하는 독이 뚫어져라 검을 보더니 말했다.

"그 검에 당신의 피를 적시세요."

"내 피를?"

"무슨 생각을 하는 거야?"

불꽃의 물음에 정화하는 독이 빠르게 설명하기 시작했다.

"저 검에는 용의 피가 묻어 있어. 그래서 마력을 빨아들이는 성질을 가지게 된 거야. 드래곤이 저렇게 성장한 이유는 마력을 흡수해서 그렇고. 그리고 아가씨의 체질은 마력을 상쇄시키는 거지."

"그러니까 피를 묻힌 다음 찔러 넣어서 드래곤이 먹은 마력을 상쇄시킨다 이건가?"

"검이 마력을 빨아들이는 성질을 가지고 있고, 빨아들인 마력은 그녀의 피로 상쇄시키는 거지."

"그렇게 될지 안 될지. 도박이군."

붙잡힌 광기가 중얼거렸다.

쾅!

다시 소리가 들렸다. 노알이 검을 빼 들었다.

"하지. 어차피 다른 방법도 없잖아? 테레사 이런 일을 맡겨서 미안하지만."

레사는 고개를 저었다.

"아냐, 어쨌든 저게 나오게 둘 수는 없는 거니까."

그 말에 노알이 희미하게 웃었다. 그가 자신의 수하들에게 말했다.

"발검."

그러자 모두가 스르렁 하는 날카로운 소리를 내며 검을 빼 들었다. 레사는 노알과 같은 제복을 입고 있는 그들을 바라보았다.

'옛 기사단 동료······만은 아니겠지.'

코코가 말했다.

"한 곳만 구멍을 낼 게. 밑이 호수여서는 싸울 수가 없으니까."

레사는 고개를 끄덕였다. 정화하는 독이 웃으며 말했다.

"내가 땅바닥에 처박을 테니 걱정하지 마세요. 오래 살기도 오래 살았으니, 내가 먼저 시작하지."

"다음은 내가."

붙잡힌 광기가 말하자 불꽃이 이어 손을 들었다.

"세 번째는 나."

"다음은 내가."

한구석에 서 있던 후드를 쓴 가느다란 여자가— 황금물레가
말했다. 코코가 투덜거렸다.

"어째서 내가 마지막이야?"

"넌 우리 중에서 가장 어리잖아?"

정화하는 독이 말하자 코코는 얼굴을 일그러트렸다.

"삼백몇 살을 어리다고 하지는 않네."

그러며 그녀가 지팡이를 앞으로 뻗었다. 순식간에 표정이 진
지하게 변했다.

"시작할게요."

노알은 레사를 보았고 레사는 검을 한 손에 들고 고개를 끄덕
였다.

"셋, 둘, 하나."

동시에 붉은 동심원 중 하나가 사라졌다. 레사는 호수로 뛰어
내렸다. 수면이 딱딱하게 변하고, 그걸 밟는 건 꽤 기묘한 기분
이었다. 뒤이어 수호대의 기사들이 따라 뛰어내리자 구멍에서
시꺼먼 드래곤이 솟구쳐 올랐다. 그게 채 빠져나오기 전에 정화
하는 독이 조용히 말했다.

"Ё М Ю Ж"

그러자 드래곤의 뒷다리 아래가 덜컹하고 걸린 듯 빠져나오
지 않았다. 정화하는 독은 자신 안의 마력이 무시무시한 속도로
소모되는— 아니, 빨려 들어가는 탈력감을 느끼며 입술을 깨물

었다.

"으아아압!"

노알이 고함을 지르며 앞발과 날개를 퍼덕이는 드래곤을 향해 달려갔다. 레사는 그들과 반대로 움직였다. 드래곤은 이리저리 살피더니 많이 달려오는 쪽— 기사단을 향해 크게 숨을 삼켰다.

"방패!"

노알이 고함치자 모두가 한쪽 무릎을 꿇고 방패를 앞으로 해 몸을 숨겼다. 방패에서 희미한 빛이 흘러나왔다.

"쿠와아—!"

드래곤이 불꽃을 뿜어냈다. 레사는 그 불꽃의 열기에 숨을 삼켰다. 불꽃이 사그라들자 기사들은 다시 용맹하게 앞으로 전진했다. 그사이 레사는 꾸준히 드래곤 쪽으로 움직였다.

"커헉—"

정화하는 독은 피를 토해 내며 그대로 무릎을 꿇었다. 하체가 가벼워진 드래곤이 날개를 펼치자 붙잡힌 광기가 다시 드래곤을 붙잡았다. 또 덜컹하고 하반신을 묶여 드래곤은 짜증의 고함을 내지르며 달려오는 기사들을 앞발로 공격하기 시작했다.

앞발에 치여 날아가는 기사들은 작은 신음 소리 하나도 내지 않았다. 몇몇은 일어섰지만 몇몇은 일어나지 못했다. 레사는 필사적으로 드래곤을 향해 뛰다시피 달려갔다.

붙잡힌 광기가 쓰러지고 불타는 불꽃이 그 뒤를 이었다.

파앙—!

파공성이 울리며 불꽃은 뒤로 비틀거리며 물러섰다. 누군가가 마법을 때려 부순 것이다. 반탄력에 불타는 불꽃은 울컥 올라오는 피를 삼켰다. 그사이 가벼워진 드래곤이 허공으로 날갯짓을 했다.

"다 죽어버려—!"

고함 소리에 돌아보니, 떨어지는 새벽별이 죽지 않고 호숫가에 서 있었다. 번들거리는 눈은 광기로 가득 차 있었지만 창백한 얼굴과 푸른 입술을 보니 상태가 좋아 보이지 않았다. 피로 흠뻑 물든 옆구리를 붙잡고 떨어지는 새벽별은 중얼거렸다.

"죽어, 죽어. 다 죽어버려."

기사 중 한 사람이 욕설과 함께 떨어지는 새벽별의 목을 날려버렸다. 노알이 허탈하게 날아오르는 드래곤을 보았다가 소리쳤다.

"테레사!"

그 말에 모두가 고개를 들었다. 그리고 뒷발의 발톱 부근에 와이어를 감아 대롱대롱 매달려 있는 레사를 발견했다.

"맙소사."

"레사—!"

레사는 날갯짓에 불어오는 바람과 풍압에 눈을 가늘게 떴다. 매달린 것까지는 좋았는데 여기서 어찌한담?

어깨가 빠질 것 같았다. 아무래도 프레이스가 준 팔찌에는 되감기 기능은 없는 모양이었다. 있다 해도 자신의 몸무게까지 되감아 주지는 못하는 것 같고. 레사는 천천히 몸을 앞뒤로 흔들기 시작했다. 드래곤은 그제야 제 발에 뭐가 감겨 있다는 것을 깨닫고는 뒷발질을 하기 시작했다.

밑에서 비명을 질렀지만 레사의 귀에는 바람 소리밖에 들리지 않았다.

레사는 발길질의 반동까지 착실하게 이용해서 몸을 180도로 회전시켰다. 발 위에 대충 올라타자 미끄러지기 전에 필사적으로 검을 발에 찔러 넣었다. 있는 힘껏 찔러 넣었는데 예상보다 더 쉽고 부드럽게 쑥— 검이 빨려 들어가듯이 발에 박혔다.

"키에에에엑!"

드래곤이 허공에서 몸을 뒤틀기 시작했다. 잡고 있는 검 손잡이가 미친 듯이 떠는 것을 느끼며 레사는 손잡이를 더 꽉 붙잡았다.

빛과 어둠의 소용돌이가 그녀의 눈가를 어지럽혔다. 드래곤이 아래로 추락하기 시작했다.

"마법을 풀어!"

노알의 외침에 코코가 소리쳤다.

"그러면 당신들이—!"

이 호수에는 부력이 없다. 빠지면 그대로 죽게 된다.

"괜찮으니까 빨리!"

코코와 다른 마법사들이 드래곤이 딱딱한 수면에 떨어지기 전에 아슬아슬하게 마법을 풀었다.

풍덩—!

거대한 물보라와 함께 드래곤이 호수 아래로 처박혔다. 레사는 충격을 받고 신음을 흘렸다.

꾸르륵—

폐 안에서 공기가 힘없이 빠져나왔다.

빛과 어둠, 이 혼란.

꿈에서 몇 번이나 보았던 장면이다. 레사는 드래곤이 몸부림을 치며 점차 작아지는 걸 멍한 눈으로 바라보았다.

호수 표면에서 비치는 빛이 일렁였다.

빛과 어둠.

물을 먹어서일까? 아니면, 또 꿈인 걸까?

*"사랑한다, 우리 딸."*

선명하게 얼굴이 보였다. 아름답고 단정한 얼굴.

레사는 손을 뻗었다.

*"괜찮을 거야. 걱정하지 마."*

그게 누군지 레사는 깨달았다. 아니, 이미 알고 있었던 걸지도 모른다.

*"엄마도 곧 따라갈 테니까."*

'엄마.'

레사는 입을 뻐끔거렸다. 눈앞이 점점 어두워졌다.

시야의 끝에 뭔가가 반짝인다. 자세히 보니 드래곤 슬레이어였다.

'저 검…… 프레이스에게 줘야 하는데…….'

레사는 손을 뻗었다.

―뀨―?

손끝에 툭 하고 걸린 건 검이 아니라 작고 검은 생물이었다.

'고양이……? 물속에……?'

그게 마지막 생각이었다.


*            *            *


프레이스는 침대 옆 의자에서 굴러떨어질 뻔했다가 정신을 차렸다. 그는 자신의 뺨을 소리 나게 때렸다. 정신이 좀 돌아오는 것 같았다.

사흘 밤낮을 잠도 없이 침대 옆을 지키고 있으니 당연한 일이지만 피곤함이 얼굴에 가득 묻어나 있었다.

밖은 그야말로 축제의 분위기였으나, 이 방은 예외였다.

프레이스는 잠이 들어 있는 레사의 얼굴을 보았다. 잠든 얼굴은 무방비하고 상처 받기 쉬워 보였다.

"레사."

프레이스는 작게 그녀를 불렀다. 쉰 목소리가 새어 나왔다.

"제발 일어나."

예전에도 이런 적이 있었지, 응? 백작의 성 지하에서 말이야. 기억나? 그때 내가 얼마나 놀란 줄 알아? 그리고 또 봐. 넌 나를 놀라게만 하고 있어.

화내서 미안해, 다시는 너에게 화내지 않을게. 용서해 줘, 레사. 아니, 용서해 주지 않아도 되니까 제발 일어나.

쉰 목소리로 프레이스는 또다시 레사에게 끊임없이 속삭였다.

달칵—

문이 열리는 소리와 함께 에릭이 들어왔다. 에릭은 커튼이 잔뜩 처진 어두운 방 안을 바라보다가 문에 노크를 했다.

프레이스가 고개를 돌려 에릭을 보았다. 에릭이 그의 새빨간 눈을 보고 혀를 찼다.

"잠깐 눈 좀 붙여. 너 핏줄 다 터졌어."

프레이스가 양 손바닥으로 눈을 비비며 말했다.

"괜찮아."

"괜찮기는 뭐가 괜찮아? 게다가— 너 진짜 이러고 있어도 되는 거야? 레사가 만약에 깨어난다고 해도…….'

"깨어날 거야."

"아니, 지금 중요한 게 그게 아니잖아."

"깨어나기만 하면 돼. 그 뒤는 상관없어."

프레이스의 말에 에릭은 한숨을 내쉬었다.

레사가 돌아온 것은 사흘 전, 프레이스가 그녀를 내쫓은 지 나흘 후의 일이었다. 맨 처음 프레이스의 말을 듣고 에릭은 기가 차서 프레이스의 뒤통수를 때려 주기는 했지만, 그때만 해도 이런 일이 될 거라고는 생각도 못 했다.

레사는 윈스턴에게 연락이 없었고, 혹시나 해서 찾아간 미나에게도 연락이 없었다고 했다. 프레이스의 초조함은 극도에 달했다. 에릭과 윈스턴은 아직 일주일도 지나지 않았으니 걱정하지 말라고 프레이스를 다독였다.

그런데 정신을 잃은 레사 알반이― 용 기사단과 함께 돌아온 것이었다.

'용 기사단이라니…….'

에릭은 지금 생각해도 얼떨떨했다.

'아니, 솔직히 지금도 실감이 안 나지.'

전설 속의, 건국 이야기 속의 집단이 눈앞에 딱 나타난다고 해도 믿을 사람이 어디 있겠는가? 드래곤을 쓰러트린 태조와 그에게 충성을 맹세하고 함께 드래곤을 쓰러트린 기사단. 그 기사단은 드래곤의 살과 피를 마신 후에 드래곤이 다시 돌아오지 않게 감시를 하고 있다…….

……라는 이야기는 어린 시절 누구나 다 들어 본 이야기였다.

그리고 그들이 다시 돌아온 것이다. 전설 속 영웅들이.

놀랍게도 황실은 그들을 확인할 수 있는 비표를 가지고 있는 듯했고, 그들은 용 기사단이라는 것이 확인되었다.

덕분에 지금 전 제국이 축제 분위기였다. 게다가 황자의 약혼 발표까지 나면서 분위기는 절정에 달한 상황이었다.

"뀨―?"

침대 헤드에 앉아 있는 작은 고양이만 한 검은 용을 보고 에릭은 다시 한숨을 내쉬었다.

"드래곤이라니……."

그는 이마를 문질렀다.

"하여간 너 가서 좀 쉬어."

"안 쉬어."

"너 그렇게 오래 잠을 안 자면 죽어."

"레사가 일어나지 않으면 그것도 상관없어."

"레사가 일어났을 때 네가 죽어 있을까 봐 하는 말이지!"

에릭이 버럭 소리치며 성큼성큼 걸어 들어왔다.

"가서 좀 쉬어라, 내가 치면 기절할 것 같아서는."

"괜찮다니까."

"가서 주무시죠."

문가에서 들려온 날카로운 목소리에 에릭도 프레이스도 뒤를 돌아보았다. 거기에는 미나가 화난 얼굴로 서 있었다.

"어…… 안녕하세요, 레이디……."

에릭이 어물어물 인사했다. 제니의 평민 친구에서, 한순간에 용 기사단 단장의 딸이 되어 버린 그녀를 어떻게 대해야 할지 아직 감이 잡히지 않은 그였다.

미나는 에릭에게 가볍게 인사하고 침대가로 다가왔다. 그녀는 프레이스와 눈이 마주치지 않게 그의 턱쯤을 바라보며 날카롭게 말했다.

"테레사는 일어나서 당신의 얼굴을 보고 싶지 않을 테니까 나가서 주무시죠."

프레이스는 어깨를 움찔하고 떨었다.

"나는……."

그가 입을 열고 변명을 내뱉으려 했지만 미나가 채찍처럼 휙하고 팔을 들어 문을 가리키며 말했다.

"나가요! 당신이 그동안 청승 떠는 꼴은 잘 봤으니까요!"

에릭이 '어, 그건 너무 말이 심한 거 아닌가.' 하고 생각했지만 프레이스에게 잠이 필요한 건 사실이어서 입을 다물었다. 프레이스는 말없이 고개를 떨구고 자리에서 일어났다. 눈앞이 핑 돌았다. 그동안 식사도 거의 하지 않았던 것이다.

비틀거리는 그를 에릭이 붙잡았다. 프레이스가 에릭과 방을 나가는 것을 본 미나는 콧방귀를 뀌고 자리에 앉았다.

"테레사……."

미나는 울상이 되어 그녀를 내려다보다가 푹 하고 침대에 얼굴을 묻었다. 손을 뻗어 레사의 손을 미나는 양손으로 꼭 움켜잡았다. 차가운 손에 뺨을 부비며 미나가 속삭였다.

"제발, 얼른 일어나, 응? 나 진짜 무서워. 가지마, 테레사. 테레사."

엄마도 이랬다. 갑자기 쓰러지더니 창백해져서 다시는 눈을 뜨지 않았다.

미나는 공포감을 꾹 누르며 레사에게 일어나라고 속삭였다. 저 바보 같은 황자는 내가 어떻게 해 줄 테니까, 하고 열심히 말하면서.

"뀨우~"

침대 헤드에 앉아 있던 작은 드래곤이 파닥이며 침대 발치로 날아가 몸을 둥글게 말았다. 미나는 그걸 보고 작게 웃었다.

'이렇게 작은 드래곤이 있다니.'

아빠의 말에 따르면 '마력을 못 먹게 돼서 더 안 클 거야.'라나?

미나 역시 혼란스러운 상황이었다. 갑자기 아빠는 유명한 기사단의 단장이라고 하고, 자신을 대하는 사람들의 행동도 완전히 달라지고, 게다가 의지하고 있는 레사는······.

미나는 눈을 꾹 감았다.

'얼른 일어나, 레사.'

*      *      *

레사가 깨어난 것은 일주일이 꼬박 흐른 후였다.

미나의 악담에도 프레이스는 미나가 없을 때는 그녀의 옆을 지켰다. 그러다가 미나가 들어와서 샐쭉한 눈으로 그를 흘겨보면 조심스럽게 방을 떠나고는 했다.

미나는 허리에 손을 얹고 말했다.

"왜 자꾸 들어오는 거예요?"

"걱정되니까······."

아무래도 미나에게는 제대로 고개를 들 수 없는 프레이스였다.

"어차피 더 이상 테레사와 관계될 일도 없잖아요."

미나의 말에 프레이스는 시선을 돌려 레사를 바라보았다.

테레사.

그게 그녀의 이름이라는 걸 알고, 몇 번이나 그렇게 부르고 싶다고 생각했다. 하지만 부를 수 없었다.

"진짜로 테레사를 생각하면 저 난리법석 좀 어떻게 해 봐요!"

"……."

프레이스는 대답하지 못하고 고개만 떨구었다. 미나는 답답해서 가슴을 두들겼다.

"속 터져 진짜!"

"싸우지 마……."

작게 들려온 목소리에 프레이스와 미나는 흠칫했다가 휙 레사를 돌아보았다. 레사가 눈을 깜박이며 자신이 사랑하는 두 사람이 나란히 서 있는 것을 보았다. 배시시 웃으며 레사가 다시 말했다.

"왜 싸우는 거야……?"

"테레사!"

미나가 꽥 소리를 지르며 침대에 몸을 던지고 엉엉 울기 시작했다. 프레이스는 멍하니 레사를 보다가 소리쳤다.

"어의! 어의를 불러라!"

한바탕 소동이 있었던 후에 어의들이 허겁지겁 달려왔다. 여성 치료사들이 가림막을 치고 레사를 진찰했다. 금이 간 곳을 그들이 만질 때 레사는 신음을 흘렸다.

아무래도 드래곤과 함께 수면에 처박힐 때 다친 게 틀림없었다. 골절 말고는 딱히 큰 부상이 없는 게 다행이었다.

타박상이 있는 곳에 다시 붕대를 감고, 금이 간 다리에 부목을 대고 나서야 어의들이 물러났다. 레사는 가림막 위에 앉아 있는 작은 드래곤을 보고 고개를 기울였다.

"어…… 드래곤……?"

"뀨~!"

검은 드래곤이 파다닥 날아 레사의 침대에 안착해 그녀의 팔을 꼬리와 몸통으로 휘어 감으며 친근감을 표시했다. 파충류 특유의 매끄러운 비늘의 감촉은 나쁘지 않았다. 보통의 변온 동물과 달리 드래곤은 아주 따뜻했다.

"왜 이렇게 작아진 거지? 그리고 왜 여기 있는 거야?"

레사의 중얼거림에 드래곤은 "뀨?" 하는 작은 소리만 내고 눈을 깜박였을 뿐이었다. 가림막을 치우자 프레이스는 사라지고 없었다. 레사는 미나를 추궁했다.

"어떻게 된 거야? 여기가 어디야? 여기 황궁 맞아? 내가 왜 여기에 와 있는 거야?"

"그게……."

미나가 어떻게 설명해야 할지 몰라 우물쭈물하자 노알이 방 안으로 들어오며 말했다.

"그건 내가 설명할게."

"노알……."

레사는 노알을 보고 눈을 깜박였다. 그는 꼭 귀족처럼 차려입고 있었다.

"어떻게 된 거야? 노알은 그, 기사인 거야?"

노알이 미나를 바라보았고 미나가 "아." 하고 말했다.

"나 나가 있을게."

"아냐, 이건 미나도 같이 들어 줘."

노알이 한쪽에 놓인 테이블의 의자를 빼서 자리를 하나 더 만들었다. 레사는 침대에, 미나는 의자에, 노알은 스툴에 앉았다. 노알이 으음, 하고 고개를 기웃하고는 말했다.

"일단 내 이야기부터 할까…… 세계를 위협에 빠트린 드래곤이 봉인되어 있었다, 라는 건 이제 둘 다 아는 이야기지?"

미나와 레사는 고개를 동시에 끄덕였다. 노알이 피식 웃고 말했다.

"그 봉인을 지키기 위해 남겨진 게 우리 용 기사단이야. 우리 끼리는 수호대라고도 부르는데…… 하여간 오래전 드래곤의 피와 살을 나눠 마셨어. 그래서 드래곤이 죽지 않는 한 우리는 늙지 않아. 늙지 않으니까 늙어서 죽지도 않지."

그 말에 미나는 눈을 휘둥그레 떴다. 마법사에 대해서 들어 알고 있는 레사는 충격이 좀 덜했다. 그렇다고 해도 놀랍기는 마찬가지였다. 레사가 노알을 살피며 물었다.

"그러면 노알도 삼백 살이 넘은 거야?"

"뭐, 마음만은 젊다고 해 줘."

노알이 그렇게 말하고 미나를 바라보았다.

"미안, 말하지 못해서."

"어, 엄마는? 엄마도 알고 있었어?"

"응, 유지니아는 알고 있었어."

그 말에 미나는 안도해서 한숨을 내쉬었다. 노알이 레사의 팔에 엉켜 붙어 있는 드래곤을 보며 말했다.

"마법사의 말에 의하면 드래곤의 능력이 사라졌기 때문에 우리도 이제는 보통의 인간으로 돌아갈 거래. 즉, 할아버지가 될 수 있다는 말이지."

레사가 드래곤을 돌아보고 "그렇구나." 하고 고개를 끄덕였다. 미나는 새로운 사실에 아직도 심장이 콩닥거리고 있었다. 그녀가 조심스럽게 물었다.

"그, 그럼 나도 뭔가 용의 피를 받았다거나 그런 거야?"

"아냐, 미나는 평범한 아이야."

노알이 손을 뻗어 미나의 머리카락을 쓸어 넘겨주며 말했다. 미나는 그게 안심되기도 하고 왠지 아쉽기도 했다.

"그럼 그 나머지 사람들도?"

"응, 엄청 오래된 전우들인 거지."

노알이 어깨를 으쓱했다. 긴 세월을 견디지 못하고 스스로 죽음을 택하거나 의무를 저버리고 사라진 사람도 있었지만, 그것에 대해서는 언급하지 않았다.

일단 딸 앞에서 할 이야기가 아니다.

"그건 알았어. 그래서? 그 동굴에서 어떻게 된 거야? 드래곤은 — 이게 그 드래곤 맞아? 왜 작아진 거야? 왜 안 죽였어?"

"마법사들이 죽이지 말자고 하더라. 그것도 결국 자신들의 이기심 때문에 다른 세계에서 억지로 불려 온 불쌍한 생명이라나? 그것들은 하여간 고고한 척은……."

쯧 하고 노알이 혀를 찼다. 레사는 드래곤을 한 번 보았다가 고개를 끄덕였다. 노알이 다리를 꼬며 이어 말했다.

"일단 그 녀석이 먹었던 마력을 도로 다 토하는 바람에 그렇게 작아진 거라고 하더군. 마법사들이 텔레포트로 우리를 호수에서 한 명씩 건졌어. 그런데 널 건지는 게 가장 늦어져서……."

노알은 눈을 꾹 감았다. 레사에게는 텔레포트가 통하지 않는다. 그러니 건져 올려진 기사가 줄을 매고 뛰어 들어 레사를 찾아내 건져 올렸어야 했던 것이다.

심장이 멎은 레사를 건져 올려서 마법사들이 필사적으로 심장 마사지를 하고 숨을 불어넣은 끝에, 물을 토해 내며 레사가 정신을 차렸을 때는 정말로 울음이 나왔다.

'하지만 운 건 비밀.'

"깨어나도 이상이 있을 수 있다고 그러더군. 하지만 무사해 보여서 진짜 다행이야."

노알이 안도의 한숨을 내쉬며 말했다. 레사는 자신의 손발을 움직여 보고 기억을 더듬어 본 뒤 고개를 끄덕였다.

"딱히 안 좋은 곳은 없어."

"그래. 그리고……."

노알이 헛기침을 하고 레사를 진지하게 마주 보았다.

"네 출생에 대해서도 할 이야기가 있는데……."

"내 출생?"

"어, 그러니까 레사 넌 고대 왕국 사람이야."

"……어?"

레사는 당황해 눈을 크게 떴다. 내가? 고대 왕국?

"그러니까…… 그 후손이라는 말이야?"

조심스럽게 되묻자 노알이 고개를 흔들고 말했다.

"그게 아니라, 난 잘 모르지만 고대인들은 특수한 능력이 있었어. 피가 짙은 왕족일수록 더욱더. 네 안티 매직도 그 특질이고. 그리고 네 어머니도 그런 능력이 있었대."

노알이 손을 깍지 꼈다.

"나도 마법사들에게 들은 거야. 일단 난 용 기사단이기는 했지만, 고대 왕국의 왕족과의 관계는 없었거든."

그러니까 너에 대해 알지만 말하지 않았던 게 아냐.

노알이 그렇게 말해 레사는 고개를 끄덕였다. 노알은 마법사들에게 들은 이야기를 간단하게 정리해서 말했다.

"네 어머니의 능력은 시공간을 뛰어넘는 능력이었다는군. 나도 정확히는 몰라. 그래서 네 어머니는 널 무너지는 부유 왕국에서 멀리 떼어 놓은 거지. 그렇게 멀리 떼어놓을 생각은 아니었을 거야. 내 생각에는 아마 계산 미스가 아니었나 싶어."

"그랬구나……."

레사는 멍하니 중얼거렸다가 웃었다.

"엄마 꿈을 꿨어."

"어?"

노알은 놀라 고개를 들었다.

"항상 꿈을 꿨는데 어떤 꿈인지 잘 몰랐거든. 그런데 이번에 자면서 말이야…… 뚜렷하게 얼굴을 봤어. 예쁘고 상냥하게 생긴 사람이었어. 그리고 날 보고 사랑한다고 말해 줬어. 걱정하지 말라고, 괜찮다고."

노알은 그 말에 희미하게 웃었다.

"그랬구나."

"응."

레사는 얼굴을 살짝 이상하게 찡그리며 웃었다.

"결국 안 좋은 시절을 겪기는 했지만 말이야. 그래도 지금은 괜찮으니까. 노알을, 유지니아를, 미나를 만났으니까. 그리고……."

프레이스를 만났다.

레사는 웃었다. 노알이 그녀를 보고 다시 웃고 말했다.

"그래서 넌 신분 높은 사람이라는 거야."

"어?"

"황궁에 아직 있더군. 피의 옅고 짙음을 알아보는 구슬이 말이야. 그걸로 확인해 본 결과 넌 아주 높은 사람이라는 걸 알게 되었지. 짙은 피가 흐르는."

"그, 그렇구나."

"그래서 황궁에 머무르게 된 거야."

"……높은 사람이라니……."

실감이 안 난다. 노알이 어깨를 으쓱하며 말했다.

"전에 네가 고민했잖아. 신분 때문에."

"엇."

'기억하고 있었어?' 하는 눈으로 레사가 노알을 보았다.

"너무하네. 내가 널 딸같이 생각한다고 말했었잖아. 그래서
음— 이제 황자랑 결혼해도 무리 없는 신분이라는 거야. 그런
데……."

미나가 흥 하고 말했다.

"테레사의 의향과는 상관없이 황제가 약혼을 발표해 버렸잖
아!"

"약호온—?!"

레사는 자리에서 풀쩍 뛰어오를 만큼 놀랐다.

"약혼? 내가? 누구랑?"

"황자랑."

미나가 불퉁하게 뱉은 말에 레사는 엇, 하고 미나를 보았다가
확 하고 얼굴이 붉어졌다.

"진짜? 프, 프레이스도 찬성한 거야? 나, 난."

프레이스에 대한 질문은 꺼내지도 못했다. 그가 자신을 어떻게

볼지 두려웠으니까. 그런데 이렇게 갑작스럽게 약혼이라니…….

어안이 벙벙해진 레사였다.

"프레이스인지 뭔지 하는 사람도 반대는 딱히 안 하던데."

미나가 다시 말해서 레사는 무릎을 움켜쥐었다. 심장이 두근 두근 뛰었다.

"프레이스는…… 아직도 화가 많이 나 있어? 괜찮아? 그러고 보니까 아까 본 것 같은데……."

"멀쩡한 놈이면 감히 여기 못 들어오지. 얘기 다 들었어! 혼자 오해하고 혼자 날뛰었다면서? 레사를 차기까지 했다며!"

미나가 팔짱을 끼며 흥분을 토해 냈다.

레사가 어색하게 웃으며 말했다.

"오해는 아니지…… 내가 프레이스를 속인 건 사실이니까……."

"아이참, 너랑 베렛 경이랑 사귄다고 오해한 거였대!"

미나는 에릭과 제니를 통해 들은 이야기를 화가 나서 털어 놓았다. 감히, 감히 레사가 바람을 피웠다고 생각하다니. 도저히 용납할 수가 없었다.

대체 테레사를 뭐라고 생각한 거야?

황자를 향한 존경심 같은 건 땅에 떨어진 지 오래였다. 하지만 그것도 이제 와서—자신의 신분이 높아지고 나서— 부릴 수 있 는 사치 같은 분노라는 것도 미나는 잘 알고 있었다. 하지만 마 음껏 부릴 수 있는 사치이니 물러설 생각이 없었다.

"나랑 윈스턴이??"

입을 떡 벌리는 레사를 보고 미나가 옳다구나 하고 이어 말했다.

"그래! 널 뭐라고 생각한 거겠어!"

"그, 그럼 내가 여자인 건······?"

"그거야 얼씨구, 좋구나겠지! 황제가 부랴부랴 약혼시킨 걸 봐봐."

"그, 그렇구나······."

"그, 그렇구나가 아니야, 테레사. 지금 화내야 할 때라니까?!"

"하지만······."

기쁜걸.

레사가 입 안으로 웅얼거리는 그것을 미나가 못 알아챌 리가 없었다. 미나가 입을 떡 벌리고 가슴을 쾅쾅 두들길 때 노알이 쓰게 웃으며 말했다.

"뭐······ 문제가 있는 것 같기는 하지만 말이야."

"문제?"

레사가 노알을 바라보았다. 노알이 헛기침을 하고 말했다.

"네 약혼자 말이야."

"어? 어어······."

약혼자라는 말에 레사의 뺨이 발그레해졌다. 노알이 기묘한 표정으로 그걸 보다가 말했다.

"애버릿 일 황자야."

"······어?"

레사는 얼빠진 얼굴을 하며 저도 모르게 되물었다. 노알이 협탁에 기대어 관자놀이를 문지르며 말했다.

"애버릿 황자라고. 난 잘 몰랐는데, 아무래도 네가 좋아한다는 쪽은 그쪽이 아닌 것 같아서."

"아니야!"

레사는 빽 고함을 질렀다.

"어, 어떻게? 어떻게 된 거야?"

"그건 내가 아니라 황자나 황자의 측근에게 물어보는 게 좋을 것 같다."

노알이 그렇게 말하며 자리에서 일어나 레사의 어깨를 두들기며 말했다.

"하여간 깨어나서 진짜 다행이다. 너 일주일 동안 누워 있는 거 보면서 나도 죽는 줄 알았어. 천천히 몸을 회복시키는 것만 생각해. 그다음은 그다음에 생각하자, 응?"

노알의 말에 레사는 느리게 고개를 끄덕였다. 머릿속이 멍했다.

애버릿이 내 약혼자라고?

프레이스는? 거기에 대해서 어떻게 생각할까?

미나는 넋이 나간 레사를 걱정스러운 표정으로 바라보았다. 노알이 나가고 레사를 침대에 눕힌 미나가 그녀에게 이불을 덮어 주며 말했다.

"자고 나면 괜찮아질 거야."

아냐, 전혀 괜찮지 않아.

레사는 그렇게 생각하며 눈을 감았다.

\*     \*     \*

레사는 호들갑스러운 시녀들의 시중을 다 물렸다. 신발 하나까지 신겨 주려는 그 열정은 고맙다기보다는 부담스러웠다. 황실에서 준비했다는 치렁치렁한 드레스는 예뻤다.

'예쁘기는 하지만……'

불편해.

레사는 자신이 본래 입던 제복을 돌려받고 싶은 심정이었다. 미음으로 시작한 식사가 죽으로 올라갔을 때쯤 방문자가 있었다.

"안녕, 약혼녀님."

레사는 눈을 찌푸리고 자리에서 일어나 꾸벅 인사를 했다.

"일 황자님."

애버릿은 평소와 마찬가지로 생글생글 웃고 있었다. 레사는 드디어 이 진상에 대해서 말해 줄 누군가가 왔다는 것에 집중하기로 했다.

"앉으시죠."

레사가 자리를 권해서 애버릿은 소파에 앉았다. 레사가 그 맞은편에 도로 앉으며 물었다.

"차라도 드시겠습니까?"

그래도 그사이에 보고 배운 것은 있었다.

애버릿이 싱긋 웃었다.

"그럴까?"

레사가 설렁줄을 당겨 시녀를 불러 차를 시키자 애버릿이 주변을 둘러보고 말했다.

"사람이 적네."

"지나치게 달라붙어서 말입니다."

"달라붙어?"

"네, 마치 절 손가락 하나 까닥하는 것조차 스스로 할 수 없는 무능력자로 만들려고 하는 듯한 달라붙음이랄까요."

줄줄 이어지는 말에 애버릿은 눈을 동그랗게 떴다가 웃음을 터트렸다.

"맞아, 하하. 그런 느낌이지, 응."

애버릿이 웃음을 누르며 덧붙였다.

"그리고 다들 죽을 때까지 자신이 그런 무능력자라는 것도 몰라. 죽을 때도 시종들에게 둘러싸여서 죽거든."

"아하."

과연, 하고 레사는 고개를 끄덕였다. 이든은 애버릿의 뒤에 시립해 있었는데 속으로 약간 놀라고 있었다.

아니, 일단 레사가 여자라는 것에서도 놀랐고, 그녀의 정체에 대해서도 놀랐고, 마지막으로 황제가 그녀를 주군의 약혼녀로 발표했을 때도 놀랐기 때문에 더 이상 놀랄 것도 없다고 생각하는 중이었는데—

'의외로······.'

두 분이 잘 맞으시는 거 아닌가?

게다가 레사 역시 예전에 봤을 때와 달리 표정이 훨씬 더 생기가 있었다. 머리는 여전히 여자라고 하면 무참할 정도로 짧지만, 그래도 귀를 덮을 정도로는 자라 있었다.

잠시 후 시녀가 들어와 차와 간단한 다과를 내려놓고 물러났다.

애버릿이 설탕을 집어 들며 물었다.

"설탕은?"

"제가 넣겠습니다."

"마음대로."

애버릿은 자신의 잔에만 설탕을 넣었다. 레사는 새하얀 설탕을 진중한 얼굴로 하나, 둘, 셋, 넷. 모두 네 개를 넣었다. 애버릿이 약간 질린 얼굴로 물었다.

"너무 달지 않아?"

"안 그러면 무슨 맛으로 마시는지 잘 모르겠거든요."

레사가 그렇게 말하고는 잔을 들어 후후 불어 마시기 시작했고 애버릿은 헛웃음을 흘리며 자기 몫의 차를 마셨다.

레사가 입을 대는 둥 마는 둥 하고 잔을 내려놓은 뒤 애버릿을 똑바로 바라보았다.

"일단 제가 그쪽과 결혼하지 않을 거라는 건 아시겠지요."

이든은 헛바람을 삼켰고 애버릿은 미소 지었다.

"그래?"

"네."

"결혼 안 하면?"

"억지로 결혼을 시킨다면 도주라도 할 생각입니다."

"그건 곤란한데."

"제 의사와 상관없이 결정된 일이니까, 저도 상대의 곤란 역시 상관없습니다."

"너무하네."

웃고 애버릿은 툭툭 잔 가장자리를 두들겼다.

"왜 폐하가 너와 나를 약혼시켰는지 알아?"

"제가 사실은 높은 신분이었다는 이야기를 들었습니다. 실감은 잘 안 나지만요."

레사의 말에 애버릿이 고개를 끄덕였다.

"내 어머니가 후궁이라는 건 알고 있지?"

레사는 고개를 끄덕였다.

"그러니까 내 배우자는 혈통이 중요하거든. 종마 같은 거지."

"황자님!"

이든이 소리쳤다. 애버릿이 어깨를 으쓱했다.

"상대가 예의 차릴 생각이 없는데 내가 예의를 차려 줄 필요는 없잖아."

"그런—"

애버릿의 말에 레사가 놀라 말했다.

"그, 제가 마음을 상하게 해드렸다면 죄송합니다. 제가 배우지 못해서 예의범절 같은 걸 잘 몰라서…… 음, 배우기는 했지만 화법은 아직 영 익숙하지가 못해서 말이죠."

레사의 말에 애버릿이 다시금 웃었다. 레사는 생각했다.

'화가…… 난 건가? 아닌 건가?'

그녀의 경험상 저런 부류의 사람이 가장 위험했다. 차라리 프레이스처럼 폭발하는 쪽은 낫다. 하지만 화가 났는지 아닌지, 슬픈지 아닌지 구별할 수 없는 사람이 더 무서웠다. 저러다가 싱글싱글 웃으며 푹 하고 아무렇지도 않게 사람을 찌르기 때문이었다. 레사는 온 신경을 곤두세웠다.

"별로 화나지 않았어. 혈통 때문에 골치 아프다고는 생각해도. 하여간 그러니까 혈통이 좋은 네가 내 아내가 되면 내 약점이 메워지는 거야."

'이해했어?' 하는 얼굴로 애버릿이 자신을 보아 레사는 고개를 끄덕였다.

"왜 제가 필요한지 이해했습니다."

"그리고 넌 어떻게 보면 황실 사람이나 마찬가지니까. 황실의 가장 큰 어른은 지금 황제 폐하고. 우리 둘을 약혼시켜도 전혀 거리낌이 없으신 분이라는 거지."

애버릿이 차를 느긋하게 마셨다. 레사는 표정이 싹 사라진 채로 그의 다음 말을 기다렸다.

"너와 내 약혼이 발표되면서 내가 황제가 되는 쪽으로 기울었다고 보면 돼. 이제 내가 황태자가 되는 발표가 나는 것만 기다리고 있는 상황이지."

그 말에 레사는 "그런가요." 하고만 대답했을 뿐 어떤 반응도 보이지 않았다. 지극히 정치적인 묵비권 행사의 모습이라 애버릿은 감탄했다.

"그럼 제가 약혼하지 않겠다고 하면 애버릿 님도 곤란해지시는 거군요."

"응, 매우."

"하지만 전 당신과 결혼하지 않을 겁니다."

"도돌이군."

애버릿이 한숨과 함께 말했다.

"사실 나도 너와 결혼하고 싶지 않아. 하지만 황제가 되는 게 그 길뿐이라면— 아, 아니면 드레곤 슬레이어가 나타나든가— 하여간 다른 선택지가 없어."

드래곤 슬레이어.

레사는 정신이 번쩍 들었다. 분명히 그 호수 속에 가라앉을 때 그 검을 보았다. 누군가가 건져 냈거나, 아니면 그 호수 아래에 있지 않을까?

"프레이스는요?"

"경칭 없이 이름으로 부르는 거야?"

놀리듯 하는 말에도 레사는 눈썹 하나 까닥하지 않았다. 결국 애버릿이 한숨과 함께 말했다.

"계속 자신의 궁에서 두문불출."

"알겠습니다."

레사는 고개를 끄덕였다. 애버릿이 잔을 비우고 자리에서 일어나며 말했다.

"도망갈 생각은 하지 마."

레사가 고개를 들어 그를 보자 애버릿이 으쓱했다.

"노알 경도 그렇고, 미나도 그렇고, 모처럼 잘 살게 됐는데 말이야."

"……."

레사는 침묵했고 애버릿은 싱긋 웃었다.

"그럼 몸조리 잘하고 있어, 나중에 선물을 보낼 테니까."

레사는 자리에서 일어나 자신의 방을 나가는 그를 배웅했다. 응접실의 소파에 앉아 레사는 생각에 잠겼다.

'프레이스는 이미 나에게 정이 떨어진 건가?'

그래서 날 만나러 오지 않는 걸까? 더 이상 날 사랑하지 않아서? 하지만 내가 일어난 날에는 분명히 있었잖아?

레사는 자리에서 일어나 이리저리 응접실을 헤매고 돌아다니기 시작했다.

'안 되겠어.'

이렇게 고민만 하는 것은 성미에 맞지 않는다. 게다가 프레이스가 보고 싶었다. 무척, 무척, 무척이나.

'만나러 가자.'

레사는 생각을 굳혔다.

프레이스는 멍하니 천장을 바라보고 있었다. 며칠 내내 두문 불출한 결과, 수염이 자라 있었고, 머리는 더벅머리가 되어 있었 다. 식사도 하는 둥 마는 둥 해서 에릭과 윈스턴이 멱살을 잡고 —윈스턴은 잡지 않았지만— 정신 차리라고 해댔지만 여전히 멍 한 상태였다.

달카닥—

잠긴 창문 고리가 열리는 소리가 작게 났다. 그리고 창문이 열 려 차가운 바람이 밀려들어 왔다. 동시에 방 안을 가득 채우고 있는 수면 향이 조금 빠져나갔다. 프레이스는 창문 쪽으로 시선 을 돌렸다. 어두운 인영이 창문 안으로 들어오는 것이 보였다.

프레이스는 여전히 꿈쩍도 않고 그것을 바라보았다. 그 그림 자가 불면과 수면 향 때문에 오는 환각인지 사실인지 구별이 되 지 않았다.

"이렇게 수면 향을 잔뜩 피워 두고—"

못마땅한 목소리에 프레이스는 세차게 심장이 뛰었다. 그가 뻑뻑한 눈을 깜박였다. 발소리도 없이 상대가 소파로 다가왔다.

"레사……?"

"또 불면증이십니까?"

레사의 목소리에 프레이스는 왈칵 눈물이 날 것 같아 손으로 눈을 가렸다가 내렸다.

"아, 네가 진짜 보고 싶은가 보다. 이런 환상도 다 보고. 하지만 그래도 좋아. 계속 곁에 있어 줘, 뭔가 말해 줘."

"괜찮으십니까?"

레사는 이제 살짝 걱정이 되었다. 프레이스가 히죽히죽 웃으며 말했다.

"수면 향에 이런 기능이 있는지는 몰랐는데. 아니면 잠을 못 자서 내가 정말로 미친 건가? 하지만 이렇게 미치는 건 환영이야. 더 말해 봐, 응? 레사, 레사."

프레이스가 레사를 향해 손을 뻗었다가 멈췄다. 이대로 만졌다가 환영이 사라지면 어쩌나 하는 걱정이 앞섰다.

레사는 그 손을 마주 잡았다. 그녀가 눈을 찌푸렸다.

"차가운데요."

평소와 달리 그녀에게조차도 프레이스의 손이 차갑게 느껴졌다. 레사가 다른 손을 뻗어 프레이스의 이마를 눌렀다.

"춥지 않으십니까? 이제 보니 벽난로도ㅡ"

프레이스가 레사의 손을 잡으며 "따뜻하네." 하고 중얼거렸다.

"진짜 같아."

"진짜입니다."

레사는 대답하고 벽난로의 불을 피우려 했지만 프레이스가 뒤에서 그녀의 허리를 끌어안았다. 레사는 윽 하는 짧은 소리를 내고 뒤를 돌아보았다. 허리에 이마를 대고 숨을 몰아쉬는 프레이스를 보자 온몸에 힘이 빠지는 것 같았다.

그녀가 느리게 몸을 돌리고 프레이스의 머리를 쓰다듬으며 말했다.

"진짜라니까요."

"그래, 그래."

"프레이스."

레사가 결국 참지 못하고 그의 양 뺨을 붙잡아 자신의 얼굴을 보게 시켰다. 수면 향에 취한 벌어진 동공을 똑바로 보며 레사가 말했다.

"진짜라고요. 환상 같은 게 아니란 말입니다."

"……레…… 사……?"

그제야 실감이 나는 듯 프레이스가 더듬더듬 그녀의 이름을 불렀다.

"네."

대답하며 레사가 희미하게 웃자 그제야 프레이스는 정신이 번쩍 들었다.

진짜 현실의 레사다.

"어, 어떻게—"

"몰래 창문을 타고 내려왔습니다. 이 정도는 가벼운 운동 정도지요."

그 말에 프레이스는 입을 벌렸다. 레사가 자신을 끌어안은 그의 팔을 풀며 말했다.

"일단 불을 좀 피우겠습니다. 왜 이렇게 방을 춥게 하고 계시는 겁니까."

프레이스는 레사가 벽난로에 불을 붙이는 것을 지켜보았다. 성냥을 던져 넣자 파앗 하고 착화제에 불이 피어오르며 석탄과 나무를 태우기 시작했다. 빛과 함께 온기가 퍼지자 프레이스는 몸을 부르르 떨었다.

'진짜 레사다.'

프레이스는 멍하니 그 생각을 머릿속에서 다시 한 번 반복했다. 벽난로를 등지고 선 레사는 꼭 그녀에게서 빛이 뿜어져 나오는 것처럼 보였다.

"이쪽으로 앉으세요."

레사가 의자를 난롯가에 가져다 놓으며 말했다. 프레이스는 명령에 반응하듯 자리에서 일어났지만 비틀거렸다.

"프레이스."

레사가 놀라 달려와 그를 잡았다. 레사는 그를 부축해서 의자에 앉혔다. 그리고 담요를 가져다가 그에게 덮어 주었다. 프레이스가 타오르는 불꽃을 바라보았다.

석탄이 루비처럼 시뻘겋게 달아오르고 나무가 탁탁 소리를 내며 불꽃을 이리저리 흔들었다.

"네가…… 올 줄은 몰랐어……."

침묵 끝에 프레이스가 먼저 입을 열었다.

레사가 불꽃 때문에 붉게 보이는 그의 얼굴을 바라보다가 말했다.

"이제 절 보기 싫으십니까?"

처음에는 그렇다고 생각했다. 하지만 프레이스이 반응을 보아서는 그게 아닌 것 같았다. 그래도 확인은 해 봐야 한다.

레사는 확신을 원했다.

그 말에 프레이스가 휙 고개를 돌렸다.

"아냐!"

"그럼 왜 절 찾아오지 않으셨나요?"

프레이스가 신음을 내뱉고 말했다.

"네가 깨어난 후로 난 네 면회가 금지됐어. 그리고…… 네가 날 더 이상 보고 싶어 하지 않는다고 들었어."

"제가요?"

놀라 레사가 눈을 깜박였다.

"그래. 이제 내가 싫어졌다고, 만나고 싶지 않다고 그랬다고……."

"안 그랬습니다!"

레사가 낮은 목소리로 소리치듯 말하자 프레이스가 눈을 깜박이더니 머리카락을 흐트러트리고 양손으로 얼굴을 감쌌다.

"그랬군."

낮은 목소리가 손가락 사이에서 새어 나왔다.

"대체 누가 그런 소리를 한 겁니까?"

레사가 눈을 찌푸리며 말했다. 프레이스가 한숨을 내쉬었다.

"그냥……."

"그냥이요?"

레사는 프레이스의 얼버무리는 대답에 '대체 누구길래?'라고 했다가 낮게 되물었다.

"미나인가요."

"……."

대답이 돌아오지 않았다. 레사는 이마를 눌렀다.

"미나군요."

대체 미나가 왜 그런 말을 했을까?

레사가 고민하는데, 프레이스가 머뭇머뭇 손을 뻗어 왔다. 레사는 반사적으로 그 손을 쥐었다. 프레이스가 속삭였다.

"그럼 날 용서해 주는 건가?"

"프레이스가 날 용서해 주면요."

"그야—"

하고 프레이스는 쓰게 웃었다가 레사의 손을 당겨 손등에 키스하며 말했다.

"미안, 그런 오해해서 미안해. 내가 잘못했어. 널 때려서도 안 됐는데……."

"그건, 확실히 저도 속였으니 맞을 만한 짓을 한거였죠. 용서해 드리겠습니다."

대답하고 레사가 웃었다. 천천히 프레이스의 초록 눈에 빛이 다시 돌아오기 시작했다. 프레이스가 낮게 속삭였다.

"네가 날 더 이상 사랑하지 않는다고, 미워한다고 생각하니까 죽을 것 같았어."

"저도요."

레사는 안도가 되었다. 프레이스가 휙 하고 그녀의 팔을 잡아 당겼다. 레사가 "엇?" 하며 앞으로 넘어지듯 해서 프레이스의 다리에 앉은 꼴이 되었다.

"레사, 레사. 진짜 레사다."

자신을 끌어안고 하는 말에 레사는 웃어버렸다.

"진짜예요. 그럼 진짜죠."

"응."

그리고 잠시 후 프레이스는 자신이 푹신한 곳에 머리를 대고 있다는 것을 알았다. '보통 때는 프로텍터 때문에 딱딱했을 곳인데……?' 하고 생각했다가 순식간에 얼굴에 열이 올랐다.

'하지만 고개를 들고 싶지는 않은 이 기분.'

그렇게 생각하며 여전히 머리를 레사의 가슴에 묻고 있는데 그녀의 손이 그의 뺨을 어루만졌다.

"게다가 꼴이 이게 뭡니까? 면도도 하지 않으시고."

"충격이 너무 컸거든."

프레이스는 어두워서 다행이라고 생각하며 말했다. 레사가 작게 웃는 울림이 전해져 왔다. 그게 너무 사랑스러워서 프레이스는 가슴이 미어졌다. 어째서 이렇게나 행복한데 눈물이 나올 것 같은 걸까?

레사가 머리를 쓰다듬는 손길이 기분 좋아 그는 눈을 감았다.

레사는 한참 그러고 있다가 작게 말했다.

"프레이스, 제 약혼 말인데요……."

말하고 나서 레사는 깨달았다.

'잠들었구나.'

고르게 호흡이 오르내리는 걸 보고 레사는 작게 한숨을 내쉬었다. 계속 잠을 못 잔 것 같더니만. 프레이스는 진짜로 죽은 듯이 잠들어서 레사가 끙끙거리며 그를 침대로 옮기는 동안 깨어나지도 않았다.

레사는 동트기 전까지 그의 옆을 지키다가 자리를 떴다.

*　　*　　*

레사는 미나를 앞에 두고 있었다. 밤을 새워서 피곤하기는 했지만, 할 이야기는 해야 했다.

"미나."

"응?"

"나에게 뭐 할 말 없어?"

"아니, 없는데."

미나가 고개를 저었다. 그걸 보고 레사는 가슴이 아팠다.

'왜 몰랐지?'

그동안 왜 눈치채지 못하고 있었을까?

미나의 눈 밑에는 옅은 그늘이 드리워져 있었고 피부는 윤기가 없었다. 레사는 '날 간병하느라 힘들었구나.' 하고 생각했던 과거의 자신이 한심했다. 그녀는 입을 열었다.

"미나."

"으, 으응?"

"말해."

"뭐, 뭘 말이야?"

"누구에게 무슨 이야기를 들은 거야? 왜 프레이스에게 거짓말을 했어?"

레사가 말하자 미나는 거짓말을 들켰다는 수치심에 얼굴이 확 붉어졌다가 다시 창백해졌다.

"그, 그건, 나, 나는."

"미나 리스키."

레사가 다시 속삭였다.

"알아, 네가 항상 내 걱정을 해 주는 걸. 하지만—"

"아냐!"

미나는 소리쳤다. 레사는 말을 멈췄다. 미나의 눈에서 눈물이 뚝뚝 흘렀다. 그녀의 눈에 담긴 건……

'공포?'

순식간에 레사는 피가 식었다.

"미나? 괜찮아? 왜—"

레사는 깨달았다. 깨닫자 그녀의 목소리가 낮고 달콤해졌다.

"미나, 괜찮아. 말해. 말해 봐. 누구야? 누가 우리 미나를 괴롭

혔어? 못 살게 굴었어? 응?"

미나는 흑흑 거리며 고개를 좌우로 저었다.

"괜찮아. 아무도 몰라. 언니에게만 살짝 말해 봐. 응? 누구야?"

미나는 훌쩍이며 레사의 품에 푹 안겼다. 웅얼거리는 그 속에서 레사의 좋은 귀는 단어를 딱 짚어냈다.

"폐, 폐하가……."

답을 듣자 레사는 분노로 열이 확 오르는 것을 느꼈다. 안 그래도 멋대로 약혼이다 어쩐다 했던 데다가 프레이스의 적이라는 것까지 알고 있는데, 이제 미나를 협박해?

감히?

"그래. 뭐라고 그러시디?"

"그, 그냥, 레사가 결혼하지 않으면…… 아빠도, 레사도 다 주, 죽, 인다, 흐흑―"

"그래, 그랬구나. 우리 미나가 많이 힘들었겠네."

레사는 미나의 등을 토닥이며 속으로 노알을 욕했다. 아니, 딸이 이렇게 힘든데 아버지라는 놈팽이는 어디서 뭘 하고 있는 것인가?

미나는 레사의 품에서 흐느껴 울었다. 고작 열네 살짜리 소녀가 가지기에는 너무 무섭고 큰 비밀이었던 것이다.

'황제라는 놈이 이런 어린 여자애나 협박하고.'

레사는 속으로 혀를 끌끌 찼다.

레사는 미나를 끌어안고 달랬다. 레사는 웃어 보이고 미나의 눈물을 옷소매로 닦아 주며 말했다.

"괜찮아. 미나, 이제 괜찮아. 내가 다 알아서 할게."

"어, 어떻게 하려구?"

"방법이 있어. 걱정하지 마. 정 안 되면 셋이서 다 같이 도망갈까?"

레사의 말에 미나가 젖은 눈으로 레사를 보다가 힘껏 고개를 끄덕였다. 이런 화려한 생활보다 마음 편한 생활이 좋았다.

"그래, 나랑 노알이랑 미나 하나 먹여 살리는 게 어려울까."

그 말에 미나가 말했다.

"나랑 테레사가 아빠 하나 먹여 살리는 게 어려울까."

그 말에 레사는 웃었고, 미나 역시 설핏 웃었다.

'다행이다.'

너무 늦게 눈치채지 않아서 다행이었다. 이런 식의 협박과 그로 인한 거짓말은 사람을 좀먹는다.

레사가 말했다.

"이거에 대해서 노알에게도 말했어?"

미나는 도리도리 고개를 저었다.

"노알에게도 이야기해."

"하지만……."

"괜찮아. 노알에게 세상에서 가장 소중한 건 너니까."

나보다도 더 소중할걸.

그 말은 접어 두고 레사는 미나에게 다짐을 받아 냈다. 결국 미나는 노알에게도 말하겠다고 약속했다. 마음의 짐이 덜어지자 미나의 얼굴은 놀라울 정도로 밝아졌다.

미나를 내보내고 레사는 침대로 향했다.

'잠깐만 눈을 붙이고.'

다시 프레이스를 만나러 가서 이번에는 좀 이야기를 해야지.


레사는 기척에 퍼뜩 눈을 뜨고 침대에서 굴러 바닥으로 척 착지했다. 그녀가 창문을 보고 입을 벌렸다.

"프레이스?"

프레이스는 매우 곤란한 얼굴로 잠겨 있는 레사의 창문을 툭툭 두들겼다. 그녀는 후다닥 달려가 창문을 열었다. 프레이스가 안으로 들어오며 말했다.

"대체 제대로 된 발판도 없는 곳을 어떻게 내려온 거야?"

"여기저기 잡을 곳은 많은데요."

레사의 말에 프레이스는 꿀 먹은 벙어리가 되었다가 한숨과 함께 말했다.

"이제 위험하니까 내려오지 마. 내가 올라올 테니까."

"필요하다면 제가 내려가기도 하겠죠."

한마디도 지지 않고 하는 말에 프레이스는 기가 찼다. 레사가 프레이스를 위아래로 훑어보고 말했다.

"멀쩡해지셨군요."

"어…… 사실 어제가 꿈이 아닌가 하기도 했는데."

프레이스가 주머니에서 팔찌를 꺼내서 레사의 팔에 도로 채워주며 말했다.

"아니더라고."

면도도 하고, 씻어서 말끔해진 프레이스를 보자 레사는 마음이 놓였다. 아직 살짝 야위어 있기는 하지만 그 정도는 하루 이틀 잘 먹으면 회복되리라.

프레이스가 주변을 둘러보고 말했다.

"사람이 없네."

"제가 사람 많은 걸 싫어해서요."

"나도 그래."

프레이스의 말에 레사는 눈을 들어 그를 마주 보고 웃었다. 프레이스는 눈을 마주치고 이야기하는 것, 이 좋은 것을 잊어버리고 있었다고 생각했다.

프레이스가 창틀에 기대서서 레사를 보았다. 레사는 갸웃하고 물었다.

"왜 그러십니까?"

"레사."

"네."

"레사."

"네."

"그 본래 이름 불러도 돼?"

본래 이름?

갸웃했다가 레사는 깨달았다.

"아, 네. 물론입니다."

"테레사."

프레이스가 자신의 이름을 부르자 레사는 소름이 돋았다.

'이분 목소리가 이렇게 좋았나?'

지나치게 여성적이라서 썩 마음에 들지 않았던 이름이, 지금은 세상에서 가장 감미롭게 들려왔다.

"테레사."

단순히 이름이 아니라, 그 한마디가 세상의 모든 것처럼 느껴지도록 프레이스는 그렇게 자신의 이름을 불렀다. 프레이스가 한 걸음 다가와 레사는 움찔했다. 그가 그녀의 어깨를 부드럽게 잡고 속삭였다.

"테레사, 테레사 알반."

등줄기가 오싹오싹했다. 숨결이 귓바퀴에 닿을 때마다 손끝까지 저릿했다.

"사랑해."

속삭이는 그 말에 레사는 숨을 삼키고 프레이스를 올려다보았다. 프레이스는 웃고 있었다. 그 눈이 아주 다정하고 엄청나게 소중한 것을 보는 듯해서, 레사는 눈빛으로 사람이 녹을 수 있다면 진즉에 자신은 녹아 버렸을 거라고 생각했다.

레사는 프레이스가 기다리고 있다는 것을 곧 깨달았다. 그녀는 손을 뻗어 프레이스의 셔츠 자락을 붙잡았다. 필사적으로 혀를 뗀 레사는 말했다.

"저도 사랑해요."

잘 전했을까? 내 목소리도 프레이스가 말하는 것처럼, 전부를 내건 것처럼 들렸을까?

확신할 수가 없어서 레사는 다시 말했다.

"사랑해요, 사랑해요, 사랑―"

프레이스가 입술을 겹쳐왔다. 뒷목을 감싸는 크고 따뜻한 손이 기분 좋았다. 입술만 겹치는 키스인데도 다리가 후들후들 떨려 왔다. 프레이스가 이어 그녀의 목덜미에 키스할 때 레사는 떨리는 숨을 토해 냈다.

"테레사."

그가 잔뜩 굶주린 어조로 이름을 불러, 레사는 그의 굶주림이 뭐든 전부 다 채워 주겠다는 생각마저 들었다. 멍하니 프레이스를 바라보는데 프레이스는 잠시 멈췄다가 천장을 보고 다시 레사를 보았다.

"일단 얘기를 하자."

"네? 아, 네네."

그제야 레사도 정신이 돌아왔다. 심장이 아직도 두근거리고 있었다. 레사는 가슴에 손을 얹고 진정하려고 노력하며 말했다.

"그러고 보니, 미나 말인데요."

"추궁하거나 한 건 아니지?"

프레이스의 걱정스러운 어투를 레사가 날카롭게 캐치했다.

"알고 계셨습니까?"

"어?"

"미나를 협박한 게 폐하라는 것을요."

프레이스는 어깨를 늘어트리고 말했다.

"지금 확실히 확인했네."

"대체 왜 그분은……!"

"절대 날 황제로 만들고 싶지 않으니까."

프레이스가 씁쓸하게 웃으며 말했다. 레사가 말했다.

"그럼 어떻게 하죠? 야반도주라도 해야 할까요?"

"그건 싫어."

프레이스가 말하며 콧등을 찡그렸다.

"넌 세상에서 가장 좋은 것들을 가질 자격이 있어, 테레사 알
반."

"그런 문제가 아니잖습니까."

"저기 지금 좀 감격해 줘도 되는데."

그 말에 레사가 뻘쭘하게 대답했다.

"좀 기쁘기는 했습니다만."

"그렇군."

프레이스가 히죽 웃었다가, 한숨을 내쉬며 표정을 지우듯 얼
굴을 문질렀다.

"하여간 애버릿이나 폐하 측에서는 절대로 너라는 패를 내놓
지 않을 거야."

"애버릿 님에게 들었습니다."

"……그래?"

"네, 상황을 설명해 주시더군요. 그러면서— 검이라도 있다면 다를 거라고 말씀하셨습니다."

"검?"

"드래곤 슬레이어 말입니다."

"아."

"그게 어디 있는지 저는 알 것 같은데……."

프레이스의 눈이 번득였다.

"드래곤 슬레이어가?"

"네, 지하 유적의 호수 아래에…… 아마 위치는 노알이 알 겁니다."

"리스키 경이?"

프레이스는 흐음 하고 "네가 한번 물어봐 주겠어?" 하고 어깨를 으쓱했다.

"아무래도 나와는 그렇게 연이 없는 사람이니까."

"네, 그러죠."

레사는 고개를 끄덕였다. 프레이스는 "검이라……." 하고 생각에 잠겼다.

확실히 황제가 되면 모든 문제가 해결되기는 하지.

"프레이스."

"음?"

"저, 그리고 또 말해야 할 게 있어요."

그 말에 프레이스가 의아한 얼굴을 하자 레사가 손을 꿈지럭 거리며 말했다.

"혹시 윈스턴에게 들으셨을지도 모르겠지만, 그 프레이스의 체질에 관한 건데……."

"아."

프레이스의 '아.'에 레사는 말을 멈추고 힐끗 그를 보았다. 저 건 무슨 '아.'일까. 이제 생각났다는 뜻? 아니면 몰랐다는 뜻?

프레이스가 헛기침을 하고 말했다.

"음, 그런 이유로 너를 안지는 않을 거야."

"하지만……."

한시라도 빨리 그 체질을 벗어나야 하는 게 아닐까?

"일이 끝나고 나서. 그건 그때 다시 얘기하자."

프레이스의 말에 레사는 자신이 안도한 건지 아니면 실망한 건지 모르겠다고 생각하며 고개를 끄덕였다.

프레이스가 창문 아래를 힐끗 보고 말했다.

"그럼 이만 가 볼게. 아, 참."

휙 프레이스가 돌아서서 주머니에서 작은 상자를 꺼냈다. 프 레이스가 민망한 얼굴로 말했다.

"정식은 아냐. 임시야. 임시지만 그래도 너에게 주고 싶었어. 네가…… 음, 받아 줄 생각이 있다면 말이야."

상자를 내밀었지만 레사가 받지 않자 프레이스는 뚜껑을 열었다. 거기에는 투명한 푸른색 보석이 박힌, 가느다란 반지가 들어 있었다.

"임시야."

프레이스가 다시 한 번 못 박았다. 레사는 상자를 향해 손을 뻗지 못하고, 그 눈부신 반지를 바라보기만 했다. 프레이스가 안절부절못하며 되물었다.

"역시 좀 작지? 미안, 좀 더 제대로 된 걸로—"

"아니에요. 딱 좋아요."

레사가 고개를 휙휙 저으며 말했다. 손에 걸리적거리는 큰 장식이 없는 게 오히려 좋았다. 그것까지 자신을 배려한 것이라는 걸 알 수 있었다. 걸림이 하나도 없는 매끄러운 세공에 레사는 크게 숨을 들이켰다. 프레이스는 레사의 말에 조심스럽게 반지를 집어 들어 재빠르게 그녀의 손가락에 끼웠다.

사이즈가 딱 맞는 것을 보고 프레이스는 속으로 안도의 한숨을 쉬었다.

"예뻐요……."

레사의 말에 프레이스가 미소 지었다.

"마음에 든다니 다행이야. 지금은 그거지만 나중에는 더 좋은 걸로 해 줄게."

"이걸로도 충분히 마음에 드는 걸요."

"내가 마음에 안 차거든."

프레이스는 레사가 '임시 반지'를 받아줘서 다행이라고 생각하고는 가볍게 그녀의 이마에 키스한 후 창문으로 내려가 빠져나갔다. 레사는 그가 아래로 내려가는 걸 심장을 졸이며 지켜보았다. 무사히 자신의 방 창문으로 들어가는 것을 보도 안도하며 레사는 창문을 닫았다.

'반지라니…….'

생각도 못 했다.

레사는 얼른 촛불 아래로 달려가 반지를 비춰 보았다. 반짝이는 네모난 보석이 세상 무엇보다도 더 아름다워 보였다.

그녀는 손을 꼭 잡았다.


노알은 망토의 브로치를 빼내며 한숨을 내쉬었다.

이제 슬슬 황제의 광고용 인사가 되어 주는 것도 지겨워지고 있었다. 몇 번이나 되풀이되는 드래곤을 잡았을 때의 무용담은 자신의 입에서 되풀이될 때마다 닳아 빠지는 느낌이었다.

같은 기사단의 얼마 남지 않은 동료들은 반반인 것 같았다. 기분만은 용사의 자리에 올라간 듯 지금 이 상황을 즐기거나, 아니면 자신처럼 염증을 느끼거나.

'적당한 놈에게 자리를 물려줄까.'

삼백 년간 지켜 온 단장직은 이미 자신의 옷 같은 것이라 벗는다는 것이 어색했다. 하지만 그편이 좋을 것 같다는 생각도 들었다.

이제 슬슬 충성이니 서약이니 하는 것에 신물이 난다고 해야 하나.

'하지만 미나가……..'

자신의 딸을 생각하면 수도 귀족의 삶을 누리게 해 주는 게 좋지 않은가 하는 것이었다. 노알은 한숨을 내쉬었다.

'유니, 나 진짜 네가 너무너무 필요한데.'

홀아비의 무게감은 어째 줄어들지가 않는다. 미나를 의무 때문에 방치하다시피 키웠고, 그런 만큼 딸에게는 죄책감이 있는 노알이었다.

"아빠?"

들려온 작은 목소리에 노알은 피곤함을 지우고 돌아섰다.

"안녕, 우리 딸."

"잠깐 얘기할 수 있어?"

"물론이지."

"그게……."

미나의 이야기가 이어질수록 노알은 표정을 유지하기가 힘들었지만, 끝까지 화내지 않고 이야기를 들을 수 있었다.

"그랬구나. 얘기해 줘서 고마워."

"이제…… 어떻게 되는 거야?"

미나의 얼굴에 걱정이 가득해서 노알이 커다란 손을 그녀의 머리 위에 올렸다.

"걱정할 거 없어."

"……아빠가 하는 일은 걱정돼."

"그거 너무한데."

노알은 웃었다.

"음, 미나는 어때? 여기 좋아?"

노알의 화려한 방 안을 둘러보며 말하자 미나가 손을 뻗어 노알의 손을 잡으며 말했다.

"아빠랑 같이 있어서 좋아."

노알은 그 말에 눈물이 울컥 나올 것 같은 것을 누르고 미나를 끌어안았다.

"그래, 그럼 계속 같이 있자. 걱정 마. 아빠가 테레사랑 이야기해 볼게."

"응."

테레사와 이야기한다는 말에 미나의 음성이 훨씬 가벼워진 걸 알아채고, 노알은 아버지의 권위를 살려야 하나 고민했다.

'뭐, 권위보다는 친근감이 더 좋은가.'

노알은 그렇게 생각하고 딸의 이마에 키스해 주었다.

항상 보지만, 항상 느끼는 걸 다시금 되새기면서.

'언제 이렇게 자랐을까?'

하는 생각을.

노알은 이튿날 일정을 전부 취소하고, 레사를 찾아갔다. 그와 레사의 면회는 자유로웠다.

"노알."

노알이 히죽 웃으며 비뚜름하게 레사를 보았다.

"항상 생각하는 건데 너 그 하늘하늘한 옷 진짜 어색하다."

"나도 어색해. 무엇보다도 불편해."

"그래도 예쁘기는 해."

"그건 나도 그렇게 생각해."

레사가 고개를 끄덕여 동의했다. 차가운 차를 두 잔 주문하고서, 시종이 차를 나르자 주변 사람을 싹 물렸다. 레사의 기척을 감지하는 능력은 여전히 쌩쌩했기에, 그녀는 아무도 없는 걸 확인했다.

"얘기 들었어."

"그랬구나. 노알, 그 호수 말이야. 다시 찾아가고 싶은데."

"그 호수를?"

"응, 거기에 검이 있는데 그 검이 있으면 이 상황을 타개할 수 있을지도 몰라서."

그 말에 노알이 턱을 문지르며 말했다.

"거기 무너졌어."

"어?"

"천장이며 벽이며 다 무너져서 빠져나가는 데 엄청 고생했어. 마법사들이 펑펑 부서트리지 않았으면 못 나왔을걸? 그 호수에 뭐가 있든 가지고 나오는 건 무리야."

"그럴 수가……."

한 가닥 있던 희망이 사라져 레사는 힘이 쭉 빠졌다. 그녀가 신음을 내며 머리를 싸매는데 노알이 말했다.

"난 도주도 생각하는데."

"나도 최악은 염두에 두고 있어. 하지만……."

두 사람은 얼굴을 마주 보고 동시에 쓰게 웃었다.

미나 리스키.

그 아이에게는 둘 다 최선의 것을 주고 싶은 것이었다. 노알이 어깨를 으쓱하며 말했다.

"하지만 그렇게 얻은 걸 걔는 기뻐하지 않을 거야."

"응, 그것도 알아."

레사가 뿌듯하게 웃었다. 노알과 레사가 '우리 애가 참 착하죠.' 하는 생각을 하고 잠시 흐뭇해했다. 노알이 한숨을 내쉬고 몸을 의자에 푹 기대며 말했다.

"네 말이 맞았어, 테레사."

"응?"

"백금화 7개라니, 멀쩡한 일일 리가 없지."

그 말에 레사는 저도 모르게 웃음을 터트렸다.

*　　*　　*

클리프랜드 공작은 어둠 속에서 불도 켜지 않고 앉아 있었다.

애버릿이 황제가 될 것이다.

그 개잡놈 년들의 아이가.

증오는 솟구치지 않았다. 깊은 물의 표면은 항상 잠잠하다. 그 아래에 격랑이 일고 있을 뿐이지. 클리프랜드 공작은 오히려 머릿속이 차가워지는 걸 느꼈다.

*—오라버니.*

어둠 속에서 그는 희끄무레하게 떠오른 환영을 보았다.
아름답고, 사랑스러운 내 하나뿐인 여동생. 루아.

*—오라버니, 추워요.*

"그래."

*—여기는 너무 외로워요.*

"그래."
환영인 것을 알지만, 그래도 이게 실재가 아니라는 법은 어디 있단 말인가? 그는 점점 더 표정이 어두워지는 여동생을 보자 가슴이 찢어지는 것 같았다. 아니, 이미 그 애가 저 차가운 무덤에 묻혔을 때 찢어졌다.
지금 남아 있는 것은 잔해일 뿐이지.
공작은 몸을 일으켜 초에 불을 붙였다. 그제야 희미한 빛이 방 안을 비췄다. 그러나 여동생의 환영—루아의 모습은 여전히 어둠 속에 서 있었다. 이제 그가 무슨 일을 하는지 알고, 기대한다는 듯 희미한 미소까지 띤 채로 말이다. 걱정하지 말라는 표시로 공작은 그녀에게 싱긋 웃어 주었다.

그가 설렁줄을 당기자 곧 시종이 들어왔다.

"폐하가 보낸 초대장에 답장을 보내야겠다. 펜과 종이를 가져오거라."

"네."

자이안이 보낸 초대장은 기쁜 경사를 기념해서 가족끼리 식사를 하자는 초대장이었다. 원하는 날짜를 말해 달라고 하는, 황제가 보냈다고 하기에는 파격적인 제안까지 담겨 있었다. 하지만 공작은 알았다.

자신의 승리를 그곳에서 만끽하고 싶은 것뿐이다.

곧 시종이 펜과 질 좋은 종이, 잉크를 준비해 왔다. 금촉으로 공작은 유려한 글씨를 써 내려갔다. 초대에 매우 감격, 감사하며 저는 폐하의 부름이 있다면 언제든지 찾아갈 테니 날짜를 알려 달라는 정중한 답장이었다.

공작의 평소 문장보다 더 정중한 답장이라 황제가 받는다면 '이놈도 이제 내 앞에 무릎을 꿇는군.' 하고 기뻐할 만한 문장이었다.

한 번의 고침도 없이 동판으로 찍어낸 듯한 문체로 글을 쓴 공작은 잉크가 마르기를 기다려 편지를 접어 밀랍으로 봉했다.

시종이 정중하게 들고 온 은쟁반에 편지를 떨어뜨리자, 시종이 허리를 숙이고 뒷걸음질로 물러났다. 클리프랜드 공작은 생각했다.

오랫동안 이어져 온 공작가의 전통을.

공작은 반짝이는 페이퍼 나이프를 촛불에 비춰 보았다.

'절대로 용납하지 않을 것이다.'

공작은 그렇게 생각하며 나이프를 탁자에 올려놓았다.


애버릿은 모피 망토를 연결한 금줄을 어루만지며 말했다.

"대단하군, 이런 시기에 가족끼리 만찬이라니."

이든이 조심스럽게 말했다.

"이런 시기이니 더욱 그러시는 거겠지요."

애버릿으로 추가 완전히 기운 상황이었다. 귀족들은 누구나 애버릿이 승자라고 말한다. 심지어는 벌써부터 애버릿을 '황태자 전하' 하고 부르는 무리도 있었다.

바로 애버릿에게 한 소리를 듣고 입을 다물기는 했지만 말이다.

겨울 저녁의 공기는 청명했다. 애버릿은 하늘을 힐끗 올려다보았다. 화려한 겨울 성좌가 오늘따라 더 반짝이고 있었다.

애버릿이 성큼성큼 걷기 시작하며 이든에게 말했다.

"'이런 시기니까'라니…… 이런 자리로 가족 화합이라도 도모한다고 생각하는 거야? 그냥 폐하께서는 승리관을 클리프랜드 공작 앞에서 흔들고 싶으신 것뿐이야. 평생 억눌려서 살아왔다고 생각하시는 분이시니."

이든은 당황해 주변을 둘러보았다. 애버릿은 혼자 움직이는 걸 좋아해서, 오늘도 호위는 자신 하나뿐이었다. 시종은 없었지만 그래도 저런 이야기를 하는 건 불안했다.

"황자님, 그런 이야기는……."

이든이 목소리를 낮춰 속삭이자 애버릿이 어깨를 으쓱하며 말했다.

"뭐 어때? 게다가 내 약혼녀는 도망가 버릴지도 모르는 상황이고."

"그건……."

이든도 거기에 대해서는 할 말이 없었다.

"약혼녀인 건지 죄수인 건지."

애버릿이 중얼거렸다. 그녀의 방 앞에는 경비병 여럿이 지키고 있고, 드나들거나 만나는 사람은 전부 자신과 폐하에게 보고된다. 물론 한밤에도.

그녀와 방문자의 대화를 엿듣게도 시켰는데, 레사는 귀신같이 알아내고 엿듣는 자를 쫓아내고는 했다. 그래서 이번에는 목소리를 녹음한다는 마법 도구를 사용했는데, 재미있게도 레사의 목소리는 녹음되지 않았다.

고대인의 피에 무슨 힘이 있는 거라고, 아버지는 기뻐했지만.

애버릿은 한숨을 내쉬었다. 물론 자기 아내가 자신을 사랑한다는 꿈을 꾸지는 않았다. 하지만 자신이 원하는 건 최소한 신뢰를 가진 비즈니스 파트너지, 첫날밤에 묶어 놓고 강간해야 할 듯한 여자는 아니었다.

그런 행위는 원하지도 않을뿐더러, 심지어 남동생의 여자이지 않은가?

'골치 아파.'

애버릿이 그렇게 생각하는데 저쪽 길에서 걸어오는 인영이 보였다. 시종인가 하고 이든이 애버릿을 잠시 멈춰 세웠는데 나타난 것은 천만뜻밖의 사람이었다.

"클리프랜드 공작?"

"오, 애버릿 황자님 아니십니까. 만나 뵙게 되어 기쁩니다. 만찬장으로 가시는 길이신가요?"

클리프랜드 공작이 허허 웃으며 다가와 인사를 했다. 이든은 저도 모르게 긴장했다. 애버릿은 그런 그의 긴장을 아는지 모르는지 웃으며 말했다.

"어쩐 일로 혼자 다니고 있는 거요?"

"나이가 드니 사람들을 몰고 다니는 것도 귀찮아져서요. 그리고 오늘은 겨울밤치고는 좋은 날씨로군요. 바람도 불지 않고."

"그렇지."

"왜 애버릿 황자님이 걸어 다니시는지 알 것 같습니다. 만난 김에 함께 가시죠."

"그러지."

애버릿은 스스럼없이 대답하고 걷기 시작했다. 애버릿과 클리프랜드 공작이 나란히 섰기 때문에 이든은 반걸음 뒤에 서서 신경을 잔뜩 곤두세웠다.

클리프랜드 공작이 주머니에 손을 넣거나 하기라도 하면 그는 당장에라도 튀어 나갈 듯 근육을 팽팽하게 조였다.

"걷는 것도 나쁘지는 않군요."

"건강을 위해서도 괜찮다오."

"하하— 늙은이에게 일침을 가하시는군요."

"무슨 말을. 공작은 아직 정정하지 않소?"

"아니, 슬슬 아들에게 작위를 물릴 때지요…… 저도 늙었습니다."

"답지 않게 약한 소리를 하는군."

둘은 그렇게 지극히 정치적이고 온건한 대화를 나누며 만찬장까지 도착했다. 둘이 동시에 도착하자 대기하고 있던 시종도 놀란 듯 움찔했지만 곧 능숙하게 망토와 옷가지를 받아 들었다.

"공작 저하, 검을."

시종이 양손을 내밀며 말하자 클리프랜드 공작은 자신의 허리에 찬 검을 별말 없이 풀어 주었다. 이든은 그제야 안심이 되는 것 같았다.

만찬장은 화려하게 꾸며져 있었다. 가족끼리 가지는 조촐한 식사 자리라기보다는 승전보를 가져온 장군에게나 어울릴 장식들이었다. 프레이스가 먼저 도착해 있어 두 사람이 들어오는 걸 보고 자리에서 일어났다.

"프레이스."

애버릿이 싱긋 웃자 프레이스가 가볍게 고개를 숙였다.

"애버릿, 그리고 숙부님."

클리프랜드 공작은 프레이스에게 건성으로 인사를 했다. 누가 봐도 애버릿에게 친밀한 모습을 보이는 공작이었다. 프레이스는 애버릿의 황위 계승 확률이 높아졌다고 바로 줄을 바꾸는 공작을 보니 기묘한 기분이었다.

불쾌감이라기보다는…….

그가 고개를 갸웃하는데 이어 문이 열리고 레사가 들어왔다. 프레이스는 멍하니 레사를 바라보았다. 정식으로 드레스를 입은 레사는, 레사는, 그러니까.

입 안이 바싹바싹 마르는데 애버릿이 다가가 손을 내밀었다.

"약혼녀님."

레사가 그 손을 붙잡자 애버릿이 손등에 키스했다. 그것만으로 프레이스는 애버릿을 살해하고 싶다는 충동이 치밀어 올랐다. 하지만 눈이 마주친 레사가 자신에게 웃어 보이자 그 생각은 어디론가 사라졌다.

아니, 모든 생각이 사라졌다.

프레이스는 모두가 자신을 바라보고 있다는 것을 깨달은 후에야 허둥지둥 레사에게 손을 내밀어 그녀의 손등에 키스해 인사했다.

"아름답습니다, 레이디."

나온 칭찬은 형편이 없어서 프레이스는 자신이 부끄러워졌다.

"감사합니다."

하지만 레사는 세상에서 가장 달콤한 찬미를 들은 듯 눈을 반짝이며 인사를 했다. 시종들이 둘 사이의 묘한 기류를 눈치채고도 남았을 때쯤 마지막으로 황제와 릴리안이 입장했다.

자리를 배석 받아 앉아 있던 모든 사람이 자리에서 일어났다.

황제가 말했다.

"안타깝게도, 릴리안의 부친은 몸이 안 좋아 함께하지 못한다고 했네. 양해를 부탁하네."

"송구합니다, 폐하."

릴리안이 대신 사과하자 자이안이 고개를 저었다.

"아닐세. 자, 다들 자리에 앉게. 준비한 음식이 마음에 들면 좋겠군."

식사 자리는 어색했다.

아니, 겉으로는 어색하지 않았다. 하지만 주변 사람들은 불편했다. 황제는 끊임없이 클리프랜드 공작을 긁어댔고, 공작은 웃음으로 답했다.

애버릿은 이런 상황에서 음식을 싹싹 비우는 레사를 보며, 다시 한 번 감탄했다.

레사 역시 이 분위기를 모르는 것은 아니었다. 하지만 그게 자신의 식사와 무슨 관계란 말인가?

'먹을 건 먹을 수 있을 때 먹어 둬야지.'

게다가 음식은 맛이 있었다. 프레이스는 여전히 담담하게 입 안으로 음식을 집어넣는 레사를 보자 피식 웃음이 흘러나왔다.

정말 깜짝 놀랄 정도로, 자신에게 보여 주는 얼굴이, 행동이, 모습이, 어투가 변했다고 생각되었다가도 이런 상황에서의 모습을 보면 또 그대로다.

에버릿은 그녀의 배짱에 '좋은 비즈니스 파트너가 되겠는데.' 하고 생각했지만 곧 그 생각을 버렸다.

'이 상황에서는 안 되겠지.'

그사이 술이 몇 순배 돌았다. 술이 돌수록 자리는 침묵에 잠겼고, 목소리 높여 떠드는 것은 황제뿐이었다. 릴리안조차 입꼬리에 경련이 일어나는 게 아닌가 싶을 정도로 황제의 발언은 점점 더 도가 지나치기 시작했다.

"예전 황후는 조신하지도 못했지, 응."

"폐하, 너무 와인을 드신 게 아닐까요?"

옆에서 릴리안이 걱정스럽게 묻자 자이안이 그런 릴리안의 다리를 두들기며 말했다.

"뭘, 걱정할게 뭐 있어? 더 이상 참지 않고 말해도 되지. 솔직히 말해 보시오, 공작. 응? 여동생을 너무 떼쟁이로 키웠다고 생각하지 않소?"

"보는 관점에 따라 다르겠지요."

공작의 말에 쯧쯧 하고 자이안이 혀를 차며 고개를 저었다.

"그런 식으로 공작이 감싸니까, 더 제멋대로 되었던 거요. 지 애미를 닮아서, 아들놈도 저 모양이지."

거기에는 레사도 나이프를 멈칫했다. 프레이스는 아까부터 계속 무표정한 얼굴을 지키고 있었다. 웃는 사람은 자이안과 공작, 그리고 릴리안뿐이었다.

릴리안의 말에도 자이안은 계속해서 술을 거나하게 마시며 나중에는 전 황후에게 하는 말이라고 보기엔 폭언이라고 할 만한 말까지 내뱉었다. 결국 참지 못한 릴리안이 자리에서 일어나며 말했다.

"폐하, 이만 자리를 파하시죠. 너무 취하셨습니다."

"그, 그런가."

"그러시는 게 좋겠습니다."

애버릿이 딱딱한 목소리로 거들어 자이안은 비틀거리며 자리에서 일어났다. 릴리안이 시종을 불렀다.

"폐하를 부축하거라."

"아니, 아니, 내 매제를 시키지."

자이안이 불콰해진 얼굴로 웃으며 말했다. 분위기가 다시 냉각되었다. 시종에게나 시킬 일을 공작에게 시키다니. 하지만 공작은 말없이 다가갔다.

그리고 황제를 조심스럽게 부축했다. 그러자 황제가 비틀거리더니 "어?" 하는 이상한 소리를 냈다. 모두가 황제가 자신의 목을 긁으며 땅바닥을 구르기 전까지는 무슨 일인지도 깨닫지 못했다.

"아버지!"

놀라 뛰쳐나온 것은 프레이스였다. 뒤로 밀려난 클리프랜드 공작은 무표정하게 그 광경을 바라보았다. 이어 레사가 번개처럼 움직였다. 도저히 그 치렁치렁한 드레스를 입고 움직였다고는 믿기 어려웠다. 그녀가 애버릿에게 다가간 공작의 팔을 뒤틀었다.

"레사?!"

놀란 애버릿이 소리치자 레사가 말했다.

"반지를 조심하십시오."

"반지?"

"독침이 붙은 반지입니다."

"이든!"

애버릿의 외침에 이든이 후다닥 달려가 공작의 양 손목을 잡고 바닥에 처박았다. 레사는 혀를 찼다. 애버릿이 다시 외쳤다.

"암살자다! 어의를 불러라! 당장!"

"커흑, 커흐흑, 리, 리릴―"

자이안은 피 거품을 물고 경련을 일으키며 자신의 아내를 불렀다. 눈과 코에서도 피가 흘러나왔다. 입술과 손톱은 푸르게 변색되어 가고 있었다.

끔찍한 모습이었다.

프레이스가 저도 모르게 릴리안을 바라보았다. 릴리안은 불타는 듯한 눈으로 죽어 가는 자이안을 바라보았다.

그녀의 얼굴이 경련하듯 짧게 움직였다.

"저는 여기 못 있겠군요."

딱딱한 얼굴로 말하고 릴리안은 고개를 돌렸다. 적어도 그녀
의 어조에 슬픔이 묻어 있지 않다는 건 누구나 다 알 수 있었다.
그걸 보고 공작은 이든의 밑에서 폭소를 터트렸다.

"봐! 저 여자는 널 사랑하지 않았어! 만약에 여기에 루아가 있
었다면! 아하하하하하!"

광기에 찬 웃음소리가 만찬장을 채웠다.

"해독제를 내놔라!"

이든이 소리쳤지만 공작은 웃기만 할 뿐이었다. 레사가 조치
를 취해 보려고 했지만 소용없었다.

곧 자이안의 몸이 푹 늘어졌다.

제국 황제의 죽음이라고 하기에는 지나치게 극적이며 동시에
지나치게 초라한 죽음이었다.

애버릿이 신음을 내뱉었다. 프레이스는 시체에서 손을 뗐다.
간발의 차이로 달려온 병사와 치료사들이 만찬장 안으로 뛰어
들어왔다.

치료사들은 이미 숨이 끊어진 황제의 곁에 앉아 필사적으로
이것저것을 하려는 시늉을 취했지만, 죽은 자의 목숨이 다시 돌
아올 리는 없었다.

결국 한 사람이 일어서서 고개를 숙였다.

"폐하께서 승하하셨습니다."

침묵이 만찬장을 감돌았다. 모두가 두 명의 황자를 위태한 눈으로 번갈아서 바라보았다.

애버릿이 느리게 말했다.

"폐하께서 서거하셨다. 조기를 올려라. 그리고 반역죄로 클리프랜드 공작을 감옥에 가둬라. 그리고 클리프랜드 영지와의 경계로 파발을 보내라. 각료들을 전부 두들겨 깨워서 소집해. 그리고 각 영지에도 파발을 보내. 반란이 일어났다고 전해라."

마지막으로 애버릿이 프레이스를 바라보며 말했다.

"프레이스 황자는 자신의 방에 연금시키도록."

"애버릿 님!"

레사가 소리 질렀으나 프레이스가 손을 들어 그녀를 만류했다. 프레이스의 얼굴 역시 창백해져 있었다.

"알겠습니다."

프레이스의 대답에 애버릿이 고개를 까닥했다.

전 각료가 소집된 것은 그로부터 딱 1시간 후의 일이었다.

\*      \*      \*

도무지 믿을 수가 없다.

프레이스는 그렇게 생각하며 멍하니 흔들리는 불꽃을 바라보았다. 연금이라고 해도, 황자라 배려를 한 것인지 방 안까지 병사를 붙이지는 않았다.

'숙부님이 폐하를……'

프레이스는 한숨을 내쉬었다. 불꽃이 바람이 흔들렸다.

도저히 이성과 논리로는 이해할 수 없는 일이다. 자신도 예전이라면 이해하지 못했을 것이다. 테레사를 만나기 전이라면.

'하지만 지금은 이해할 수 있어.'

클리프랜드 가문의 사람들이, 광적으로 누군가를 사랑하는 게 특징이라면, 자신은 테레사를 그렇게 사랑하는 거겠지.

하지만 문제는 지금 그게 아니었다.

'내 숙부인 공작이 반역을 일으켰다는 게 문제지.'

아마 그걸 빌미로 당장에 자신의 목 역시 효수해 버리자는 이야기가 돌고 있을 것이다.

애버릿에게 단숨에 황위가 기울어졌다. 자신은 거기에 방해물일 뿐이다. 심지어 해치우기 좋은 조건까지 갖춰졌다. 황제 살해로 그냥 자신만 처벌받고 끝날 리가 없으니 클리프랜드 가문은 지금쯤 반역의 기치를 들고 있을 가능성이 컸다.

클리프랜드 공작가는 황실만큼 오래되었고, 재력도, 무력도 만만치 않았다. 공작가를 섬기는 가신들 역시…….

'곤란해졌군.'

프레이스는 쓰게 웃었다.

이대로는 도주하는 것도 불가능할 것이다. 황궁에서, 기사들의 엄중한 감시 아래 있는 사람을 도망시키는 건 쉬운 일도 아닐

뿐더러, 그랬다가는 테레사도 잡혀 죽게 될 가능성이 높았다.

"안녕."

갑자기 들린 목소리에 프레이스는 퍼뜩 고개를 들었다. 거기에는 레사가 서 있었다. 아니, 레사가 아니라……

"……테사……?"

얼빠진 프레이스의 목소리에 테사는 웃었다. 그녀의 모습이 흐물흐물해지나 싶더니 곧 은발의 늘씬한 미녀로 변했다. 프레이스는 낮게 말했다.

"마법사로군."

"그렇지. 테사라고 속여서 미안해."

코코가 한쪽 치맛자락을 잡고 인사하며 말했다.

"무슨 일이지?"

"이걸 전해 주러 왔지."

코코가 품에서 긴 천 뭉치를 꺼냈다. 다가와 테이블 위에 그걸 내려놓고 코코는 뒤로 물러났다. 열어보라는 듯 턱짓을 해서 프레이스는 천을 풀고 헛숨을 삼켰다.

"드래곤 슬레이어……."

그가 침음을 흘리며 검을 쓰다듬었다. 코코가 말했다.

"테레사가 부탁했거든."

그 말에 프레이스가 번쩍 고개를 들었다. 코코가 희미하게 웃고 말했다.

"그게 있으면 네가 황제가 될 수 있다고 하면서 찾게 되면 자신에게 달라고 했는데. 지금 가보니까 너에게 직접 전해 달라고 하더군."

"테레사를 만났어? 그녀는 괜찮은가?"

"응, 당장에라도 뛰쳐나갈 것 같지만, 잘 참고 있어. 그리고 전해 달라는데― '무슨 일이 있어도 함께할 겁니다.'라고."

그 말에 프레이스는 힘없이 웃었다. 코코가 검을 바라보며 말했다.

"사실 되찾은 건 예전인데 이쪽도 여러 가지 일이 있어서⋯⋯."

죽은 마법사들의 장례를 치르고, 앞으로의 일에 대해 여러 가지 이야기를 나눴다.

코코는 한숨을 내쉬고 말했다.

"다시는 이런 일이 없을 거야."

"마법사의 말은 신뢰하지 않아."

코코가 눈썹을 추켜올리자 프레이스가 태연하게 대꾸했다.

"인간의 말을 믿지 않거든."

"아아."

그런 의미라면야.

코코는 고개를 끄덕여 인정하고는 스르륵 어둠 속으로 녹아들듯 사라졌다. 프레이스는 그녀가 사라진 자리를 한참을 응시했다.

여전히 마법사란 그에게 좋지 않은 기분을 남겼다.

'하지만⋯⋯.'

검은 진짜다. 게다가 테레사의 지인이니 이게 환영 같은 이상한 것도 아니겠지.

'그나저나 테사도 가짜였다니.'

테레사와 길고 긴 이야기를 해야겠다고 생각하며 프레이스는 손끝으로 검집을 툭툭 두들겼다. 머릿속이 바쁘게 회전했다.

하지만 답은 딱 하나밖에 나오지 않았다.

왜냐면 그가 원하는 것 역시 단 하나였기 때문이었다.


애버릿은 프레이스가 독대를 원한다는 말에 "이든은 있어야 한다고 전해."라고 했다. 그리하여 이든도 함께 두 형제는 만남을 가지게 되었다.

프레이스는 애버릿의 열 걸음 앞에서 멈춰 섰다. 검을 뽑아도 닿지 않는 거리였다. 애버릿이 물었다.

"묻고 싶은 게 상황이라면 클리프랜드 가문이 반란을 일으킨 게 맞아. 현재 그쪽 영지 중에 이미 둘이 함락된 모양이야. 그쪽 가신들에게 연줄이 없나? 멍청한 짓 하지 말고 좀 멈추라고 말하게."

애버릿의 말에 프레이스는 픽 웃었다.

"내 말을 들어주면 좋겠는데, 다들 숙부님의 충실한 종인지라…… 아, 아닌 사람도 몇 명 있었던 것 같은데. 그런 사람들은 나보다 네가 더 잘 알겠지."

애버릿이 어깨를 으쓱했다.

"그야 그렇지만 그런 사람들은 날 믿지는 않거든. 그래서? 이 이야기 들으려고 만나자고 한 건가?"

"아니. 부탁할 게 있어서."

"부탁?"

애버릿이 고개를 갸웃했다. 프레이스가 자신이 들고 들어온 천 뭉치를 들어 보이며 말했다.

"시종이 다행히도 가지고 오는 걸 허락해 주더라고."

그가 단숨에 천을 벗겨냈다. 드러난 검신을 보고 이든은 숨을 삼켰고 애버릿의 눈은 날카로워졌다.

"드래곤 슬레이어…… 찾아도 나오지 않더니. 역시 공작이?"

프레이스가 고개를 저었다.

"공작이 가지고 있었다면, 진즉에 나에게 줬겠지."

"그건 그래."

애버릿은 쉽게 인정했다.

"그래서?"

애버릿은 검을 바라보며 말했고 프레이스가 말했다.

"검을 줄 테니 테레사와 파혼해 줘."

"……뭐?"

애버릿은 자신이 잘못 들었나 했다. 프레이스가 다시 말했다.

"검이 있으면 네 정통성에도 문제가 없는 거잖아? 테레사와 결혼할 필요가 없어."

"그건 그렇지만……."

이 상황에서 구걸해야 할 건 다른 거 아닌가? 네 목숨이라든가?

프레이스는 대답하지 않는 애버릿을 보다가 천천히 무릎을 꿇으며 말했다.

"부탁하는 자세가 잘못되었다고 하면, 이렇게 부탁하겠습니다. 테레사와 파혼해 주십시오."

애버릿은 자신의 앞에 무릎을 꿇은 프레이스를 바라보았다. 누군가가 억지로 무릎을 부러트리지 않는 이상은 못 볼 광경이라고 생각했는데.

"알았어."

애버릿은 저도 모르게 대답했다. 그가 이든에게 턱짓하자 이든이 프레이스에게 다가가 검을 받았다. 프레이스가 자리에서 일어나며 말했다.

"그리고 이건 제안인데."

"뭔데?"

"날 선봉으로 내보내."

"……."

애버릿의 눈이 가늘어졌다.

"어머니의 친척들을 반역죄로 도살하겠다고 하는 거야?"

"그런 셈이지. 욕은 내가 실컷 먹을 테니까 상관없지 않아? 다시는 정치적으로 돌아올 수 없겠지만 난 돌아오고 싶지도 않아."

"네가 날 배신하지 않는다는 건 어떻게 알지?"

"테레사를 남겨 두고 갈게."

"……."

애버릿은 침묵하다가 물었다.

"널 선봉으로 내보내면서 내가 주변 사람들에게 널 사지로 몰아 죽이라고 할 거라는 생각은 안 해?"

심지어 그런 말을 하지 않아도 그렇게 해석할 여지가 있다. 과잉 충성해서 뒤에서 프레이스를 검으로 찌르는 사람이 나올 가능성이 컸다.

"죽지 않을 거야."

프레이스가 대답했다. 애버릿은 그 대답이 정말 허술하다고 생각했다.

"그렇게 그 여자가 좋아?"

저도 모르게 묻는 말에 프레이스는 애버릿을 보고 미소만 지어 보였다. 그걸 보자 애버릿은 자신이 절대로 가지지 못할 뭔가를 프레이스는 가졌다는 걸 알게 되었다.

"……부럽네."

저도 모르게 내뱉은 말에 프레이스가 고개를 갸웃하고 말했다.

"글쎄. 나도 만날 거라고는 생각 못 했으니까. 너도 어쩌면."

"아니, 보통 귀족 아가씨는 안 그래. 내 어머니를 봐."

"내 어머니의 예도 있잖아."

"그건 좀……."

"비정상이기는 했지."

프레이스가 그렇게 말하며 웃었고, 애버릿도 피식 웃었다. 웃으며 그는 이상한 생각이 들었다. 프레이스와 이렇게 농담할 수 있을 거라고는 생각도 못 했는데.

'그것도 이런 상황에서라니.'

인생이란 정말 한 치 앞도 알 수 없는 거라고 애버릿은 다시 생각했다.

"좋아."

애버릿이 고개를 끄덕였다.

"반란을 저지하는 진압군의 선봉에 널 세우겠어. 프레이스 이든 루 왈라키아."

"명을 받들겠습니다."

프레이스는 가슴에 손을 댄 후 허리를 숙이며 대답했다.

＊　　＊　　＊

레사는 초조하게 방 안을 빙글빙글 돌고 있었다.

'코코가 제대로 검을 전했을까? 어떻게 됐을까? 프레이스를 만나러 가 볼까?'

그때 방 바깥에서 작은 소란이 있었다. 레사는 비쭉 감을 곤 두세웠고 곧 익숙한 기척을 느낄 수 있었다.

'프레이스!'

그녀는 기뻐 소리치고 싶은 것을 참았다. 밖에서 무슨 이야기가 오가는지, 곧 프레이스를 제외한 다른 병사들의 기척이 멀어졌다. 레사는 후다닥 달려가 문을 활짝 열었다.

노크를 하려던 프레이스는 당황해 허공을 보았다가 레사를 보고 웃었다.

"테레—"

레사는 그의 말이 끝나기도 전에 그를 끌어안았다. 프레이스는 그녀의 머리에 키스하며 마주 끌어안았다.

"걱정 많이 했구나. 이야기가 좀 길어져서."

"어, 어떻게 된 겁니까? 잘 되었나요? 검은—"

"들어가서 차근히 이야기해 줄게."

프레이스는 레사를 안으로 밀어 넣으며 방문을 닫았다. 응접실 소파에 앉아서 프레이스는 자신의 거래 내용을 간단하게 레사에게 털어놓았다.

이야기를 전부 다 듣고 레사가 외쳤다.

"말도 안 됩니다!"

"어디가?"

"호위를 두고 어딜 가신다는 말입니까!"

레사의 으르렁거림에 프레이스는 "아." 했다가 그녀의 뺨을 죽 잡아당겼다. 의외의 상상치도 못한 일에 레사는 눈을 휘둥그레 떴다.

"더 이상 내 호위가 아니야. 내 연인이지. 내 전령도 아니고. 그리고 널 두고 갈 수밖에 없어. 너도 알잖아?"

레사의 얼굴이 일그러졌다.

"왜, 왜 전쟁터에—"

"죽고 싶지 않거든."

프레이스가 웃었다.

"죽고 싶지 않으니까, 내 살길을 찾은 거야. 호랑이 굴로 뛰어는 거지."

"그리고 전 인질인 거구요."

"겉으로는 애버릿의 약혼녀니까, 딱히 어려운 일은 없을 거야."

"그게 아니잖……습니까……."

레사는 무릎 위 주먹을 꽉 쥐었다. 손 안에서 매끄러운 비단이 뭉크러트려졌다.

레사는 전쟁을 경험해 본 적은 없었다. 하지만 싸움이라는 것은 그녀 삶의 일부였고, 그게 얼마나 위험한 것인지도 잘 알고 있었다. 하물며 전쟁이라니.

"일이 다 끝나면 아마 시골 영지 정도는 받을 수 있을 거야. 그러면 거기로 가서 둘이서 느긋하게 살자."

프레이스가 고개를 숙인 레사의 손위에 자신의 손을 겹치며 속삭였다.

"결혼식도 해야지. 걱정하지 마, 그건 가장 호사스럽게 해 줄 테니까."

"그런 거 필요 없어요."

레사가 고개를 들며 말했다. 프레이스는 레사의 표정을 보고 할 말을 잃었다. 그가 힘없이 웃고 말했다.

"그럼 내가 너에게 뭘 해 줄 수 있을까?"

"그냥 사지 멀쩡하게― 아니, 멀쩡하지 않아도 돌아와 주십시오. 그거면 됩니다. 약속해요."

레사는 요구했다. 프레이스는 약속할 수 없었다. 지키지 못할지도 모르는 약속은 하는 게 아니다.

망설이는 프레이스에게 레사가 다시 말했다.

"약속하십시오."

프레이스는 결국 고개를 끄덕였다.

"약속할게."

"좋습니다."

고개를 끄덕이더니 레사가 손을 뻗어 프레이스 셔츠 단추를 풀기 시작했다. 처음에는 뭔가 했던 프레이스는 중간쯤 가자 당황해 그녀의 손을 잡았다.

"테레사?"

레사가 빤히 프레이스를 바라보다가 말했다.

"그 체질은 고치고 가셔야죠."

"……어?"

한참 뒤에야 그게 의미하는 말을 알아들은 프레이스는 당황했다. 레사가 잡힌 손을 빼내서 그의 벨트를 잡아당기자 프레이스는 펄쩍 뛸 만큼 놀라 자세를 휙 바꿨다.

"잠깐, 잠깐, 잠깐! 테레사. 기다려 봐."

"설마 전쟁에 나가서 부하 눈도 못 마주치고 그러시려는 건 아니겠죠."

"그거야—"

프레이스는 말을 꺼내려다가 그제야 레사의 어깨가 희미하게 떨리고 있는 걸 보았다. 프레이스는 멍하니 레사를 보다가 속삭이듯 말했다.

"테레사, 이럴 필요 없어. 약속했잖아, 돌아온다고. 내가 돌아오면 그때 제대로 서약을 하고 나서 하면 돼."

"돌아오신다고 약속하셨으니까 그 서약을 하신 거나 다름없어요."

프레이스가 더 뭐라고 하려 하자 레사가 그에게 키스했다. 단 한 번의 키스로 프레이스는 하려던 말을 전부 잊어버렸다. 레사가 허리를 세우고 그를 내려다보며 말했다.

"계속 얘기만 하실 겁니까?"

'아, 얼굴 빨게.'

꽤 당당하게 말하고 있지만 얼굴에서 귀까지 붉다. 프레이스는 결국 웃고 레사의 허리를 잡아당겼다. 그가 그녀의 귓가에 속삭였다.

"침실로 갈까?"

끄덕끄덕—

레사가 간신히 고개를 끄덕이자 프레이스는 레사를 획 안고 자리에서 일어났다. 침실은 깔끔하게 정돈이 되어 있었다. 하늘

하늘한 캐노피와 늘어선 장신구들은 분명 레사의 취향은 아닐 터였다.

조심스럽게 레사를 침대에 내려놓고 프레이스는 그녀의 신발을 벗겼다. 그러고 나서 느릿하게 자신의 부츠를 벗었다. 그사이 레사는 침대의 가운데로 기어가 앉아 있었다. 프레이스가 침대로 올라와 툭툭 자신의 옆을 두들겼다.

"이리 와."

무릎걸음으로 슬금슬금 레사는 프레이스 옆으로 다가갔다. 프레이스가 그런 레사의 어깨를 감싸며 입을 맞췄다. 이제 자연스럽게 레사가 입술을 벌려 그를 안으로 초대했다. 뜨거운 혀가 서로 엉켰다. 프레이스를 레사를 밀어 넘어트리며 그녀에게 키스를 퍼부었다.

최대한 상냥하게, 최대한 느리게.

그걸 머릿속으로 몇 번이나 되풀이하며 프레이스는 레사의 드레스 단추를 풀기 시작했다. 레사의 드레스는 간소해서 겹겹인 속옷은 없었다. 몇 번 옷자락을 내리자 곧 그녀는 알몸이 되었다. 프레이스는 이불을 끌어당기며 속삭였다.

"추워?"

레사는 고개를 획획 저었다.

"아뇨."

프레이스는 미소 짓고 그녀의 몸을 부드럽게 탐색하기 시작했다. 레사는 헐떡이며 그의 손길에 몸을 맡겼다.

'녹아 버릴 것 같아.'

프레이스의 체온이 높은 건 알고 있었지만, 이렇게 맞닿으니 생각 이상으로 훨씬 더 뜨겁게 느껴졌다. 마치 태양 아래 나온 아이스크림이 된 기분이라고 레사는 몽롱한 와중에 생각했다. 하지만 그 생각도 곧 프레이스가 주는 쾌락에 휩쓸려서 사라졌다.

# 6장
## 끝과 시작

애버릿이 반란 진압군의 선봉을 프레이스로 세우겠다고 하자 큰 반발이 일어났다. 몇몇은 침을 튀기며 절대로 안 된다고, 반란군들과 합류할지도 모른다며 소리쳤다. 몇몇은 의미심장한 눈길로 애버릿을 바라보았다. 알아들었다는 얼굴로 말이다.

'정말로 뒤에서 찔릴지도 모르겠군.'

프레이스는 그렇게 생각하며 무표정을 유지했다.

애버릿은 강경하게 자신의 주장을 관철시켰고, 결국 프레이스의 곁에 애버릿의 측근인 이든을 붙이는 것으로 해서 결론이 났다.

일종의 감시 역을 붙인 것이다. 에릭과 윈스턴도 당연히 따라 붙겠다고 전해 왔다.

"너희들…… 이러지 않아도 되는데."

프레이스의 말에 에릭이 쿠키를 먹으며 말했다.

"그야 안 그래도 되지만, 그래도 유종의 미를 거두는 차원에서."

"나 아직 안 죽었거든."

"그럼 석별의 정?"

"그것도 마찬가지지."

에릭이 탁탁 시원하게 손을 털어 과자 가루를 날리고 말했다.

"뭐, 어때. 한번 섬기기로 했으니까 끝까지 따라가 주겠다 이거야."

그러며 에릭이 뚫어져라 프레이스의 눈을 보았다.

"아, 근데 진짜 편하다. 이제 마음대로 얼굴 봐도 되고, 마음대로 만져도 된다는 거네."

"뒤쪽은 어떨까 싶지만, 앞은 상관없지."

에릭이 히죽 웃었다. 윈스턴이 프레이스를 보고 말했다.

"저 역시 마음대로 옮겨 갈 생각은 없습니다. 게다가 이 쓸데없는 싸움에서 프레이스 님이 죽기라도 하면 잠자리가 좋지 않지요."

"너희들…… 진짜……."

막말하는구나.

하지만 자신이 자초한 일이라 뭐라고 할 말도 없었다. 황제가 되는 걸 바라면서 붙었던 프레이스 측 세력은 다 애버릿에게로 옮겨갔고, 노골적으로 자신의 편을 들며 남은 것은 최측근인 이 둘 뿐이었다.

"괜히 애버릿에게 밉보이는 거 아냐?"

"이 정도로 그런 판단을 하실 분이라면 섬기지 않는 편이 좋을 것 같습니다."

"맞아, 뭐 딱히 출세에 큰 미련도 없고. 그리고 혹시 모르잖아? 반란군 진압에 큰 공을 세워서 역으로 출세할지도."

"그야 물론 많은 사람들이 출세를 노리고 여기에 뛰어들겠지."

프레이스가 중얼거렸다. 윈스턴이 덧붙였다.

"그 출세를 노리는 사람들이 황자님의 목을 노리고 있을 가능성도 크지요."

"어, 내가 죽으면 애버릿이 기뻐할 거라고 생각할 테니까."

"정말로 기뻐하지 않을까요?"

윈스턴의 물음에 프레이스는 힐끗 그를 보았다가 다시 천장을 보았다.

"글쎄. 하지만 그런 느낌은 아니었어."

"알겠습니다."

윈스턴이 고개를 끄덕였다. 에릭이 말했다.

"그나저나 레사가 없으니까 왜인지 심심한걸."

"연금 상태인 것 같던데요."

윈스턴의 말에 프레이스가 고개를 끄덕이며 걱정스러운 얼굴로 말했다.

"그렇지만 보통 귀족 아가씨를 연금하는 식의 연금이라서, 테레사에게는 조금도 연금이 아니라고 할까. 두문불출한다고 해야 할까……."

그 말에 윈스턴도 에릭도 묘한 얼굴을 했다. 에릭이 말했다.

"여자라는 게 밝혀져도 역시 보통의 아가씨처럼은 되지 않는구나."

"손바닥 뒤집듯이 갑자기 까까 거리는 쪽이 더 징그럽다고 생각하는데."

윈스턴의 말에 에릭은 '어라? 생각해 보니 그것도 그러네.' 하고 납득했다. 에릭이 그러다 신음을 내뱉었다.

"그런데."

"그런데?"

"여자라고 생각하니까 갑자기…… 어…… 와— 레사 진짜 고생했네."

그 말에 윈스턴은 눈을 찌푸렸다가 고개를 끄덕였다.

집단린치하며, 프레이스를 보호하다가 다친 것이나, 마지막에 프레이스가 레사를 후려친 것까지.

"너 레사에게 잘해라."

에릭의 말에 프레이스가 반성의 자세로 조신하게 서며 말했다.

"그럴 거야."

똑똑—

노크 소리에 세 명의 남자가 동시에 문을 바라보았다. 프레이스가 "들어와." 하고 말하자 문이 열리고 제복을 입은 노알이 등장했다.

에릭은 자리에서 벌떡 일어나며 자세를 바로 했다. 제국의 남자아이들은 전부 저들의 영웅담을 들으며 자랐다.

노알이 가볍게 윈스턴과 에릭에게 눈인사를 하고 프레이스를 보았다.

"진압군을 이끄는 대장이라고 해서."

"그렇습니다만."

"편제를 받고 싶거든."

히죽 웃으며 하는 말에 셋 모두 놀라 노알을 보았다. 프레이스가 눈을 깜박이고 말했다.

"용 기사단 전부가 말입니까?"

"전부라고 해 봐야 몇 명 되지 않지만."

노알이 어깨를 으쓱했다.

"일단은 임시 황제 폐하의 면도 세우고, 우리 충성심도 증명하고—"

그가 말꼬리를 끌고 프레이스를 본 후 다시 히죽 웃었다.

"내 딸이 울게 둘 수는 없어서."

딸?

'미나가 왜 갑자기 나오는 거지?' 하고 의아해했다가 프레이스는 곧 그게 테레사를 뜻하는 거라는 걸 알았다. 노알은 비딱하게 프레이스의 손에 껴진 레사와 한 쌍인 반지를 보았고 프레이스는 헛기침을 하며 자세를 바로 했다. 노알이 쉬어 자세를 취하며 말했다.

"용 기사단 편제는 황자님 손에 맡기도록 하겠습니다만, 충고를 하나 하자면 곁에 두시는 게 나을 겁니다. 같은 편의 칼에 찔리고 싶은 게 아니라고 하시면요."

노알의 말에 프레이스는 고개를 끄덕였다.

"고견은 감사히 듣겠습니다."

"그리고."

노알이 슬쩍 장난스러운 얼굴을 했다.

"시골 영지로 내려가실 때, 기사가 필요하지 않으십니까? 슬슬 수도 생활에 진력이 나서 말입니다."

그 말에 프레이스는 픽 웃었다.

"필요할 것 같습니다."

"좋군요."

노알이 고개를 끄덕하고 인사한 후 방을 나갔다. 방문이 달칵하고 닫히자 에릭이 "우와!" 하고 소리쳤다.

"나 지금 용 기사단이랑 어깨를 나란히 하고 싸우게 된 거야? 최곤데?!"

윈스턴 역시 희미하게 웃고 말했다.

"이제 좀 더 멀쩡하게 살아 돌아올 확률이 높아졌군요."

"그러게."

프레이스 역시 책상에 기대며 웃었다. 그가 자신의 반지를 빙글빙글 돌렸다.

'그러고 보니 검부터 뭐 하나 테레사에게 받지 않는 게 없는걸.'

어째서 그녀가 자신을 사랑해 주는지는 알 수 없었지만, 사랑하고 사랑받아서 그는 행복했다.

'아니지, 무슨 소설에서 죽는 역할을 맡은 사람이 할 법할 생각을.'

프레이스는 주먹을 가볍게 쥐었다가 펴고 말했다.

"그러면 편제를 시작하자고."

*      *      *

미나가 눈을 반짝이며 물었다.

"진짜? 그렇게 좋았어?"

레사가 고개를 끄덕였다. 두 여성은 지금 침대에 누워서 잠옷을 입고, 수다를 떨고 있었다. 프레이스와 노알이 떠나고 나서 둘은 이렇게 함께 지내는 시간이 많았다.

"응…… 진짜 좋았어……."

"우와— 어땠는데? 막 둥둥 뜨고 그런 기분이야?"

"음, 뭐라고 해야 할지 모르겠는데 그냥 온몸이 저릿저릿하고 막 척추를 따라서 전기가 오는 것 같고, 그리고 눈앞이 새하얗게

돼버려."

"이 황자님, 능력자구나……."

미나의 감탄에 레사는 고개를 끄덕였다.

"그리고……."

"그리고?"

"그, 엄청 소중하게 다뤄 준다는 게 느껴져서……."

레사는 얼굴을 붉혔다. 미나가 "아아악!" 하고 소리 지르며 베개를 끌어안고 커다란 침대 위를 굴렀다.

"부러워, 진짜 부러워어."

미나의 과장된 외침에 레사는 웃었다. 잠시 이야기가 소강상태가 되자 그녀가 조심스럽게 물었다.

"그런데 미나, 수도에 머물지 않아도 괜찮은 거야?"

"아카데미는 졸업하기로 했으니까. 어차피 멀리 시골에서 올라오는 애들도 많아. 기숙사제니까 뭐."

"하지만 미나는 독립된 여성이 되고 싶어 했잖아……."

"응, 맞아. 그래서 이 황자님에게 날 고용하지 않겠냐고 할 생각이야. 아카데미 교수의 추천장이 있으면 괜찮지 않을까?"

미나가 팔짱을 끼고 하는 말에 레사는 "어?" 하고 눈을 동그랗게 떴다.

"고용? 프레이스가? 널?"

"응, 어차피 시골 영지로 내려간다고 하면 사람이 필요할 거아냐. 지금 이 황자님을 따라 가는 건— 이런 말해서 좀 미안하기는 한데 출세의 길은 영영 없는 거나 마찬가지거든. 하지만 어디든 영지를 경영하려면 인재는 필요하잖아? 난 여자고, 어리지만 능력은 괜찮으니까."

미나가 눈을 찡긋했다.

"이런 때 아니면 언제 상급 관리가 되어 보겠어?"

"미나가 도와준다면야 기쁘지만……."

"괜찮아, 어차피 황궁에서 일해 봐야 여자는 하급관리 이상은 못 올라가거든."

"그래?"

"응, 그러니까 이 황자님에게는 '꽉꽉 승진시켜 주십시오.' 할 생각이야."

미나가 가지런한 이를 드러내며 웃었다. 레사가 멍하니 미나를 보다가 말했다.

"나도 공부할까?"

"응?"

"영지 말이야…… 난 그런 건 전혀 모르니까……."

앞으로 프레이스와 함께하려면.

'그게 부인으로 함께하게 될 거라고는 생각도 못 했지만…… 아니, 솔직히 지금도 실감이 안 나.'

결혼이라든가, 아내라든가…… 단 한 번도 꿈꾼 적이 없었는데.

'그것도 황족이랑.'

생각해 보면 정말로 짧은 시간 동안 너무나 많은 일이 일어났다.

"내가 가르쳐 줄까?"

미나의 말에 레사가 반색했다.

"그럴래?"

"응, 어차피 복습도 될 테니까. 어쨌든 영지에 대한 지식이 전혀 없어서야 곤란하니까. 테레사는 귀족 품계나 족보에 대해서도 잘 모르지."

레사는 고개를 끄덕였다.

"알았어, 내게 맡겨."

미나가 자신만만하게 가슴을 두들기며 힘껏 콧바람을 불었다.


이튿날부터 미나는 묵직한 책을 몇 권 가져와 레사에게 교육을 시작했다. 책을 펴보고 레사는 작은 글자에 눈을 가늘게 떴다.

'어째서 이렇게 글씨가 작을 걸까?'

어려울 것이라고 잔뜩 긴장했던 것과 달리, 미나는 좋은 선생님이었다. 아주 기초에서부터 시작하는 미나의 이야기를 듣다가 레사는 '어라?' 했다.

'이거 정무관에서 봤던…… 아, 이게 이렇게 연결되는 거였구나—!'

여기저기 난잡하게 퍼져 있던 정보들이 미나의 정리를 통해서 착착 쌓이기 시작했다.

어차피 딱히 할 일도 없겠다, 몸이 굳지 않게 움직여 줄 때만 빼면, 레사는 공부에 열중했다. 하루아침에 익혀지는 것은 아니겠지만, 그래도 기본적인 것 정도는 알고 싶었다.

레사는 책을 읽고 있다가 휙 뒤를 돌아보았다.

살금살금 다가오던 애버릿은 당황해 손을 들었다.

"놀라게 해 주려고 했는데, 꼭 고양이 같네."

"사람 기척에는 민감해서요."

"전직 호위라서?"

"비슷합니다."

"요즘 공부 열심히 하고 있다면서?"

애버릿이 웃으며 하는 말에 레사는 "네." 하고 대답하고 그를 보다가 말했다.

"피곤해 보이십니다."

"그래?"

애버릿이 눈을 동그랗게 뜨며 되물었다. 레사는 고개를 끄덕였다. 애버릿이 웃으며 자리에 앉았다.

"눈도 좋은데. 그래, 피곤해."

"조금 눈을 붙이시는 게 어떨까요?"

애버릿이 책상에 턱을 괴고 웃었다.

"그럴까? 모처럼 약혼녀에게 놀러 왔는데, 두세 시간 정도 쉰

다고 해도 다들 알아서 아무 말도 하지 않겠지. 하지만 프레이스
는 뭐라고 할까?"

"잠 정도는 자신의 방에서 자면 더 좋았겠다고 하겠죠?"

"질투하지 않을까? 오해하거나? 아주 멀리 떨어져 있는 거라
고? 게다가 생각해 봐. 어차피 그는 황족으로서 더 이상 메리트
도 없어. 넌 내 약혼녀고, 가만히만 있으면 황후가 되는 거지. 그
상황에서 너와 내가 사이좋다는 이야기가 프레이스에게 들어가
면 오해할걸."

"안 할 겁니다."

"어떻게 알아?"

"저도 안 할 거니까요."

"흐음."

애버릿이 푹 의자에 몸을 묻으며 말했다.

"놀리는 재미가 없네."

"그렇게 남의 불안을 부추기는 게 놀리는 거라면, 꽤 악취미를
가지신 거라고 생각합니다."

"와—"

애버릿은 웃었다.

"감히 내게 그런 말을 해?"

"안 되는 건가요?"

"안 되지."

"약혼녀라도?"

갸웃하더니 은근슬쩍 묻는 그녀의 말에 애버릿은 웃었다.

어째서 프레이스가 이 여자를 좋아하는지 알 것 같았다. 자신의 취향보다는 좀 더 건방지긴 하지만.

애버릿이 웃는 것을 보고 레사는,

'이 형제는 어째 잠을 못 자면 날카로워지는 건 똑같군.'

하는 생각을 하고는 슬그머니 다시 책으로 고개를 내렸다. 느긋하게 침묵을 즐기다가 애버릿이 입을 열었다.

"반란군은 일진일퇴하고 있어."

그 말에 레사는 고개를 들었다. 몸이 굳지 않게 여기저기 다니면서 이야기를 듣고 있지만, 그래도 애버릿에게 나오는 정보는 확실성이 다르다.

"하지만 일단 프레이스는 회유책으로 나가고 있고, 그게 꽤나 잘 먹히고 있지. 클리프랜드 일가에게는 가차 없는 것 같지만 말이야. 같은 반역죄를 뒤집어쓸까 봐 외가의 피로 목욕하고 있다는 소문이 자자해."

"그렇군요."

"하여간 이 일이 끝나야 국장을 치르고 대관식을 열 수 있을 테니까. 나로서는 빨리 동생이 승전보를 가져와 줬으면 좋겠군."

"저도 그러길 바랍니다."

진심을 담아 레사는 말했다. 아무것도 못 하고 여기에 이렇게 있어야 한다는 것은 답답하기 그지없는 일이었다. 당장에라도 그 전쟁터로 나가서 프레이스의 옆에 나란히 서고 싶었다. 할 수 있는 건 그것뿐인데, 어째서 주어진 역할은 기다림인 걸까?

"기다리기만 하는 건 꽤 괴롭군."

마치 레사의 마음을 꿰뚫어 본 듯한 말이었다. 레사는 동의했다.

"네, 그렇습니다."

"뀨뀨―"

레사의 말에 동의한다는 듯이 푸드득 작은 드래곤이 날아와 레사의 어깨에 앉으며 소리를 냈다. 애버릿은 그걸 바라보다가 말했다.

"그건 두고 갈 생각 없어?"

"네?"

"그 드래곤 말이야. 황실에 두고 가면?"

"상관은 없지만 제게서 떨어지지 않아서. 게다가―"

레사가 난감하다는 얼굴로 말했다.

"잡으려는 시녀에게 불을 뿜은 적도 있습니다. 위협이었지만."

"아."

애버릿은 고개를 끄덕였다.

"그럼 어쩔 수 없지."

괜히 가둬 둔 드래곤이 탈출이라도 하면, 그게 더 망신이다. 약간의 아쉬움으로 드래곤을 보고 난 뒤 애버릿은 자리에서 일어났다.

"그럼 난 잠깐 자고 가도록 하겠어."

"침실은 안쪽입니다."

펜으로 문을 가리키며 말하자 애버릿은 "내 성이니까 구조 정도는 다 안다고?" 하고는 침실로 들어갔다. 그리고 레사가 깨울 때까지 세 시간 동안 꿈도 꾸지 않고 깊게 잠들었다.

*　　*　　*

노알은 검날을 부츠 굽에 대고 툭 털었다. 엉긴 피와 기름이 그 동작 하나로 떨어져 나갔다. 검을 닦고 있던 에릭이 그걸 부러워하며 말했다.

"좋네요, 마법 검."

"편하지. 날도 안 상해."

노알이 히죽 웃었다. 그런 그의 얼굴에도 피로감이 비춰서 에릭은 동질감을 느꼈다.

그렇다고 해도, 예상보다도 훨씬 쉽게 이기고 있었다. 노알이 고개를 갸웃하더니 말했다.

"잠깐 화장실 좀."

"네."

천막에서 나와 노알은 화장실이 아니라 자신의 천막으로 향했다. 들어서자 거기에는 희미한 빛을 두른 코코가 서 있었다.

"무슨 일이야?"

"우물을 못 마시게 해 놨어."

노알이 슬쩍 주변을 둘러보고 말했다.

"저 성?"

"그래, 물을 말려놨어. 삼사 일 정도면 승부가 나지 않을까."

"탈수라니, 지독하기도 하지. 마법사들이란."

"탈수해서 죽기 전에 항복을 하는 게 좋겠지."

코코가 말하며 웃었다. 피와 땀과 먼지가 가득한 전쟁터에서 그녀는 희고 깨끗하고 깔끔해서, 노알은 자신의 손을 그녀의 옷에 닦고 싶은 심술궂은 충동을 느꼈다.

"물이 다시 나오기는 하는 거지? 함락시켰는데 영영 물이 안 나온다 하면 우리도 곤란해."

"함락되면 다시 물이 나오게 해 둘 거야."

노알이 고개를 저으며 말했다.

"마법사는 한쪽 편은 안 드는 거 아니었어? 인간들에게는 간섭 안 한다며?"

"프레이스에게는 빚이 있으니까 갚는 것뿐이야."

"처음부터 그 마법사를 제지했다면 좋았잖아."

"우리도 확신을 가질 수는 없었으니까."

코코의 말에 노알은 퉤 침을 뱉고 말했다.

"그게 아니라 안으로 팔이 굽은 거겠지."

그 말에 코코가 쓰게 웃으며 말했다.

"우리도 인간이니까 어쩔 수 없잖아? 게다가— 그 애는 내 조카 같은 거였다고."

"하지만 프레이스에게 그걸 밝힐 생각은 없는 거겠지. 이렇게 뒤에서 돕는 걸로 스스로 합리화하고?"

노알의 말에 코코의 눈이 가늘어졌다.

"우리가 황실에 간섭하는 떨어지는 새벽별의 동태를 살피지 못한 건 사실이지만, 그게 우리의 의무는 아냐. 엄밀히 말하면 우리 책임이 아니라고 할 수 있어. 이건 최대한의 호의를 보이는 거야."

"네, 네. 그러시겠지."

노알은 중얼거리고 코코에게 물었다.

"그런데 테레사가 옛날 사람이라는 건 언제 알았어?"

"만난 지 얼마 되지 않아서. 마법이 안 통해서 신기하게 생각 했는데— 나중에서야 알게 됐어. 황혼의 혈족이라니, 이상하구 나 했지."

황혼의 혈족.

오랜만에 듣는 단어에 노알은 한숨을 내쉬었다. 사라진 고대 인의 혈통을 그렇게 불렀다.

"그럼 그 애가 공작 영애라는 건?"

"그건 나도 몰랐어. 내가 마법사가 된 후 1년도 채 안 돼서 왕 국이 추락했는걸. 왕실과 연관성을 가질 일은 없었어. 지금 남아 있는 마법사들 중에서는 정화하는 독이 그나마 아는 것 같았는 데 죽어 버렸고."

"그랬군. 하긴, 이제 와서는 별 소용없는 이야기인가."

"그렇지."

코코는 한숨 쉬듯 말하고 노알을 보았다.

"그럼 그렇게 전해 줘."

노알은 고개를 까닥했고, 코코는 스르륵 연기처럼 모습을 감췄다.

용 기사단과 에트알리에는 항상 앙숙이었고, 그 원인인 드래곤이 사라진 지금도 역시 그랬다. 하지만 동시에 그 오랜 기간을 함께해 온 사이로서 정이 든 것도 사실이었다.

애증의 관계랄까.

노알은 천막을 열고 나와 진지 건너편에 있는 성을 바라보았다.

'불쌍해라.'

갑자기 우물이 말라 버렸으니 지금쯤 전부 공황에 빠져 있겠지.

'이대로 가면 한 달 안에 정리가 되겠는데.'

노알은 그렇게 생각하며 성을 바라보았다. 항복하는 자들을 받아 주고 있지만, 클리프랜드 일족은 하나도 남김없이 참살하는 상황이었다.

당연히 클리프랜드 일족은 발악하듯이 저항했다. 동시에 클리프랜드 일족이 아닌 자들의 이탈 역시 심해졌다.

노알은 중앙 막사로 건너갔다. 경비병이 경례를 하며 막사 문을 젖혀 주었다. 들어가니 프레이스와 윈스턴이 지도를 내려다

보고 있는 중이었다. 노알이 슬쩍 옆의 호위병을 바라보자 프레이스가 허리를 펴며 말했다.

"전부 나가 있어."

그 말에 호위병이 천막 밖으로 나가자 프레이스가 눈썹을 추켜올리고 말했다.

"또?"

"또."

노알이 히죽 웃었다. 윈스턴의 눈 밑은 시커멓게 그늘이 져 있었다. 문과 태생인 그에게 전쟁과 행군은 힘든 과제였던 것이다. 그러나 노알의 말에 윈스턴의 얼굴이 밝아졌다.

"어떤 마법을 부렸답니까?"

"성안의 우물이 다 말랐다는군."

"그거 좋군요. 밀가루를 씹어 먹을 수는 없겠죠."

윈스턴이 흐흐 웃었다. 그가 지도를 바라보며 말했다.

"이 성을 끝장내고 나면 그다음은 여기입니다."

그의 손가락이 주욱 올라가 클리프랜드의 본성을 짚었다.

"최후의 결전이 되겠죠."

"그렇겠지."

"항복을 받지 않으실 겁니까?"

윈스턴의 물음에 프레이스는 굳은 얼굴로 고개를 끄덕였다. 윈스턴 역시 얼굴이 살짝 굳었지만 곧 고개를 끄덕였다.

"알겠습니다."

윈스턴이 노알과 프레이스를 보고 머뭇거리다가 말했다.

"전 작전을 좀 정리해서 돌아오죠."

윈스턴이 나가자 프레이스가 신음을 내뱉으며 팔꿈치를 테이블에 괴고 이마를 짚었다.

"테레사가 안 따라와서 다행이야."

"왜?"

어느 사이 말을 놓는 관계가 되어 있는 둘이었다.

"이런 거 안 보여 주고 싶거든."

"이런 거?"

"사람들 죽이는 내 모습. 그리고 그 사람들이 내 외숙부고, 외숙모고, 이종사촌이고 기타 등등 일가친척이라는 거?"

"테레사는 별로 상관 안 할걸?"

노알의 말에 프레이스는 웃었다.

"그런가."

"그보다는 '그럼 제가 대신 죽여 드릴까요?' 하겠지."

"그거 가능성 있어."

프레이스가 고개를 들며 말했다. 프레이스가 턱을 괴며 말했다.

"내가 진짜 보여 주기 싫은 게 뭔지 알아?"

"뭔데?"

"사실 그거에 전혀 스트레스 받지 않는다는 거야."

"……."

"날 저주하면서 죽고, 아이만은 살려달라고 애원하는 걸 베어도 사실 잘 모르겠어. 사람들은 그들이 핏줄이라는 이유만으로 내가 감상적이 되어야 한다고 생각하는 것 같은데, 사실은 아무런 느낌이 없어."

프레이스가 녹색 눈을 들어 노알을 보았다.

"이상한가?"

"나랑 테레사는 피 한 방울 안 섞였지만, 그래도 난 그녀를 내 딸이고 소중한 가족이라고 생각해. 그러니까, 그 반대도 충분히 가능한 게 아닐까? 가능성은 한 방향만이 아니니까."

"일리 있네."

"그지?"

노알은 으쓱했다.

가능성은 한 방향만이 아니다.

노알은 프레이스를 보며 다시금 생각했다. 타인에게 쏟아야 할 감각과 감정들을 저 녀석은 테레사 한 사람에게 전부 쏟아붓고 있는 게 아닐까? 그러고도 넘치면 주변 사람들 좀 나눠 주는 거지.

노알이 말했다.

"빨리 끝내자고. 내 딸들이 보고 싶으니까."

"동감이야."

프레이스가 웃고 자리에서 일어나며 소리쳤다.

"작전 회의를 열겠다!"

정확히 47일 후 반란진압군은 수도 성문을 활짝 열고 위풍당당한 개선을 했다. 승리 소식이 전해지자마자 간소한 국장이 치러지고, 바로 다음 대관식 준비가 이루어졌기 때문에 수도는 온통 축제 분위기였다.

　　밀고 밀쳐지며 사람들은 고함을 질렀다. 함성과 뿌려지는 종이꽃 비를 맞으면서 프레이스는 '얼른 가서 테레사를 보고 싶다.' 이 생각만 했다.

　　하지만 한참 개선식이 남아 있었으므로 아직 먼 이야기였다.

　　군대를 맞이하러 나온 애버릿에게 모두가 경례하고, 프레이스는 치하를 받았다. 그러고 나서 수레를 타고 수도 전체를 한 바퀴 도는 개선 행사 후, 푹 쉬고 저녁에 논공행상을 하는 자리에 나오라는 명을 들었다.

　　자신의 궁으로 들어가 오랜만에 욕조에 몸을 담근 프레이스는 신음을 내뱉었다.

　　'기절할 것 같네.'

　　역시 좀 여유롭게 돌아올 걸 그랬나? 하지만 얼른 와서 테레사가 보고 싶고.

　　하지만 돌아와 보니 역시 공식적으로 테레사를 만날 이유는 존재하지 않는다. 잠깐 쉬고 이제 애버릿 앞에 나가서 전과와 기타 등등을 보고하고, 논공행상하는 데에만 한참이 걸릴 것이다.

　　찰칵—

　　작게 문이 열리는 소리에 프레이스는 휙 몸을 돌리며 욕조 옆에 세워 둔 검을 잡았다. 그리고 곧 얼빠진 목소리로 물었다.

"⋯⋯레사?"

"목욕 시중 필요하십니까?"

예전처럼, 제복을 입고 남장 차림을 한 레사가 히죽 웃었다. 프레이스는 레사의 웃음에 슬그머니 몸을 다시 탕에 담그며 말했다.

"거기 있는 수건을 먼저 주지 않을래?"

"볼 거 다 본 사이에 무슨 말씀을."

"그거랑 지금은 다르잖아. 그때는 일단 같은 남자라고 생각했고―"

"여자라는 거 알면서도 다 봤잖습니까?"

"그거랑 지금 이건 다르다니까?"

프레이스의 말에 레사는 픽 웃고 그에게 수건을 던져 주었다. 프레이스가 슬쩍 레사를 보고 자리에서 뒤돌아 일어서며 재빨리 수건을 허리에 감았다.

'멋진 엉덩이인데.'

레사는 그런 성희롱적인 생각을 하며 물었다.

"이제 다가가도 됩니까?"

"제발 와 줘."

프레이스가 웃으며 팔을 벌리자 레사는 한달음에 달려가 그를 끌어안았다. 프레이스가 "나 젖었는데." 하고 말하자 레사가 웃었다.

"상관없습니다."

"그래?"

프레이스는 그렇게 말하고는 예전처럼 레사를 들어 욕조에 밀어 넣었다. 예전과 달리 세심한 손길이었지만 그래도 물에 박힌 것은 박힌 것이라 레사는 물에서 일어나며 으르렁거렸다.

"프레이스 이든 루 왈라키아!"

"아, 풀네임 불러 주는 게 좋네."

"다 젖었잖아요!"

"상관없다며."

"그거랑 이건 다르죠!"

레사가 얼굴의 물기를 손으로 훔쳐 내며 투덜거렸다. 프레이스가 손을 뻗어 대신 그녀 얼굴의 물기를 닦고 키스했다.

굶주린 키스였다. 프레이스는 레사를 벽으로 밀어붙이며 키스하고, 또 키스했다.

키스가 멈추자 레사는 크게 헐떡이며 말했다.

"키스에서 물맛이 나요."

"그래? 난 달콤한 맛만 나는데."

프레이스가 중얼거리고 레사의 입술을 가볍게 핥았다. 레사는 눈을 찡그렸다가 부르르 몸을 떨었다.

"아, 젖어서 춥겠다. 욕조로 들어가."

"옷을 입은 채로요?"

"벗어도 되고."

프레이스가 히죽 웃으며 하는 말에 레사가 그의 양 뺨을 꾹 손을 누르며 그의 눈을 바라보고는 말했다.

"하다가 잠드는 건 사양이에요. 그런데 꼭 그럴 것 같거든요."

"아니, 끝까지는 갈 수 있어."

프레이스의 주장에 레사가 히죽 웃으며 옷을 입은 채로 욕조에 몸을 담갔다. 찜찜했지만 춥지는 않았다.

"욕조에서 기절하시면 들고 나가기 무거우니까요."

"너무하네."

말하고 프레이스도 자리에 앉았다. 프레이스가 레사에게 물었다.

"어떻게 온 거야? 그 옷은 어떻게 구했고?"

"제 옷은 전부 가지고 있습니다. 갈아입고 슬쩍 내려온 거죠. 지금 미나가 대신 자리를 지켜 주고 있으니까, 얼른 올라가 봐야 합니다."

"그렇구나."

프레이스가 레사의 손을 잡아 손마디 마디에 키스했다. 그가 그녀의 손등에 뺨을 대며 말했다.

"보고 싶었어. 진짜 너무 보고 싶었어, 테레사."

"저도요. 솔직히 말하면 뛰쳐나가고 싶었던 적도 한두 번이 아니었지만요. 다시 만나서 기뻐요, 프레이스. 사지가 멀쩡한 것도 기쁘고요."

그 말에 프레이스는 웃었다.

"약속했잖아."

"사지가 멀쩡한 건 약속에 없어서 좀 걱정했습니다."

그 말에 프레이스는 다시 웃고 그녀의 손등에 키스했다.

"전부 네 거니까 소홀히 할 수는 없지."

그 말에는 레사도 웃었다. 그를 보니 기분이 너무 좋아서 프레이스가 어떤 말을 해도 웃음이 멈추지 않을 것 같았다. 심지어 프레이스가 적병의 목을 뎅경뎅경 베었다는 이야기를 했어도 웃었을 것이다.

"일이 끝나면 내가 만나러 갈게."

프레이스의 말에 레사가 갸웃하고는 말했다.

"그러고 보니 오늘 저녁에 저도 초대 받았어요."

"어딜?"

"회의예요."

"널? 초대했다고? 애버릿이?"

"네, 파혼 발표를 하려고 그러는 걸까요?"

"그런가……?"

프레이스의 머릿속이 휙휙 돌아갔다. 이렇게? 자신이 돌아오자마자? 파혼을 발표하고 자신과 테레사의 약혼을 발표한다고?

자신이야 그러면 좋지만…… 애버릿은 미룰수록 이득일 텐데?

"알았어."

프레이스가 고개를 끄덕였고 레사가 자리에서 일어나며 말했다.

"그래서 준비하러 가 봐야겠네요."

레사의 말에 프레이스가 멍하니 레사를 보다가 허둥지둥 일어나며 말했다.

"미안, 난 그런 줄도 모르고……."

"괜찮습니다. 목욕을 미리 했다고 하죠."

레사는 웃으며 욕조 밖으로 나갔다. 차박차박 물을 흘리며 욕실에 길게 생기는 물길에 레사는 한숨을 내쉬었다.

"밖에 좀 적시고 나갈게요."

"아, 어어."

프레이스가 고개를 끄덕였다. 레사가 그를 보고 싱긋 웃었다.

"돌아온 거 환영해요, 프레이스."

말하고 그녀가 욕실 문을 닫고 나가자 프레이스는 주르륵 도로 욕조에 앉았다. 젖은 머리카락을 쓸어 올리며 프레이스는 씩 웃었다.

진짜로 돌아온 것이 실감이 났다.

\*　　　\*　　　\*

준비를 끝낸 레사는 시녀를 이끌고—자신이 시녀에게 끌려가는 건지도 모르겠다는 생각도 들었지만— 홀로 향했다. 분위기를 보니 자신을 빼놓고 이미 이야기는 시작되어서 안에서는 각종 목소리가 들리고 있었다.

'대체 날 왜 부른 걸까?'

의문을 가지는데 홀의 문이 조용히 열렸다.

"레이디 알반 드십니다."

시종의 정중한 말과 함께 레사는 안으로 들어갔다. 남자들의 시선이 단숨에 레사에게 꽂혔지만, 레사는 신경 쓰지 않고 그들을 쭉 둘러보았다. 애버릿의 바로 옆에 프레이스가 서 있어서 그를 보고 살짝 웃었다.

애버릿이 자리에서 일어나며 말했다.

"마침 딱 좋은 타이밍에 들어오는군."

'거짓말.'

일부러 맞춰서 부른 게 뻔한데. 하지만 레사는 공손히 인사하며 말했다.

"제가 좀 늦었습니다."

"아냐."

애버릿이 싱긋 웃으며 손을 내밀어 레사는 그의 앞까지 걸어가 그 손을 잡고 단 위로 올라갔다. 하지만 애버릿과 같은 단에 서지는 않았다.

"지금 이야기하려고 그랬거든."

'뭘?'

의아한 얼굴로 레사가 고개를 들자 애버릿이 각료들을 바라보며 말했다.

"유서 깊은 공작가가 사라져 버려서 유감이오. 그래서 그 공작가를 대신할 사람이 누가 있을까 생각하다가 그녀를 생각해 냈다오. 누구보다 짙은 고대 왕가의 혈족이니 이 이상 좋을 수는 없겠지. 알반 공작가라는 어감도 좋고."

싱긋 웃으며 애버릿이 말해 레사는 순간 그가 무슨 말을 했는지 이해가 되지 않았다. 애버릿이 선언했다.

"클리프랜드 공작령을 알반 여공작에게 수여하오."

그 말에 침묵이 홀 안에 깔렸다. 프레이스의 얼굴은 굳었고 레사 역시 마찬가지였다. 웃고 있는 것은 애버릿 한 명뿐이었다.

옆에 서 있던 이든이 재빠르게 말했다.

"전하의 재빠르신 용단에 감격했습니다."

윈스턴이 이어 고개를 숙였다.

"훌륭하신 선택이십니다."

그 말에 각료들은 하나둘 어물쩍하게 찬성을 표시했다. 그녀가 애버릿의 약혼녀라는 건 알려진 사실이니, 클리프랜드 공작령을 황가에 포함시키겠다는 것이다. 그리고 둘 사이의 아이 중 한 명이 공작이 되겠지.

단지 억울한 것은 콩고물을 얻을 줄 알았던 클리프랜드 가문의 먼 친척이나 방계 가문이었다. 그들은 당장에라도 항의하고 싶었으나 할 명분이 없었다.

클리프랜드 가문은 황가와 하나였던 먼 고대 혈족이라는 것이 자랑인 전통적인 귀족가였다. 그리고 누구도 눈앞에 있는 알반의 혈통에 이의를 제기할 수가 없었다.

이를 갈며 그저 고개를 숙일 뿐이었다.

레사는 눈앞이 어지러웠다.

뭐라고?

공작?

내가?

알반 공작가?

말도 안 되는 일이 벌어지고 있었다. 공작이라니…….

게다가 클리프랜드 공작령이 얼마나 큰 곳인지 그녀는 대강이나마 알고 있었다. 애버릿은 그녀의 혼란은 아랑곳하지 않고 손을 놓으며 말했다.

"그 이야기를 하려고 불렀소."

"저, 저에게는 너무 무거운 서임입니다."

"아니, 그대라면 감당할 수 있을 거요."

애버릿이 강하게 말하며 레사의 어깨를 잡았다가 놓았다.

"그럼 이만 물러가 보시오."

레사는 얼이 빠져 인사를 하고 물러났다. 자신의 방에 올 때까지 레사는 대체 어찌 된 사태인지 알 수가 없었다. 쿠션을 끌어 안고 기다리고 있던 미나가 레사가 돌아오자 일어서며 물었다.

"어땠어? 무슨 얘기 했어?"

레사는 시녀들이 옷을 벗겨 주는 대로 멍하니 흔들리며 말했다.

"공작 서임을 받았어."

"……응?"

"공작 서임. 클리프랜드 영지를 받았어."

"공작? 테레사가?"

"어."

"뭐라고?!"

미나는 펄쩍 뛰었다.

"테레사가? 공작? 알반 여공작인 거야, 그러면? 우와— 어, 그러니까—"

미나는 멍하니 허공을 바라보았다. 시녀가 레사의 옷을 편한 것으로 갈아입혀 주고 물러나자 미나가 자리에서 벌떡 일어나며 말했다.

"그 말은 그러니까, 이 황자를 버리지 않는다는 말이 되는 거네."

"어?"

"아, 그래. 그게 맞는 것 같아. 젠장, 그 사람 머리는 진짜 잘 돌아가네. 과연."

"무슨 소리야?"

레사는 미나의 어깨를 붙잡고 흔들었다. 미나가 "엇? 으앗, 테레사. 잠깐만." 하고 반복한 후에야 레사는 미나를 놓아주었다.

"내 생각에는—"

"응."

"클리프랜드 공작가는 절멸이야. 딱 한 명만 남기고."

"아—!"

"그래, 프레이스가 클리프랜드 공작가의 후계잖아. 하지만 그에게 공작을 맡길 수는 없어. 반발이 엄청날 테니까. 하지만 이번 전쟁으로 악담도 어마어마하게 들었지만 반대로 그쪽 영지 사람들에게는 회유책을 써서 신망도 얻었다고 들었거든."

"그래……?"

"응, 그러니까 겉으로는 테레사 너에게 클리프랜드 영지를 내리는 것 같지만, 사실은 이 황자님에게 내리는 거지. 지금은 네가 일 황자님의 약혼녀니까 큰 반발도 없을 거야. 문제는 어떻게 파혼하느냐는 거지만……."

"그냥 파혼한다고 하면 안 되는 거야?"

"안 되지!"

"내가 프레이스랑 바람을 피운다든가……?"

"강제로 수도원 들어가고 싶어?"

"아, 문제가 되는구나."

"당연히 되지."

"그럼 어떻게 하지……?"

레사는 한숨을 내쉬었다.


"그래서 어떻게 할 건데?"

"거기서부터는 너희가 생각해야지."

애버릿은 카우치에 느긋하게 누워 있었다. 그게 얄밉다고 생각하면서도 프레이스는 묻지 않을 수 없었다.

"대체 왜?"

"뭐가?"

"왜 그 영지를⋯⋯."

"그 큰 영지를 쪼갤 수도 있어. 쪼갤 수도 있지만─ 알고 있잖아? 클리프랜드 영지는 야만족과 국경을 맞대고 있는 거. 이번 반란에서도 그쪽과 손을 잡거나, 그쪽에서 쳐들어와서 영지를 빼앗길까 봐 더 아슬아슬했지. 그러니까 거기는 하나로 놔두고, 믿을 만한 사람에게 맡기는 수밖에 없어."

그 말에 프레이스가 애버릿을 한참 바라보다가 말했다.

"그러니까 난 믿을 만한 사람이다?"

"넌 이미 네 인생에 가장 소중한 걸 얻었잖아. 욕심 없는 사람이 좋지."

애버릿의 말에 프레이스는 기가 찼다.

"그렇다고 해서⋯⋯."

"사실은 네가 없는 사이에 알반 양의 식사에 꾸준히 독을 탔거든. 해독제가 없으면 한 달도 못 가서 시름시름 죽을걸? 그러니까 내 말을 잘 들어야 한다는⋯⋯."

애버릿은 프레이스의 얼굴을 보고 말을 멈췄다. 애버릿이 저도 모르게 눈동자를 돌리며 말했다.

"미안, 농담이었어."

프레이스가 날이 선 목소리로 대답했다.

"최악의 농담이었어."

"어, 그런 것 같다."

애버릿이 고개를 끄덕이며 카우치에서 상체를 일으켰다. 심장이 좀 빨리 뛰고 있었다.

'무서워라. 그런 농담은 안 꺼내는 게 좋겠군.'

애버릿이 그런 생각을 하는데 프레이스가 한숨을 다시 내쉬고 말했다.

"일단은 알았어."

"아— 맞다. 그리고 사흘 후 개선 기념 무도회가 있다."

"뭐?"

"그때쯤이면 논공행상도 끝났겠다, 새로 받은 계급장을 뽐내고 싶지 않겠어? 간단하게 할 거야. 어차피 대관식 전초전 같은 거니까. 그리고 그때 드래곤 슬레이어를 공개할 거고."

"그렇군."

프레이스는 고개를 끄덕였다. 아무리 황실에서 비밀로 했다고 해도 검이 없어진 건 이제 귀족들 사이에 공공연한 비밀이었다. 새 황제가 된 애버릿이 반란도 눌렀겠다, 드래곤 슬레이어를 치켜들어 귀족들을 기선제압 하는 건 꽤나 괜찮은 계획이었다.

"알았어."

프레이스는 고개를 끄덕였다. 프레이스의 대답에 애버릿이 다시 카우치에 누우며 말했다.

"반말하는 것도 지금뿐이야. 공작이 되면, 내 신하니까."

"그때는 테레사와 결혼했을 때니까 기쁘게 존대해 주지."

프레이스는 웃고 방을 나갔다.

*　　*　　*

레사는 바빴다.

이제 여공작이 된 그녀에게 앞다투어 알현을 청하는 귀족들 덕분이었다. 레사는 신음을 내며 명단을 훑어 보았다.

"기존에 클리프랜드 영지에서 일했던 사람들이 많은데."

프레이스가 옆에서 명단을 짚으며 말했다.

"대부분 회유해서 받아들였거든. 회유를 받아들이지 못한 가문도 있기는 했지만."

"아."

레사가 고개를 끄덕였다. 그녀가 갸웃하고 말했다.

"하지만 측근들은 다 새로 뽑아야 하는 거죠?"

"응."

"에릭과 윈스턴은……."

"둘 다 기꺼이 올 거야."

"하는 김에 그러면 윈스턴을 총괄쯤으로 고용해야겠네요."

레사의 말에 프레이스가 고개를 끄덕였다.

"괜찮지."

레사는 정무관에서 보았던 사람들 역시 떠올렸다. 클리프랜드 영지는 크고, 가신은 당연히 많이 필요하다. 그 성을 채울 사람을 새로 전부 뽑아야 한다니…….

레사는 한숨을 내쉬었다. 프레이스는 이제 꽤 길어진 그녀의 검은 머리카락을 어루만졌다.

시녀들의 도움 덕분일까?

아니면 먹는 것이 충실해서?

환경이 좋아져서?

어쨌든 예전에 만졌을 때보다 훨씬 더 기분 좋게 손가락 사이로 미끄러졌다. 프레이스는 손가락으로 머리카락을 훑다가 가볍게 귀걸이를 툭 건드렸다. 붉은색 귀걸이가 살짝 흔들렸다.

레사는 그제야 프레이스를 돌아보았다.

"테레사."

"네."

"그 귀걸이 말이야, 한 쌍인 거 알아?"

"그런가요?"

레사가 자신의 귀걸이를 만졌다. 생각해 보니 귀걸이는 한 쌍인 게 당연한데.

"그럼 다른 한쪽은요?"

"맞춰 봐."

프레이스의 말에 레사는 눈을 살짝 찡그렸다가 물었다.

"프레이스가 가지고 있나요?"

"응, 난 테레사가 사실 눈치챌 줄 알았다고."

"……?"

"반지로 만들어서 끼고 다녔거든."

"그랬어요?"

"그래."

레사는 약간 쑥스러워졌다. 하지만 프레이스는 반지가 많았고, 오히려 보석이 화려하게 박힌 반지는 그다지 시선에 들어오지 않았던 것이다.

프레이스가 자리에서 일어나며 말했다.

"눈치채지 않아서 좋기도 했지만 말이야. 슬슬 난 가 볼 시간인데."

"아직도 바쁘군요."

"어."

프레이스는 피곤하다는 얼굴로 한숨을 내쉬었다. 논공행상에 불만을 가진 사람들의 항의를 일일이 받아내는 것 역시 그였다.

"하여간 이제 곧 끝나니까. 무도회는 좀 즐길 수 있겠지."

프레이스가 어깨를 으쓱했다. 레사가 머뭇거리며 말했다.

"그 무도회도 애버릿 님의 약혼녀로 나가게 되는 거겠죠?"

레사의 말에 프레이스가 고개를 끄덕였다. 그 역시도 썩 기분 좋은 일은 아니었다. 하지만 적절한 타이밍을 잡기가 어려웠다.

"하여간 최대한 빨리 해결할게."

프레이스의 말에 레사는 고개를 끄덕였다. 그가 허리를 숙여 그녀에게 가볍게 키스했다.

"그럼."

프레이스는 소파에 걸쳐 둔 망토를 집어 들고 방을 나갔다.
레사는 가느다란 한숨을 내쉬고 다시 명단을 바라보았다.

'일단 만나 보기는 만나 봐야겠지……?'

끙 하는 소리를 내고 레사는 명단에 체크를 시작했다.

하지만 레사의 이런 업무도 반쯤 중단에 들어갔다.

황제의 약혼녀인 레사가 등장하는 첫 무도회이니만큼 시녀들
은 기합이 들어갔던 것이다. 평소에 시녀들을 다 물리치던 레사
도 드레스 가봉만은 어쩔 수가 없었다. 레사는 옆에서 다른 시종
이 읽어주는—귀족들이 보낸— 편지를 들으면서 드레스 가봉을
받았다.

게다가 예절 수업도 다시 받아야 했다.

하지만 예전에 받아둔 가닥이 있었던 터라—비록 남자 쪽의
예절이지만— 그나마 이건 좀 나았다. 레사는 차라리 프레이스
의 옆에서 호위를 하는 편이 훨씬 더 쉽겠다고 생각했다.

옆에서 같이 수다를 떨어주는 미나가 아니었다면 진즉에 여
길 박차고 나갔을지도 모른다.

미나는 레사와 오랜 시간을 함께 보내고는 했는데, 노알 역시
논공행상과 용 기사단 문제로 바쁘기도 했고, 미나의 말에 따르
면,

"항상 떨어져 있었잖아. 오히려 너무 가까이 있는 게 어색하다
고 해야 하나? 싫은 건 아닌데— 뭔가 음, 자유롭지가 못해."

라는 것이었다.

"아, 그렇다고 아빠가 싫다는 건 아냐."

오해할까 봐 하며 미나가 재빠르게 덧붙였다. 그 말에 레사는 웃었다.

"그거야 당연히 알지."

"그런가? 하지만 부모 자식 간이라고 반드시 사랑하는 건 아니니까."

"맞아, 그러니까 더 기쁜 거지."

"응."

미나는 씩 웃었다.

"아, 참. 무도회가 끝나면 나 다시 아카데미로 돌아갈 거야."

"그래?"

"응. 갑작스럽게 불려 오게 되었던 거니까 어떻게 되려나 했는데, 뒷배 때문인지 별문제 없이 2학년 1학기부터 다시 다닐 수 있을 것 같아. 어차피 기말고사도 다 치른 상태였고."

레사의 상태 때문에 '가족 문제'로 아카데미를 박차고 나왔던 미나였다. 아버지의 신분 문제며, 여러 가지가 머리에 빙빙 돌아서 아카데미 복귀를 제대로 생각하지 못했다. 하지만 머릿속이 냉정해진 요즘 아카데미 쪽에 여러 가지로 연락을 취해서 '다음 학기부터 복귀해라.' 하는 답장을 받은 것이다.

"잘됐다."

"응."

"그러고 나면 내 영지로 오는 거다?"

"괜찮아?"

"당연하지. 여공작이니까 여자 관리가 있어야 하지 않겠어?"

"나 꼭 실력을 보여 줘서 올라갈 테니까."

"어차피 윈스턴은 냉정한걸."

"아, 하긴 유명하시더라."

"정말?"

"응, 관리들 사이에서는 깐깐하기로 유명하고."

"아, 그건 인정."

레사는 고개를 끄덕였다.

이렇게 레사도 바빴지만, 침방 시녀들도 눈코 뜰 새 없었다. 짧은 시간 안에 호화로운 드레스를 완성한다는 것이 쉬운 일이 아니었던 것이다.

간신히 논공행상이 마무리되어 무도회 준비가 끝났을 무렵에 서야 그녀들은 드레스를 완성할 수 있었다.

레사는 아름답게 물결치는 드레스를 보고 순수하게 감탄했고, 미나의 조언에 따라 포상을 내렸다. 그러면서 레사는 자신이 포상을 내리면 '어디서 돈이 나가는 걸까?' 하고 궁금해하다가 윈스턴이 알려 준 클리프랜드 령의 일 년 수입을 보고 기절할 뻔했다.

'왜인지 미나의 아카데미 학자금을 벌겠다고 죽을 고생을 한 내가 바보같이 느껴지는 금액이야.'

하는 감상과 함께 말이다.

대관식 전 무도회이며 동시에 승전 무도회이기도 해서 애버릿이 '조촐하게'라고 말했지만 준비는 단단히 진행되었다.

어차피 대관식에는 전 제국의 모든 귀족이 다 올라와서 충성서약을 국왕에게 해야 하고, 그 전에 열리는 승전 무도회에 새로운 인맥을 만들기 위해 참석하는 게 당연했다.

수도로 올라오는 마차는 물결을 이루어, 마침내 무도회 당일이 되었을 때는 수도는 축제 분위기로 가득 차 있었다.

애버릿은 술과 음식을 수도민에게 내렸다. 발 빠른 유랑 악단들이 찾아와 용 기사단에 대한 노래와 반란을 진압한 무시무시한 피의 황자 프레이스에 대한 이야기도 함께했다.

그런 분위기는 귀족들도 마찬가지였다.

새로 작위를 얻게 된 귀족들은 뻐기며 어깨를 폈다. 사라진 유서 깊은 가문에 슬퍼하는 사람도 있었다. 하지만 전반적인 분위기는 '새 술은 새 부대에.'라는 것이었다.

물론 새로 공작이 된 테레사 알반에 대한 궁금증 역시 귀족들 사이를 가득 채우고 있었다.

드래곤의 공작.

고대인.

태조처럼 빨간 눈.

그리고 무엇보다도 새로 도는 소문은 테레사가 프레이스와 같은 반지를 끼고 있다는 소문이었다. 누구나 다 그녀를 만나지 못해서 안달이 났지만, 레사는 무수히 알현을 청하는 그들을 만날 짬이 도무지 나지 않았다.

"한두 명만 만날 거라면 그냥 모두 거절하는 게 낫습니다. 건
방지다고 할 테지만 공작이 건방진 건 당연하죠."

윈스턴이 이렇게 조언했기 때문이었다.

전에는 부하였던 자신이 상사가 된 것을 어떻게 생각할지 궁
금했지만 윈스턴은 딱히 별 불만 없었다.

물론 테레사가 애버릿과 결혼을 해 버린다면 좀 곤란하기는
하겠지만.

'레사의 성격상 그런 일은 일어나지 않겠지.'

그랬다가는 결혼식장에서 황후가 도망치는 초유의 사태가 일
어날지도 모른다. 아마 그 점은 애버릿도 잘 알고 있으리라.

'그것도 꽤나 세기의 장면이 되겠지만.'

나중에 역사책에 기록될 만한 장면이 되겠지만, 생각만 해도
오싹해서 보고 싶지 않은 윈스턴이었다.


프레이스는 검을 바라보았다.

드래곤 슬레이어.

좀 더 극적인 장면을 위해서, 자신이 보관하고 있다가 애버릿
이 단 위에 나타나면 다가가 무릎을 꿇고 그것을 진상하는 장면
을 귀족들에게 보이기로 한 것이다.

한때는 이걸 준다면 영혼도 팔았겠지만, 지금 자신에게는 단
순한 검 이상으로는 보이지 않았다.

'애버릿의 말이 맞을지도 모른다는 게 짜증 나는군.'

프레이스는 검의 표면을 쓸며 생각했다.

'욕심이 없는 쪽이 편하다.'라는 것.

'하지만 반대로 욕심이 없는 건 자유롭다는 걸 모르는 건가?'

프레이스는 지금처럼 마음이 편한 적이 없었던 것 같았다. 아버지를 미워하면서도 인정받고 싶었고, 항상 뭔가가 부족했다.

무언가가 뭔지는 자신도 정확히 알 수 없었다.

필사적으로 황좌를 향해 달려갔던 것도 그 빈 곳을 채우기 위한 것이었다. 그 자리를 손에 넣으면 모든 것이 완벽해질 것 같았다.

'하지만.'

프레이스는 검을 허리에 찼다.

그 텅 빈 뭔가를 테레사가 전부 채워 주었다. 그래서 프레이스는 딱히 애버릿이 부럽지도 않았고, 황좌가 탐나지도 않았다.

스스로 생각해도 이상할 정도였다.

프레이스는 망토를 비스듬히 매어서, 왼팔과 함께 몸의 반을 가렸다. 그렇게 해서 검이 보이지 않게 한 뒤 그는 방을 나섰다.

'하지만 테레사를 에스코트 못 하는 건 짜증 나는걸.'

빨리, 빨리 발표를 해야 하는데.

대관식이 열리기 전에.

프레이스는 초조해져서 왼손으로 툭툭 검집을 두들겼다. 애버릿이 오늘 테레사를 에스코트한다고 생각만 해도 배알이 뒤틀리는 것 같았다.

　첫 춤도 그와 추겠지.

　프레이스는 낮게 신음을 내뱉었다. 진짜로 싫을 것 같다. 아니, 싫겠지.

　그는 한숨을 내쉬고 걷기 시작했다.


　테레사는 거울을 보았다.

　'나 꽤 예쁠지도.'

　저번에도 생각했던 거지만 이렇게 꾸며놓고 보니 자신이 상당한 미인이라고 그녀는 생각했다. 얇은 모슬린에 수를 놓아 겹겹이 여러 겹을 겹쳐서 만든 드레스는 키가 큰 레사를 요정처럼 보이게 만들어 주었다.

　그리고 가발 역시 예전처럼 올림머리 가발이 아니라 진짜로 긴 가발을 꼰 머리 장식이었다. 하지만 시녀들의 눈에 한 가지 성이 차지 않는 게 있었다.

　바로 오른쪽 귀의 귀걸이였다.

　한 짝만 있는 귀걸이를 빼고, 맞춰서 다른 귀걸이를 하려고 한 것을 레사가 거절한 것이다. 당연히 완전히 성장을 한 차림에 한쪽만 낀 귀걸이는 이상하게 느껴졌다.

　고민하던 시녀장은 결국 양쪽 귀에 이어커프를 끼우는 것으로 타협했다. 요정 귀같이 뾰족한 모양을 만들어 주는 이어커프를 끼우자, 한쪽에만 장식이 있는 귀걸이도 그럭저럭 맞춘 것처럼 느껴졌다.

레사는 자신의 키가 큰 것을 다행으로 생각했다. 시녀들이 높
은 굽의 구두를 포기했기 때문이었다. 높은 굽을 신으면 애버릿
과 같은 눈높이가 될 것이 뻔했다.

준비를 다 끝내고 얼마 지나지 않아 애버릿이 그녀를 데리러
왔다. 애버릿은 눈을 동그랗게 뜨고 레사를 위아래로 훑어보았
다.

"옷이 날개라더니."

"예쁘지 않나요?"

레사의 말에 애버릿은 고개를 끄덕였다. 그 말에 레사는 싱긋
웃었다. 분명히 프레이스도 보면 놀라겠지. 데리러 오는 사람이
프레이스였다면 좋았겠지만, 무도회장에서 볼 테니까.

거대한 홀의 입구는 모두 3개였다. 귀족들이 들어오는 정면
입구 쪽에 두 개, 그리고 단상 쪽에 황제를 위한 입구가 따로 있
었다.

"사람들이 많이 있네요."

레사의 속삭임에 애버릿이 픽 웃었다.

"그야 당연하지, 주인공은 항상 맨 마지막에 등장하는 거라
고."

레사가 눈을 데굴 굴리고 말했다.

"그렇군요."

"전원 다 모인 다음에야 분위기를 잡으며 나타나는 거지."

"과연."

레사는 고개를 끄덕였다. 애버릿이 레사의 손을 힐끗 보고 말했다.

"곤란하네."

"뭐가 말입니까?"

"내 약혼녀의 내연남이 내 남동생이라는 소문이 돌아서."

그 말에 레사는 힐끗 자신의 손에 끼워진 반지를 보고 짧게 말했다.

"저런."

"곤란하지?"

"그런가요?"

"이제 무도회가 끝나면 소문이 더 걷잡을 수 없을걸."

애버릿이 불만스러운 말에 레사가 그에게 말했다.

"저에게 반지를 주시지도 않고, 그렇게 말하시는 건 불공평합니다."

"주면 꼈을 거야?"

"손가락이 열 개인 걸 감사했겠죠."

레사의 말에 애버릿은 픽 웃었다. 그가 이어 근처의 시종에게 눈짓하자 시종은 다시 나팔수에게 신호했다. 나팔수가 팡파르를 불자, 웅성거리던 소리가 단숨에 사라졌다.

팡파르가 끝나자 시종이 두 사람의 입장을 큰 소리로 알렸고, 애버릿이 앞장서서 걷기 시작했다. 레사가 그 뒤를 따랐다.

둘이 나란히 손을 잡고 등장할 거라고 생각했던 귀족들은 의아해하는 눈치였지만, 곧 정중하게 허리를 숙였다.

레사는 단 아래에 서 있었고, 애버릿만이 단 위로 올라갔다.

"모두 고개를 들라."

애버릿의 말에 귀족들이 허리를 폈다. 애버릿이 승전을 축하하는 말을 간단히 했다. 그 이야기를 들으며 레사는 뭔가가 간질거리는 기분을 느꼈다. 하지만 너무 많은 귀족들의 시선이 자신에게 향하고 있어서 딱히 특정할 만한 느낌은 없었다.

시선을 쭉 돌리다가 레사는 바로 반대편에 서 있는 프레이스와 눈이 마주쳐 웃었다. 황자로서 그 역시도 단 위에 서 있었던 것이다. 레사보다는 위였고, 애버릿보다는 아래였다.

"이 일의 일등 공로자는 바로 내 동생이지."

애버릿이 프레이스를 바라보며 말하자 그가 애버릿에게 허리를 숙였다.

"황공합니다, 전하."

프레이스가 애버릿에게 검을 주기 위해 허리에 손을 얹다가 레사 근처에서 수상쩍은 움직임을 포착했다. 귀족 중 한 명이 슬그머니 레사에게 접근하고 있었다. 레사는 주변의 시종들 기척에 둘러싸여서인지 알아채지 못하고 있었다.

'누구지?'

의아해했다가 그게 누군지 알아본 프레이스는 다음 순간 소리를 지르며 달려갔다.

"테레사!"

레사와 프레이스가 겹쳐서 쓰러졌다. 단 위에서 굴러 레사는 머리며 등이며 아파 정신이 하나도 없었다.

"잡아라!"

"꺄아악!"

"테레사? 괜찮아?"

자신의 위에 올라탄 프레이스가 창백한 얼굴로 물어 레사는 고개를 끄덕였다. 부딪친 곳이 욱신거리긴 했지만…….

"다행이다."

대답하고 프레이스의 몸이 축 늘어졌다. 레사의 손이 축축했다.

'어?'

레사는 자신의 손을 들었다. 손이 새빨갛다. 레사는 프레이스의 망토를 들췄다. 자신의 새하얀 모슬린 드레스 위로 툭툭 피가 떨어지고 있었다.

"프…….."

목소리가 잘 나오지 않았다.

"프레이스?"

레사는 작게 속삭였다. 다음 순간 그녀는 절규했다.

"프레이스! 프레이스!"

그녀는 손으로 상처를 눌렀다. 프레이스의 옆구리에서 피가 너무 많이 나오고 있었다. 손끝으로 피가 흘러넘치는 게 느껴졌다.

그냥 찔린 게 아니라 안에서 한 번 휘저은 것이다.

"안 돼, 안 돼! 프레이스!"

"컥—"

프레이스가 피를 가볍게 토하며 눈을 가늘게 떴다.

"괜찮아……."

그가 작게 말했다. 레사는 고개를 휙휙 저었다. 눈물이 끊임없이 뚝뚝 떨어졌다. 프레이스는 레사가 이렇게 우는 건 처음 본다고 생각했다.

"어째서……! 어째서!"

레사는 고함치는 남자를 돌아보았다. 범인은 오렌 백작이었다.

"왜 당신을 배신한 여자를……!"

오렌 백작은 이 상황을 믿을 수가 없었다.

프레이스와 레사와의 관계를 알게 된 후 그의 증오는 점차 점차 더 커져 나갔다. 하지만 레사가 신분이 높다는 게 밝혀지고, 그녀가 애버릿의 약혼녀가 되자 오렌 백작은 믿을 수가 없었다.

자신이 사랑한 사람을 배신한 여자.

프레이스를 향해 애증을 품으면서도, 오렌 백작은 그를 연민했다. 사랑의 감정이 약해져 가는 데도 테레사를 향한 증오는 사라지지 않았다. 그래서 오렌 백작은 오늘 몸을 던져 끝장을 내기로 했던 것이었다.

분명히 찌른 것은 레사여야 했을 터였다.

그가 악을 쓰며 병사들에게 끌려 나갔다. 레사는 숨을 헐떡였다. 그녀는 이를 악물었다. 망토 자락으로 상처를 누르며 레사가 악을 썼다.

"죽으면 가만두지 않을 거야! 정신 차려요!"

피가 너무 빨리 빠져나가고 있었다. 왜 치료사가 오지 않는 거야? 어의는 어디로 간 거야?

"프레이스."

애버릿이 다가와 재빨리 무릎을 꿇었다. 레사가 말했다.

"어, 어의를, 빨리—"

"오는 중이야."

프레이스가 덜덜 떨리는 손끝으로 몇 번의 실패 끝에 드래곤 슬레이어를 검대에서 풀었다. 그가 폐에 피가 차 그르렁거리는 목소리로 말했다.

"전하의 것입니다."

이보다 극적인 장면은 없을 것이다.

귀족들은 모두 침묵과 함께 그 장면을 바라보고 있었다. 애버릿은 검을 받아 들고 천천히 검을 뽑았다. 용의 피를 머금은 드래곤 슬레이어의 날이 반짝였다.

"레이디 알반."

애버릿이 검을 도로 검집에 꽂으며 말했다. 속삭이는 듯했지만 모두에게 다 들리는 그런 말이었다. 레사는 눈물투성이 얼굴을 들어 애버릿을 보았다.

"그대와 파혼하겠소."

레사는 '이 상황에서 무슨 소리를 하는 거야?' 하고 입을 벌렸다.

"내 동생을 부탁하오."

"전하……."

프레이스가 작게 애버릿을 부르자 애버릿이 "이미 알고 있었단다." 하고 다정한 어조로 말했다. 잠시 후 치료사가 등장해 프레이스를 들것에 실었다.

"따라가 보시오."

애버릿의 말을 듣는 둥 마는 둥 하고 레사는 눈물을 뿌리며 치료사를 따라 홀을 나섰다. 무도회장을 나서자마자 얼마 되지 않아, 프레이스가 자신의 상처에 손을 얹고 헐떡이며 말했다.

"힐."

치료사가 힐끗 프레이스를 보고 말했다.

"그래도 폐에 피가 차신 건 치료 받으셔야 합니다."

"알아."

프레이스는 여전히 그르렁거리지만 한결 편해진 목소리로 말했다. 레사는 황당해서 프레이스를 바라보았다. 그가 어색하게 웃었다.

"이제 괜찮아."

"당신 진짜!"

빽 소리 지르고 레사는 양손으로 얼굴을 가렸다. 안심이 되자 아까보다 더 눈물이 쏟아져 올라왔다.

"저, 정말로, 주, 죽는, 죽는 줄―"

프레이스가 허겁지겁 손을 뻗어 레사의 양 뺨을 감쌌다.

"미안, 이제 괜찮아. 괜찮으니까."

치료사가 헛기침을 하며 말했다.

"얼른 이동해야 합니다."

레사가 허겁지겁 눈물을 훔치며 한두 걸음 물러나자 다시 그들은 들것을 옮기기 시작했다. 프레이스의 거처인 동쪽 궁으로 이동해서, 프레이스는 치료사의 진료를 받았다.

쏟은 피를 회복하려면 푹 쉬어야 한다고 당부하고 어의는 방을 떠났다. 프레이스는 숨쉬기 편하게 상체 밑에 베개를 받쳐서 등을 비스듬히 세우고 있었다.

레사가 침대에 앉았다.

"일부러…… 그랬던 겁니까?"

그녀의 말에 프레이스는 손을 뻗어 레사의 눈가를 닦으며 말했다.

"아니, 돌발 상황이었어."

일부러 그랬다고 했다가는 정말 그녀가 화를 낼 것 같아 프레이스는 말을 돌렸다. 사실 그를 알아본 순간부터는 계획한 것이었다. 즉흥적인 계획이었지만 생각보다 훨씬 더 잘 먹힌 것 같다.

'애버릿이 눈치가 좋아서 다행이지.'

프레이스는 속으로 그렇게 생각했다.

그의 손이 차가워 레사는 구두를 벗고 프레이스의 침대로 기어 올라가 그의 옆에 달라붙듯 누웠다. 피투성이 모슬린 드레스를 갈아입어야 했지만, 그럴 정신도 없었다.

그의 어깨에 머리를 기대자 프레이스가 손을 뻗어 레사의 어깨를 감쌌다.

"진짜 놀랐어."

그가 중얼거리며 레사의 이마에 키스했다.

"저보다는 놀라지 않으셨을걸요."

레사의 말에 프레이스는 픽 웃었다. 그 웃음에 레사가 으르렁거렸다.

"죽을 수도 있었다고요!"

"아니, 죽을 수도 있는 건 너였지. 마법이 안 통하는 아가씨야. 힐이 통하지 않으니 네가 잘못됐다면 난 절규했을 거야."

그리고 계속 레사가 자신을 위해서 다쳐 왔던 터라, 이번에는 레사를 지켜 뿌듯하기까지 한 프레이스였다. 레사는 불만스럽게 그의 품을 파고들며 말했다.

"당신의 호위는 저일 텐데요."

"아니지. 이제는 다른 직무를 가졌잖아?"

"……?"

"내 아내."

그 말에 레사는 멍하니 프레이스를 보았다. 그가 오히려 놀랐다는 듯 말했다.

"아냐……?"

"그게……."

그러고 보니 방금 애버릿과 자신이 파혼을…….

레사는 "어?" 하는 소리를 냈다.

"어어?"

다시 그녀가 이상한 소리를 내자 프레이스가 웃다가 몇 번 기침을 격하게 하고 말했다.

"애버릿의 순발력이 너무 빨라서 놀랐지만 말이야."

"그럼—?!"

"방금 애버릿이 우리 둘 사이를 공인하면서 인정했잖아?"

프레이스가 레사의 이마에 다시 키스했다.

"그래서 날짜는 언제로 잡는 게 좋을까? 대관식이 끝난 뒤가 되어야겠지만."

레사는 웃어야 할지 화를 내야할지 울어야 할지 알 수가 없었다. 그래서 대신 그녀는 프레이스에게 키스했다.

\*　　　\*　　　\*

세기의 스캔들.

누구나, 심지어 제국민이 아닌 사람들도 이 사건에 대해서 이야기했다. 모든 음유시인들은 한 번쯤 이 사건을 노래로 만들었다.

황자 둘과 한 명의 여자.

형제를 사이에 둔 스캔들.

이 이상 대중을 사로잡는 소재는 없을 것이다. 황족들의 이 달콤한 로맨스에 평민들은 열광했다.

마지막에 프레이스가 테레사를 감싸고 쓰러지는 것과 그것을 보고 애버릿이 테레사에게 파혼하겠다고 말하는 장면을 이야기할 때마다 여자들은 손을 꽉 쥐었다.

귀족들 역시 어안이 벙벙한 건 마찬가지였다.

하지만 모두가 있는 자리에서, 비극적인 오페라만큼이나 극적인 장면이었던 데다가, 당사자인 프레이스가 오늘내일한다는 '소문'이 돌아서 딱히 뭐라고 애버릿에게 말하지 못했다. 게다가 에버릿은 드래곤 슬레이어를 손에 쥐었기에, 귀족들은 더 이상 그의 혈통에 대해 왈가왈부하지 못했다.

그리고 몸이 약해진 프레이스와 알반 여공작은 조용히 영지로 내려갔다. 프레이스는 심하게 다쳐 마법으로도 회복이 잘 안 되어, 남은 생애 동안 요양을 하게 되었다는 소문이 저잣거리를 휩쓸었다.

"―라고 소문이 잔뜩 돌고 있습니다만."

윈스턴의 말에 프레이스가 갸웃하며 말했다.

"별문제 없잖아?"

"그렇죠. 지나치게 공작님이 팔팔하신 것만 빼면 말입니다."

"뭐야, 불만이야?"

프레이스가 히죽 웃으며 말하자 윈스턴은 "아뇨, 그다지." 하고 대답했다. 에릭이 낄낄거리고 배를 잡고 웃었다.

"그래도 아는 귀족들은 다 아는 것 같지만 말이야."

"그 정도의 눈치도 없으면 안 되죠."

윈스턴이 말했다. 에릭이 턱을 괴었다.

"오렌 백작 말이야. 죽일 놈이지만 진짜 타이밍이 좋았다고 해야 하나."

"그 상황을 그렇게 이끌어 나간 두 사람이 놀랍죠. 거기서 검을 건넬 생각을 하신 공작님도 그렇고요. 설마 생각하고 하신 건 아니시죠?"

"음, 그냥 운이 좋았어."

프레이스가 어깨를 으쓱했다.

차마 즉흥적으로 계획을 짠 거다, 하고 말할 수는 없었다. 이미 자신의 목숨 건 계획에 학을 뗀 두 사람 아닌가? 더 이상의 잔소리는 사양이었다.

'어쨌든 잘 끝났고.'

사실 찔리는 것 역시, 살짝만 찔리려고 했던 건데 생각보다 푹 찔려서 놀랐다.

'이건 역시 말할 수 없지.'

윈스턴은 미심쩍다는 얼굴을 했고, 에릭은 그런가 하고 고개를 끄덕였다.

그렇게 프레이스가 재빠르게 소문 사이로 모습을 감추고 난 후 여자들 사이에서 애버릿의 인기가 어마어마하게 치솟았다고 미나가 전했다. 사랑하는 사람을 위해 사랑을 포기한 남자가 되었다나?

애버릿은 상처받은 연기를 지속하며 황후 후보들을 귀족들이 밀어 대는 것을 피하고 있는 모양이었다.

'그것도 얼마 못 가겠지만.'

프레이스는 자신이 그 위치가 아니라서 다행이라고 생각했다.

정말로 조용히 클리프랜드로 내려온 일행은 소리 소문 없이 자리 잡았다. 이어 열린 대관식에는 프레이스는 몸이 안 좋다는 핑계로 불참, 레사만이 참석해서 애버릿의 옷자락에 입을 맞추어 충성을 맹세하는 의식을 치렀다.

보통이라면 며칠 더 머물러야 하지만, 레사는 프레이스를 간호해야 한다는 이유로 재빠르게 영지로 다시 돌아왔다.

그렇게 해서 여전히 소란스럽기는 하지만, 알반 공작가는 대강의 틀을 갖추었던 것이다.

똑똑―

노크 소리에 프레이스는 고개를 들었다.

"들어와."

시종이 조심스럽게 문을 열고 들어왔다.

"수도에서 사람이 왔습니다."

"사람이?"

"네, 케라딘이라고 하면 아실 거라고……."

"아! 들어오라고 해!"

프레이스의 외침에 곧 점잖은 옷을 차려입은 남자가 방 안으로 들어왔다.

"황자님을 뵙습니다."

"아니, 인사는 됐네. 물건은?"

케라딘은 헛기침을 가볍게 하고 품속에서 작은 상자를 꺼내 들었다.

"완성되었습니다."

에릭이 그에게서 상자를 받아 들어 프레이스에게 건네주었다. 프레이스는 상자를 열었다.

순간 광채가 쏟아져 나오는 것 같았다.

석양을 담은 듯 여러 색으로 빛나는 보석을 정교하게 세공한 반지 한 쌍이 들어 있었다.

케라딘이 자랑스럽게 말했다.

"최고의 장인이 완성시킨 것입니다. 이렇게 단시일 내에 이런 훌륭한 작품을 만들 수 있는 것은 저희밖에 없을 겁니다."

"완벽해."

프레이스가 고개를 끄덕였다. 잠시 후 케라딘은 행복한 얼굴로 잔금을 받아서 돌아갔다. 에릭이 슬그머니 프레이스에게 말했다.

"여기 정원 좋더라."

그 말에 프레이스가 슬쩍 에릭을 바라보자 에릭이 씩 웃었다.

"특히 정원의 수로가 끝나는 곳 말이야. 분수가 쏟아지는 데가 진짜 예쁘더라고."

"알아."

프레이스가 말하자 에릭은 그저 웃을 뿐이었다.


레사는 끝없이 펼쳐진 광대한 정원을 바라보았다. 이 모든 것이 자신의 소유라는 건 지금도 실감이 나지 않았다.

실감이 나는 것은 자신에게도 쏟아지는 업무 정도였다.

"날씨가 이제 따뜻하네요."

레사의 말에 프레이스가 고개를 끄덕였다. 더 이상 바람은 차갑지 않았다. 레사가 웃고는 말했다.

"사실은 봄이 되기 전에 떠나야지 했는데 말입니다."

그 말에 프레이스가 얼른 레사의 손을 잡았다.

"아무 곳에도 못 갈 줄 알아."

"네, 가지 않을 거예요."

레사가 프레이스의 눈을 보며 진지하게 대답했다. 수로 사이를 느긋하게 걸어 둘은 분숫가에 도착했다. 삼단 분수가 멋지게 뿜어져 나오는 모습을 보며 레사가 말했다.

"남쪽은 겨울에도 분수가 얼지 않는다면서요?"

"응, 클리프랜드 공작가도 수도에 비하면 그렇게 춥지는 않아. 대신 눈이 좀 많이 오지."

"그렇군요."

레사가 고개를 끄덕였다. 프레이스는 초조하게 주머니에 손을 넣고 손끝으로 몇 번이나 상자를 굴렸다. 그가 분숫가를 가리키며 말했다.

"앉을까?"

"이제 슬슬 들어가 봐야 하지 않을까요?"

"잠깐이면 상관없지."

그 말에 레사는 고개를 끄덕이고 분수대 가장자리에 앉았다. 프레이스 역시 그 옆에 나란히 앉았다. 그가 헛기침을 했다.

"이제 슬슬 여기에서도 자리를 잡았네."

"처음에는 모든 일이 끝나지 않을 것 같았는데요."

"테레사는 정말 잘하고 있어. 항상 기억력이 좋다고 감탄하는 걸."

"프레이스가 없었다면 해내지 못했을 거예요."

말하며 레사가 미소 지었다. 프레이스는 그 미소에 '지금이야!' 하고 생각하며 상자를 꺼냈다.

"전에 약속했던 거 기억나?"

레사는 상자를 빤히 보았다. 프레이스가 조심스럽게 상자를 열며 말했다.

"임시라고 했잖아. 이제 정식으로 말하고 싶어."

그는 침을 삼켰다.

"결혼해 줘."

레사는 멍하니 상자 안의 반지를 바라보았다.

"……테레사?"

대답이 없는 레사를 프레이스가 작게 부르자 그녀는 고개를 휙 들고 프레이스를 끌어안았다.

"좋아요, 좋아요."

레사의 대답에 프레이스는 환하게 웃었다. 그가 얼른 상자에서 반지를 꺼내 레사의 손을 잡고 반지를 끼웠다.

"이렇게 푸른색이랑 한 쌍으로 끼게 만들어져 있는 거야."

"아!"

레사는 감탄사를 터트렸다. 푸른색 보석이 주홍빛 보석 밑에 맞물리게 되어 있었다. 그러자 푸른빛이 아스라이 비춰서 보석의 빛깔은 꼭 석양이 소용돌이치는 하늘처럼 보였다.

"너무 예뻐요……."

레사는 이리저리 반지를 빛에 비춰 보였다. 다이아몬드 같은 무채색 광물은 잘 모르겠지만, 이건 하늘의 한 조각 같다.

'예쁘다.'

다시 테레사는 속으로 중얼거렸다. 프레이스가 큼 하고 말했다.

"결혼식은 조용히 치르게 되겠지만, 그래도 최고급으로 준비할 거야. 초대하고 싶은 사람이 있으면 명단을 작성해서 줘."

"결혼식이요?"

"그럼 안 하려고?"

프레이스가 눈을 찡그리며 물어 와서 레사는 고개를 저었다.

"아뇨, 그 생각도 못 했어요."

"당연히 해야지."

"네, 네!"

레사는 웃었다.

어째서 이렇게 상상하지도 못한 것들을 프레이스는 자꾸자꾸 손에 쥐어 줄까. 손바닥에서 행복이 흘러넘쳐서 다 담을 수도 없을 것 같다.

이런 인생은 생각도 하지 못했다.

당신을 만나지 않았다면, 난 아직도 그 어둠 속에 있을 거야.

하지만 그렇게 말하면, 당신도 똑같이 대답하겠지.

난 그래서 다행이라고 생각해. 우리가 한 사람이 한 사람을 구한 것이 아니라…….

서로가 서로의 구원이라 다행이다.

*　　*　　*

결혼식은 정원에서 치러졌다.

날씨는 걱정하지 말라던 코코가 '내가 날씨를 가져올 필요도 없잖아?' 하고 할 만큼, 변덕스러운 봄날이라고 하기에는 너무 완벽한 날씨였다.

하객은 많지 않았지만 필요한 사람은 다 있었다.

미나는 울어 버렸다.

에릭 역시 눈물이 글썽거렸지만 윈스턴의 차가운 시선에 얼른 눈물을 삼켰다.

마지막 행진 때 코코는 멋지게 꽃잎을 날려 보냈다.

부케는 '몰래 내려온' 애버릿이 받았다. 애버릿은 이든에게 빨리 여동생을 소개시켜 달라고 투덜거렸다.

노알은 프레이스의 뒤통수를 향해 강하게 밀알을 뿌렸다. 거의 암기를 흩뿌리는 수준이었다.

공작 부부는 밀월을 위해서 클리프랜드 여름 별장으로 한 주간 떠났다.

"아이가 생겨서 오는 거 아냐?"

에릭이 마차를 배웅하며 히죽거리자 윈스턴이 말했다.

"그건 아닐걸."

"잉?"

에릭이 윈스턴을 돌아보자 윈스턴이 대답했다.

"아이가 있는데 또 생길 수는 없잖아?"

"어?"

"못 알아듣는다면 네 뇌를 의심해 봐야 하고."

"뭐?"

"네 뇌가 의심스럽군."

윈스턴의 말에 에릭은 입을 쩍 벌렸다. 그러나 곧 수습하며 말했다.

"그, 그렇군. 그래, 응. 그러네. 어— 그지. 둘이 계속 침실 같이 썼구나……."

윈스턴은 그 말에 팍 인상을 쓰며 돌아섰다. 에릭이 뒤따르며 "왜 또?" 하고 투덜거렸다.

"꼭 그 말을 입 밖으로 내야 하는 네 저질스러움이 통탄스럽기에."

"뭘? 아, 어. 그래, 나도 주군의 사생활을 구체적으로 알고 싶지는 않아."

"깨달아 줘서 다행이군."

"응."

에릭은 고개를 끄덕이며 반성했다. 그리고 윈스턴의 말대로, 밀월에서 돌아온 공작 부부는 밀월 기간부터 따지면 칠삭둥이인 아이를 얻게 되었다.

# 에필로그

리벨 라 알반 공작 영식.

리벨 도련님이라고 불리는 알반 공작가의 장남은 지금 심각한 고민에 잠겨 있었다.

'내가 아버지의 아이가 아닐지도 모른다니…….'

검은 머리카락에 근사한 초록 눈을 한 리벨은 끙끙거리며 다시 잡지를 펴 보았다.

'황제 폐하가 내 아버지일지도 모른다고?'

잡지에서는 분명히 그렇게 말하고 있었다.


알반 공작가의 장남인 리벨 라 알반의 생일은 가을이다. 즉, 그의 잉태일은 공작 부부의 밀월 기간 이전이라고 볼 수 있다. 그리고 그 이전에, 알반 여공작은 현 황제 폐하의 약혼녀였다. 그리고 당시 하녀였던 이의 증언에 따르면 폐하께서 약혼녀가 있는 방에 자주, 오래 머무르셨다고 한다.

그렇다면 어찌 된 일일까?

비극적인 사랑 속에서 싹튼 씨앗이 리벨 라 알반 공작 영식이란 말인가?

리벨은 머리를 부여잡았다. 이제 열 살인 그에게 이 문제는 너무나 버거웠다.

똑똑—

아주 작은 노크 소리와 함께 문이 빼꼼 열렸다.

"오라버니?"

고개를 내민 것은 공작가의 둘째인 시에라 라 알반 공작 영애였다. 아버지를 닮은 화사한 금발에 묘하게 보랏빛에 가까운 붉은 눈을 하고 있었다.

리벨은 후닥닥 잡지를 베개 밑으로 찔러 넣었다.

"어? 뭐야? 왜?"

"오늘 같이 소풍 가기로 했잖아요."

시에라가 눈을 반짝이며 말하자 리벨은 그제야 고개를 끄덕이며 침대에서 내려왔다. 몇 날 며칠을 기다린 소풍이었는데, 그것마저 잊어버렸을 정도였다.

"가자."

리벨은 시에라의 손을 잡고 아래층으로 내려갔다. 현관으로 나가니 이미 준비를 끝낸 부모님이 기다리고 있었다.

"늦었구나, 리벨."

"죄송합니다."

리벨이 꾸벅 고개를 숙이자 프레이스는 웃으며 번쩍 아들을 안아 들었다.

"자아, 많이 무거워졌구나. 이제 이렇게는 잘 못 들겠는걸."

말은 그렇게 하면서도 프레이스는 가뿐히 리벨을 마차에 올렸다. 덮개가 열린 마차는 초여름 날씨에 딱 어울렸다. 마차의 옆에는 검은색 드래곤이 새겨져 있었다.

알반 공작가의 문장은 드래곤이었다. 심지어 알반 여공작은 실제로 드래곤을 부리는 것으로도 유명했다.─실제로 그걸 본 사람들은 그 크기에 묘한 느낌을 받았지만 말이다.─

"뀨─"

레사의 어깨에 올라가 있던 드래곤은 마차로 푸드득 날아 옮겨갔다. 드래곤은 마법사의 말대로, 고양이만 한 크기에서 더 이상 자라지 않았다.

짐칸에 실린 커다란 소풍 바구니들을 보자 시에라는 박수를 치고 즐거워했다. 레사가 시에라를 안아 마차에 올리자 프레이스가 그녀에게 손을 내밀었다. 레사는 가볍게 웃으며 손을 잡고 마차에 올라탔다.

그 사이좋은 모습을 보자 리벨은 자신이 본 내용이 거짓말이었으면 하는 생각을 하게 되었다. 부모님만큼 서로 사랑하는 사람은 세상에 없다고 생각했는데…….

리벨은 힐끗힐끗 어머니를 바라보았다. 편한 옷차림이었지만 찰랑거리는 검은 머리카락도, 루비 빛 눈동자도 아름다웠다.

리벨과 시선이 마주치자 레사가 갸웃하며 물었다.

"왜 그러니, 리벨?"

"아뇨, 아무것도 아닙니다!"

화들짝 놀라 리벨이 휙휙 고개를 젓자 레사의 얼굴이 더욱 의아해졌다. 그녀가 프레이스를 바라보자 그는 어깨를 으쓱했다. 그 역시도 알 수가 없었던 것이다.

마차가 교외로 나가자, 가족들의 즐거움은 더 고조되었다. 리벨 역시 즐거워하려고 애썼지만 자꾸만 기사 내용이 머릿속에 맴돌았다.

리벨이 이상하다는 걸 가족들은 금방 눈치챘다.

소풍 간다, 소풍 간다 하고 노래를 불렀던 애가, 막상 소풍을 나와서는 어두침침한 얼굴을 하고 있으니 당연한 일이었다.

마차는 호숫가에 도착했다. 레사가 프레이스에게 눈짓했다. 프레이스가 자기 아들을 마차에서 안아 들고 말했다.

"아들, 잠깐 이야기할까?"

리벨은 불안한 얼굴로 고개를 끄덕였다. 시에라가 손을 뻗으며 "나도! 나도 안아 줘요!" 하고 말했지만 레사가 그녀를 붙잡았다.

"자, 우리는 저쪽에다가 소풍 바구니를 풀자. 응?"

"내가 접시 놓게 해 줄 거예요?"

"그래."

그 말에 넘어가 시에라는 얼른 어머니에게 붙었다. 프레이스는 리벨을 안은 채로 호수로 향했다. 걸어가며 프레이스는 여러 가지 생각을 했다.

테레사도, 자신도, 제대로 된 부모가 없었고, 그렇기에 부모의 노릇을 한다는 것은 항상 새로운 도전이었다. 둘은 안간힘을 써서 새로운 어떤 부모를 창조해야만 했다. 그게 근사해야만 했고 말이다. 부모가 되는 건 쉽지만, 좋은 부모가 되는 건 부단히 노력해야 한다.

프레이스는 아내와 충분히 거리를 벌리고 나서 리벨에게 물었다.

"리벨."

"네."

"무슨 일 있니?"

"―!"

리벨이 눈을 동그랗게 떴다. 프레이스가 웃으며 말했다.

"아까부터 걱정이 많아 보이는데. 말해 볼래?"

"그게, 그, 그러니까⋯⋯."

리벨은 안절부절못했다. 금지당하는 가십 잡지를 본 것도 마음에 걸렸고, 그 잡지 내용을 말하는 것도 걸렸다.

"괜찮아, 무슨 일인지 이야기해 보렴. 화내지 않을게."

그 말에 리벨이 "진짜요?" 하고 작게 되물었다. 프레이스는 고개를 끄덕였다.

"그래."

"그…… 그…… 잡지를 봤어요."

"잡지?"

"네, 이상한 잡지예요……."

거기에 아하, 하고 프레이스가 말했다.

"그렇구나. 보면 안 되는 걸 봐서 그랬구나? 수도의 가십 잡지들은 너무 자극적인 내용이 많아서, 걸러 들어야 할 경우가 많단다. 야한 걸 봤니?"

그 말에 리벨이 휙휙 고개를 저었다. 그가 한참 머뭇거리다가 말했다.

"그…… 제가……."

"음?"

"제, 제가 폐하의 아이라고……."

간신히 리벨이 내뱉은 말을 프레이스는 순간적으로 이해하지 못했다. 그가 눈을 찡그리자 리벨의 눈에서 눈물이 주르륵 흘렀다.

"저, 저, 아, 아버지의 아이가 아닌 거예요? 저, 으흑, 흑―"

"잠깐, 잠깐, 리벨. 그게 무슨 말이야?"

"하, 하지만 그 글에서어―"

한참 횡설수설하는 리벨의 말에 귀 기울인 끝에 프레이스는 이야기의 전모를 알 수 있었다. 그는 어처구니가 없어져서 말했다.

"그럴 리가 없잖아? 넌 나와 테레사의 아이야."

"지, 진짜요? 하, 하지만."

"응, 진짜야. 리벨, 이건 비밀인데."

프레이스의 목소리가 낮아졌다.

"네 엄마가 폐하의 약혼녀였을 때도, 아빠는 네 엄마를 사랑했단다. 네 엄마도."

그 말에 리벨은 눈을 동그랗게 떴다. 프레이스가 웃고 말했다.

"나중에 좀 더 자세히 이야기해 주마. 하여간 넌 내 아들이야."

"저, 정말요?"

"아빠가 언제 거짓말 한 번이라도 했었니?"

엄격한 말에 리벨은 휙휙 고개를 저었다. 그의 얼굴이 단숨에 밝아졌다. 프레이스는 속으로 한숨을 내쉬며 리벨을 내려놓고 아들의 머리를 마구 쓰다듬었다.

"그런 걱정은 아예 하지 말아라."

"네!"

리벨은 갑자기 온 세상이 아름다워진 것 같았다. 소풍을 나왔다는 사실도 너무너무 신이 났다.

난 아빠와 엄마의 아이인 것이다!

프레이스는 '무슨 일이에요?' 하고 눈으로 묻는 테레사에게 '나중에.' 하고 눈으로 답했다.

두 아이가 지쳐 잠이 들 때까지 실컷 놀고 집으로 돌아와, 유모에게 아이들을 맡겼다.

레사가 침실 화장대에 앉아서 머리를 빗으며 물었다.

"아까 뭐였어요?"

"그게 말이야."

프레이스가 한숨을 내쉬며 상황을 설명하자 레사는 입을 떡 벌렸다.

"그런 생각을 했다고요?!"

"그래."

"아, 세상에."

레사는 고개를 저었다.

"제가 열 살 때는…… 열 살 때는…….."

레사는 말을 끝내지 못했다.

열 살 때는 암살자 훈련을 받고 있었죠. 라는 건 역시 이 상황에서는 어울리지 않는다. 그건 프레이스도 마찬가지라 그는 고개를 흔들었다.

"나중에 전부 말해 주기로 했어."

"어디서부터 시작하려고요?"

레사가 웃으며 말했다. 프레이스가 이제는 날개뼈까지 길어진 레사의 머리카락을 손가락에 감으며 말했다.

"글쎄. 어디서부터 시작해야 할까?"

"건전한 곳부터 시작해요, 건전한 곳부터."

레사의 말에 프레이스가 웃음을 터트렸다.

"대체 어디서부터가 건전한데?"

그 말에 레사가 천장을 올려다보았다가 한숨을 내쉬었다.

"그러게요."

프레이스는 레사의 손에서 빗을 빼앗아 자신이 대신 빗기 시작했다. 그러다 곧 빗는 것을 멈추고 그녀의 머리카락을 손으로 붙잡은 뒤, 허리를 숙여 목덜미에 키스했다.

"음—"

레사가 작게 소리를 내며 어깨를 움츠렸다. 그녀가 고개를 돌려 프레이스에게 속삭였다.

"올해는 사촌들 한번 만나게 해야 하는 거 아니에요?"

"그런가?"

프레이스가 그녀의 단추를 풀며 말했다. 레사는 몸을 꼬아 그의 손을 피하며 말했다.

"폐하도 한 번쯤 놀러 오라고 하고 있잖아요?"

"음, 수도는 귀찮아……."

"그래도요."

"알았어."

결국 프레이스가 항복하며 대답했다.

"애버릿이 애슐리와 결혼할 줄이야."

"비는 이든 경의 여동생이죠?"

"응."

프레이스가 손을 뻗어 레사를 안아 들자 레사는 웃으며 그의 목에 팔을 감았다. 프레이스가 침대에 레사를 내려놓고 본격적으로 옷을 벗기기 시작했다.

"그래서 애버릿은 아이가 벌써 다섯이잖아? 우리는 둘밖에 안 되니 더 노력을 해야 하지 않을까?"

레사는 킥킥 웃으며 프레이스가 그녀의 이마와 광대, 뺨, 목에 키스를 퍼붓는 것을 즐겼다.

"참."

레사가 문득 생각나 말했다.

"미나 말이에요."

"음, 우리의 유능한 리스키 양께서 왜?"

프레이스는 이 새로운 잠옷은 예쁘기는 한데, 단추가 너무 많다고 생각했다. 좀 더 한 번에 벗길 수 있는 디자인으로 만들 수는 없는 건가?

"베렛 경이 좋다는데요?"

"음, 그래? 그래…… 뭐?"

프레이스가 저도 모르게 되물어 레사가 고개를 끄덕였다.

"윈스턴 말이에요."

"둘이 나이 차가…… 꽤 나지 않아……?"

"여섯 살 차이죠."

"아, 생각보다는 적은가. 윈스턴은?"

"그걸 몰라서 물어본 건데요."

그 말에 프레이스가 신음을 내뱉고 말했다.

"일단…… 음, 그렇군. 따로 상대는 없는 것 같았어."

레사가 웃고 프레이스의 셔츠 단추를 풀며 말했다.

"뭐, 그냥 그렇다고요."

"아, 부하들의 연애는 생각도 못 했는데."

"아직 모르는 겁니다?"

"하긴."

약간 안도하며 프레이스는 재빠르게 다시 레사의 옷에 집중했다. 마지막 단추를 풀고 만세를 부르며 프레이스는 그녀의 옷을 벗겨냈다. 그러자 레사가 획 하고 몸을 돌려 프레이스 위에 올라타는 자세를 취했다.

프레이스는 자신의 위에 올라탄 알몸의 레사를 보고 숨을 헐떡였다. 레사가 웃으며 그의 바지 벨트를 풀기 시작했다.

"생각해 봤는데요."

"응? 어?"

"역시 맨 처음부터 이야기해야 할 것 같아요."

프레이스는 신음을 삼키고 "뭘?" 하고 되물었다. 레사가 몸을 숙여 그의 입술에 키스하고 말했다.

"우리 이야기 말이에요. 리벨에게요. 쓸데없는 오해가 없도록 말이죠."

"그러자구."

아무래도 좋아, 하는 어조로 프레이스가 말해서 레사는 눈을 찡그렸지만 곧 그의 바지를 벗겨냈다. 프레이스가 낮게 그르렁하는 소리를 내고는 레사와 다시 자세를 바꿨다. 도로 프레이스의 밑에 간힌 레사가 눈을 동그랗게 뜨자 프레이스가 웃으며 말했다.

"내가 널 처음 봤을 때부터 말이야. 남자치고는 좀 작다고 생각했거든."

그 말에 레사가 웃음을 터트리며 프레이스의 목을 끌어안고 말했다.

"전 그때부터 왕자님같이 잘생겼다고 생각했는데요."

"그 얘기도 꼭 해 줘야겠군."

그렇게 말하며 프레이스가 레사를 바라보았다. 레사가 의아해져서 물었다.

"왜요?"

"아니, 이게, 너무 꿈같아서. 아냐, 꿈도 이런 꿈은 꾸지 않았던 것 같은데."

"나도 그래요."

레사가 다시 키스했다. 프레이스가 낮은, 만족스러운 신음을 내며 말했다.

"사랑해, 테레사 알반."

"나도 사랑해요."

레사가 속삭였다. 프레이스는 싱긋 웃고 손을 뻗어 램프를 껐다.

〈완결〉